KB187255

스
토
리
텔
링

원
론

스토리텔링 원론

—

옛이야기로 보는
진짜 스토리의 코드

신동흔 지음

아카넷

머리말

운명처럼 옛이야기 공부를 시작한 지 30년이 넘었다. 본래 역사를 공부하려고 인문대학을 택했고, 중간에 철학을 하려고 했었다. 진로를 국문학으로 바꾼 것은 진짜 역사와 진짜 철학이 문학 안에 있다는 생각 때문이었다. 그 믿음은 한동안 길을 잃었었지만, 결국은 사실로 확인됐다. 옛이야기와 만남으로써 가능했던 일이다. 신화와 전설 속에서 근원적 존재론과 함께 태곳적 문명사까지 발견하면서 거듭 놀라고 있는 중이다.

설화를 공부하기로 결정했을 때 연구대상으로 삼은 것은 신분갈등 설화와 역사 인물담 쪽이었다. 설화가 소설에 못지않은 현실적·사회적 가치를 지닌다는 사실을 드러내려고 했었다. 설화를 가지고 소설과 상대하려고 했던, 실제로는 소설의 담론으로 설화를 보았던 시절이었다. 그러한 관심이 원형적 스토리와 상상력, 심층구조와 상징 쪽으로 넘어오게 될 줄은 스스로도 예상치 못한 바였다. 국수주의에 가까운 민족주의 관점을 지니고 있던 국내파 연구자가 그림형제 민담 찬양자가 되어 독일까지 날아갈 줄은 또 어찌 알았겠는가.

다 이야기가 시킨 일이었다. 이야기의 길을 따라가다 보니 만나게 된 신세상이다. 요즘 그 길은 원형론을 거쳐 인지이론으로 이어지고 있으며, 한편으로는 심층서사story-in-depth를 축으로 한 문학치료로 향하고 있다. 앞으로 그 길이 또 어디로 이어질지 스스로도 예상할 수 없다. 게임이론이나 뇌과학 쪽으로 향할지도 모른다. 어쩌면 우주론으로도. 이제 어떤 일도 놀랍지 않다. 이야기에서는 모든 일이 다 가능하다!

이리저리 논문으로 쓰고 강연과 에세이로 풀어내온 '이야기에 대한 이야기'를 제대로 갈무리할 시점이 되었음을 느끼고 있었다. 본래 구술문화론 쪽으로 집필을 제안받고 수락했으나 결국은 이야기론으로 귀착되었다. 단, 구술문화의 산물로서의 이야기이다. 이야기는 말로 기억해서 몸에 새겼다가 다시 말로 풀어내는 것이 본령이다. 이야기의 원형적 힘을 키운 것은 팔 할八割이 구비전승이라는 과학적 메커니즘이다. 일컬어, 휴먼사이언스!

이야기는 그 역사가 매우 길고 오래다. 문자가 생기기 훨씬 전부터 이야기는 존재해왔다. 수천수만 년, 어쩌면 그 이상이다. 인간이 '말'을 하는 순간 이야기는 시작되었다고 해도 좋다. 그것은 인간의 역사 내내 사람과 사람 사이의, 또는 사람과 사람 아닌 것

사이의 소통과 교감의 기본 통로로 존재해왔다. 놀라운 사실은 그때 그 이야기들이 여전히 살아있다는 것이다. 세상은 문자 시대를 넘어서 최첨단 디지털 네트워크 시대로 접어들었지만, 사람들은 여전히 수백수천 년 전부터 입에서 입으로 흘러온 이야기들을 찾으며, 거기서 재미와 감동을 느낀다. 전문 작가들이 심혈을 기울여 만들어낸 이야기가 스쳐가며 잊히는데 오래된 이야기들은 여전히 힘을 낸다. 21세기에 들어서 그런 현상은 더욱 두드러지게 나타나고 있다. 신화나 민담이 스토리문화의 중심축으로 떠오르는 중이다.

공들여서 새로 만든 수많은 이야기들이 속절없이 힘을 잃는 상황에서 거칠고 허황해 보이는 옛이야기들이 내내 힘을 내는 이유는 무엇일까? 모름지기 그것이 '진짜 이야기'이기 때문일 것이다. 그것은 세월의 검증을 거치며 전승적으로 진화해온 이야기이며, 수많은 사람들의 경험과 상상을 집약적이고 함축적으로 담아낸 원형적 이야기다. 한마디로 말하여, 옛이야기는 이야기의 본령이다.

이야기 원형으로서 옛이야기라는 화두에 '스토리텔링'을 붙였다. 너도 나도 스토리텔링을 말하는 시대다. 그래서 부담스러웠으나 그래서 더 쓰고 싶었다. 스토리story와 텔링telling의 본령이 모두 옛이야기에 있는 터이니, 이로부터 스토리텔링의 근원을 돌아보고 새로운 근간을 세울 수 있다고 믿는다. 좀 힘주어 말하면,

스토리텔링의 진수가 그 안에 다 있다고 보아도 좋다. 스토리텔링의 원리를 제대로 체득하고자 한다면, 잠깐 반짝이는 스토리를 넘어서 길이 빛날 수 있는 진짜 스토리를 풀어내고자 한다면, 반드시 옛이야기를 알아야 한다.

스토리텔링과 관련하여 이 책에서 주로 다루게 될 바는 이야기 분석이다. 이야기의 기본적 속성과 원리가 무엇인지, 그것은 어떻게 인지적 감발력과 미적 생명력을 발휘하게 되는지를 다각적으로 살필 것이다. 언어학 원리를 원용해서 '이야기 문법'이라는 개념을 도입했거니와, 가능하면 과학적이고 정합적인 분석을 수행할 예정이다. 그것은 일차적으로 이야기 분석자를 위한 것이지만, 스토리와 관련한 모든 활동에 의미 있는 거점이 될 것이라고 기대한다. 이야기와 동화, 소설, 만화와 웹툰, 애니메이션, 영화와 드라마, 게임, 나아가 공연과 축제나 광고와 홍보까지 스토리와 관련되는 모든 기획자와 창작자들에게 도움이 될 책이라고 말하고 싶다. 스토리를 배우거나 향유하는 모든 사람들한테도. 특히, 미래의 스토리텔러들한테 이 책을 전하고 싶다.

늘 생각해오고 이리저리 다루어왔던 화두라서 단숨에 써낼 수 있을 것 같았는데, 생각보다 작업이 늦어지고 길어졌다. 바쁜 일정 탓이기도 하지만, 주제의 무게감에 걸맞게 제대로 된 작업을 하고자 한 데 따른 결과였다고 말하고 싶다. 이전에 썼던 글의 내용을 새 원고 수준으로 재서술했으며, 더 많은 부분들을 완전히 새로 썼다. 시간이 걸렸지만, 그리하기를 잘했다는 생각을 한다. 산고 끝에 나온 귀한 자식과 같은 이 책이 세상에 나아가 제 몫을 오롯이 하면서 널리 사랑받으면 좋겠다.

설화의 방식을 따라서, 다른 의례적인 인사들은 생략한다. 오래 흘러온 진짜 이야기들을 통해서, 그리고 그 이야기에 대한 이야기를 통해서 함께 행복할 수 있기를 바랄 따름이다.

2018년 2월
양평 풀무골에서 신동흔

차례

1

인간과 스토리

스토리와 과학 사이

물리현상에서 물질의 성질이 바뀌는 지점을 일컫는 '임계점臨界點: critical point'이라는 용어가 있다. 액체 상태로 있던 물질은 온도가 바뀌어도 본 상태를 유지하다가 특정 온도가 되면 성질을 바꾸어 기체로 변한다. 그 변화의 시점이 임계점이다. 그러니까 물$_{H_2O}$의 경우 섭씨 99도에서 100도로 넘어가는 순간이 임계점이 된다. 늘 변함없이 머물러 있을 듯하다가 한순간에 완전히 다른 모습으로 탈바꿈하기. 그 극적인 변전은 더할 나위 없이 스토리적이다.

이 세계에 임계점으로 설명할 자연현상은 차고 넘친다. 딱 붙어 있다가 한순간에 휙 돌아가는 병뚜껑, 꼭 다물고 있다가 퐁 터지는 꽃봉오리, 수천 년 동안 자리를 지켜오다 쿠르릉 굴러 떨어지는 바윗덩어리, 굳은 지표를 훌쩍 찢으며 솟구쳐 오르는

인간과 스토리

화산……. 임계점을 맞이하여 극적 변전이 발생하는 파격의 순간은 물리학적으로 가장 의미 있는 지점이 된다. 하나의 스토리가 발현되는 순간이다.

여기 러시아에서 전해온 짧은 민담이 있다. 제목은 〈순무〉.

어느 농부 할아버지가 있었다. 밭에서 순무를 수확하는데 뿌리가 얼마나 큰지 아무리 힘을 써도 뽑히지 않았다. 무가 뽑히지 않자 할머니가 가세해서 힘을 썼다. 그래도 무는 꿈쩍 안했다. 옆에서 놀던 손녀가 매달려서 함께 힘을 썼지만 역시나 역부족. 그 집 강아지까지 와서 매달려 봤지만 순무는 끄떡없었다. 그때 다가와서 가세한 건 조그만 딱정벌레였다. 턱도 없는 일이었다. 딱정벌레 또 한 마리, 또 한 마리, 또 한 마리…… 당연히 순무는 끄떡도 안 했다. 그때 다시 다섯 번째 딱정벌레가 가세해서 무를 잡아당겼다. 그랬더니 이게 웬일인가. 끄떡도 안 하던 순무가 거짓말처럼 쑥 뽑히는 것이었다.

표현을 조금 각색했지만, 스토리는 원전 그대로다.[1] 내용을 보면 임계점 현상 그 자체다. 도통 일어나지 않을 것 같던 변화가 하나의 미미한 힘이 더해지자 거짓말처럼 훌쩍 생겨난다. 그 극적인 변화의 주인공은 첫 번째 두 번째도 아닌 다섯 번째 딱정벌레. 짧고 단순한 이야기이지만, 이 설화는 자체로 완벽한 스토리를 갖추고 있다. 오로지 임계점 현상 그 하나만으로 말이다. 만약 내가 이 설화의 제목을 지었다면 '순무'가 아니라 '다섯 번째 딱정벌레'라고 했을 것이다.

설화 〈순무〉는 물리현상을 설명하기 위한 이야기가 아니다. 그 의미는 사회적 삶을 향하고 있다. 예컨대 우리는 저 순무에 '뿌리 깊은 사회악' 같은 것을 대입해볼 수 있다. 일컬어 적폐! 깊게 뿌리 내린 적폐를 뽑아내는 일이란 통 쉽지 않다. 너도 나도 매달려 보지만 끄떡도 하지 않는다. "틀렸어. 안 돼!" 이렇게 포기하며 돌아서면 그것은 본래 불가능했던 일이 되고 만다. 하지만 작은 힘이 더해지고 더해지다 보면, 그리하여 '다섯 번째 딱정벌레의 시간'에 이르게 되면 변화의 순간은 마침내 온다. '혁명'이라 일컬을 만한 극적인 변화의 순간은.

2016년, 나라를 뒤흔든 국정농단 사태에 시민들이 촛불을 들고 나섰다. 연약한 촛불이 뿌리 깊은 적폐를 어찌 이겨낼까 싶었으나 거기도 어김없이 임계점은 있었다. 국회의 탄핵 투표를 앞둔 시점에 인터넷상에는 에리카 체노위스Erica Chenoweth 교수의 '3.5% 법칙'이 화제로 떠올랐다. 국민 3.5%가 지속적이고 평화적인 시위에 참여할 경우 정권이 못 버티고 무너진다는 얘기였다. 그러니까 3.5%에 해당하는 수치가 곧 임계점이고 거기 해당하는 사람이 '다섯 번째 딱정벌레'인 셈이다. 대한민국 인구 대비 3.5%는 180만 명. 12월 3일 촛불시위 참가자는 주최 측 추산 232만 명이었다. 임계점을 훌쩍 넘긴 상황. 그러자 진짜로 세상이 바뀌었다.

눈치를 살피던 국회의원 다수가 탄핵 표결에서 찬성으로 돌아섰고, 200명이라는 불가능할 것 같았던 숫자는 현실이 됐다. 탄핵은 확정됐고 전직 대통령은 구속됐다. 그렇게 놀라운 스토리 하나가 새로이 만들어졌다.

천체에서 세포까지, 우주는 스토리로 움직인다

살펴보면 온 우주가 스토리다. 광대한 천체부터 극미한 세포까지 수많은 자연현상과 생명작용이 스토리적으로 발현되고 운용된다. 그럼으로써 형상形像; feature을 이루고 의미意味; meaning를 빚어낸다.

먼저 거대한 대우주. 태양계와 은하계 너머 안드로메다까지, 또는 그 너머 미지의 행성들까지, 천체는 스토리로 가득 차 있다. 되풀이되는 일출과 일몰, 월식과 일식, 슈퍼 문Super Moon…… 수없이 생겨나고 사라지는 무수한 별들, 거대한 힘으로 행성과 충돌하는 운석들……. 밝디밝은 태양에는 흑점이 있고, 고요하고 적막해 보이는 천공에는 막대한 힘을 지닌 블랙홀이 있다. 따로 설명할 필요도 없는 빅뱅Big Bang! 이 모두가 놀라운 스토리 요소들이다. 아니, 그 자체로 완벽한 스토리다. 그 수많은 극적 조화를 우주에 쫙 깔아놓은 조물주는 완연한 스토리텔러다.

좀 가까이로 와서 지구의 자연현상에 얽힌 스토리를 하나 본다. 한겨레의 영산이라는 백두산 지역에는 많은 전설이 전해오는데 거기 특별히 눈길을 끄는 존재가 있다. 바로 흑룡黑龍이다.

백두산은 물산이 풍부하고 살기 좋은 곳이었다. 어느 날 이곳에 갑자기 재앙이 닥쳐온다. 흑룡이 나타나 불칼로 물길을 다 지져놓은 것이다. 사람들은 백장군을 우두머리로 삼아 물길을 찾기 시작했다. 하지만 흑룡이 나타나 조화를 부리면 만사가 허사였다. 사람들이 다 떠나고, 백장군 혼자 물길을 찾아서 땅을 파제꼈으나 흑룡이 나타나 바위를 뽑아 굴리고 땅을 뒤집어놓았다. 백장군은 마침내 백두산 상상봉에서 맑은 물소리를 찾아냈으나, 땅에서 솟아난 것은 불칼이었다. 불칼에 가슴을 찔려 쓰러진 백장군이 겨우 살아나 다시 물길을 찾아낸 순간에도 흑룡은 여지없이 나타나서 사납게 불칼을 휘둘렀다. 천신만고 끝에 흑룡을 물리치고 물을 지켜낸 백장군은 백두산 천지를 지키는 신이 되었다. ―〈천지수〉

백두산 가에 삼형제가 살고 있었다. 삼형제는 어머니 명으로 멀리 스승을 찾아가 큰 재주를 배워 온다. 그들이 재주를 숨긴 채 농사에 전념하고 있을 때, 재앙이 닥쳐온다. 흑룡이 나타나 태양을 삼킨 것이다. 암흑천지로 변한 세상은 다시 밝아오지 않는다. 그러자 흑룡으로부터 광명을 찾기 위해 삼형제가 나선다. 하늘을 나는 양탄자에 올라타 하늘 구만 리를 샅샅이 뒤진 끝에 암수의 흑룡을 발견한 형제는 용을 향해 화살을 날린다. 화살에 맞은 용은 큰소리와 함께 태양을 토해내고 땅으로 떨어진다. 마침내 세상에는 광명이 돌아온다. 하지만 그 싸움은 완전히 끝난 것이 아니다. 두 마리 흑룡 가운데 한 마리가 죽지 않고 연못에 스며든 것이다. 사람들은 그 연못을 흑룡담으로 부른다. 삼형제는 흑룡으로부터 세상을 지키기 위해서 하늘에 올라 별이 되었다고 한다. 그 별이 곧 삼태성이다. —〈삼태성〉[2]

우리 옛이야기 속의 용은 보통 물과 관련되는 신성한 존재인데 이 용은 좀 특이하다. 서양의 드래곤처럼 불을 쓴다. 수신水神인 용이 불의 칼을 써서 물길을 막는다니 어찌 된 일인지. 게다가 태양을 한 입에 삼켜서 세상을 암흑천지로 만들었다니 이건 또 무언가. 태양을 삼키는 거대한 검은 용. 완전한 괴물이고 최악의 재난이다.

이 흑룡의 정체를 쉽사리 가늠하기 어려웠다. 도대체 뭔가 싶었다. 그 궁금증은, 한 논문의 구절에서 단번에 풀렸다.

흑룡의 불칼은 화산의 분출로 뿜어 나오는 화염과 용암을 의미하기도 하고 극심한 가뭄을 상징하기도 한다. 그러나 이야기에서 형상화된 흑룡의 모습은 가물 때의 햇볕이라기보다는 화산에서 내뿜는 연기와 화염에 가깝다.[3]

오오, 화산火山! 바로 그것이었다. 하늘로 솟구쳐 올라 해를 가리는 화산재는 완연한 검은 용의 모습이다. 뜨겁게 흐르다 굳어버리는 용암은 물길의 완벽한 적이기도 하다. 요컨대 저 흑룡은 보통의 물이 아니라 검붉은 열수熱水 마그마magma의 신이었던 것이다. 백두산이 활동을 지속해온 화산임을 생각할 때 실제 상황과 꼭 들어맞는 내용이 된다. 흑룡의 불칼이 출현한 자리에 천지가 생겨났다는 것은 또 어떤가.

조물주는 백두白頭라는 신령한 땅속에 마그마라는 화소話素를 깊이 숨겨두었다가 예고 없는 분출이라는 스토리 상황을 만들어냈다. 그리고 사람들은 그 상황을 흑룡의 횡행과 그에 맞선 투쟁이라는 이야기로 전해왔다. 자연의 거대한 힘과 그에 맞선 사람들의 분투. 과학적 진실과 문명사적 곡절이 켜켜이 새겨진 하나의 원형적 스토리다. 짧은 스토리에 깃든 자연과 역사의 크나큰 무게. 그 긴장은 현재형이다. 흑룡담 깊은 곳에 여전히 검은 용은 숨쉬고 있으므로. 하늘의 별이 그를 견제하고 있다는 데서 이야기는 천문학으로 확장된다. 천문과 지리가 맞물려 움직인다는 것, 엄연한 진실이다.

이와 맥락이 비슷한 스토리를 하나 더 본다. 제주도 바닷가 마을에서 전해온 〈영등할망과 외눈박이〉 전설이다. 주목할 포인트는 외눈박이 거인.

옛날 제주 바다 수평선 너머에 영등할망이 살았다. 어느 날 고기잡이를 나간 어부들은 거센 풍랑을 만나 외눈박이 거인들의 나라에 이르렀다. 이마 한가운데 커다란 눈이 달린 무서운 괴물이었다. 이를 본 영등할망은 어부들을 구하러 나섰다. 배를 몰래 숨겨서 제주 섬으로 향하게 했다. 하지만 제주 섬에 거의 다다랐을 때, 어부들은 잠깐 경계심을 풀었다가 삽시간에 외눈박이가 있는 곳으로 휩쓸려 떠내려갔다. 어부들이 살려달라고 외치자 영등할망이 나타나 온 힘을 다해서 이들을 고향으로 인도했다. 하지만 그 자신은 무사하지 못했다. 할망은 외눈박이에 의해 온 몸이 산산이 찢겨서 죽고 말았다. 그 후로 사람들은 영등할망을 위하여 제를 지내게 되었으니 바로 영등굿이다.[4]

영등할망은 바람의 신이다. 어부들의 배를 움직여주고 또 고기들을 몰아다주는 '영등바람'이 곧 그다. 그 신이 외눈박이 거인한테 속절없이 당했다고 한다. 바다 한가운데 살면서 사람들의 배를 공격하고 영등할망 신까지 잡아 없애는 저 흉포한 거인의 정체는 대체 무엇일까?

그 정체에 대하여 헤아리던 중에 머리가 선뜻해지면서 탄성이 흘러나왔다. 커다란 한 눈을 가진 난폭한 거인. 그것은 어김없는 태풍颱風; Typoon의 표상이었다. 그 외눈은 곧 태풍의 눈! 바다에 띄워진 어부들의 배는, 그리고 그 배가 의지하는 바람은 그 거대하고 난폭한 외눈박이 앞에 아이들 장난감일 따름이다. 한순간에 뒤집어지고 찢겨질 대상이다. 거기서 살아 나왔다면 그야말로 천우신조. 이거 놀랍도록 딱 들어맞는 스토리 아닌가.

사람들은 바닷바람 영등할망을 신으로 모신다. 그는 죽지만 죽지 않는다. 때가 되면 다시 살아나 바닷가를 쏘다닌다. 물에 뜬 배를 밀어주고 고기떼를 밀어 온다. 하지만 거기 기대어 안주해서는 곤란하다. 언제 어느 곳에서 외눈박이가 나타나 공격할지 모른다. 외눈박이 거인은, 저 무지막지한 태풍은 무조건 피하여 안전을 꾀하는 게 상책이다. 그 앞에서는 어느 신도 보호막이 되지 못한다. 그 이치를 오롯이 담아낸 저 이야기, 완전한 과학이다. 자연의 과학이자 삶의 과학.

가까이로 보면, 눈에 보이지 않는 작은 우주들 속에도 스토리는 가득하다. 예컨대 생명 탄생의 과정은 그 자체 극적이고 경이로운 스토리다. 어여쁘고 가녀린 꽃송이 안에서 벌어지는 수술과 암술 꽃가루의 스펙터클한 교합. 또는 암컷의 자궁 속에서 한 개의 난자를 두고 벌어지는 수십억 정자의 무한경쟁. 천신만고 우여곡절 끝에 수정에 성공하는 그 '60억 분의 1'은 완연한 스토리 주인공이다. 지금 이 순간에도 생명 탄생을 향한 무한도전 올림픽은 곳곳에서 클라이맥스로 치닫고 있는 중이다. 세상을 갸륵한 스토리로 채우기 위하여.

세상 만유에는 스토리가 내재해 있다. 우주의 섭리를 반영한 자연적이고 역동적이며 전완적인 스토리들이다. 일컬어 원형적 스토리. 그것을 잘 포착해서 풀어내는 것만으로 훌륭한 스토리텔링이 된다.

그 한 가지 예. 워너브라더스의 애니메이션 〈오스모시스 존스 Osmosis Jones〉2001. 인체 내에서 벌어지는 병원균 세력과 백혈구 팀 사이의 싸움을 의인화한 작품이다. 강력한 힘으로 치고 들어오는 병원균에 맞선 열혈 백혈구 경찰관 오스모시스 존스의 활약이 흥미진진하게 펼쳐진다. 인체라는 우주 안에서 펼쳐지는 숨은 스토리를 형상화한 것인데, 설정이 파격적이면서도 설득적이다. 하지만 실상 그 발상은 무척 단순한 것이었다. '인체가 놀라운 스토리의 장이다'라는 인식 하나만으로 이런 유의 스토리는 얼마든지 나올 수 있다.

인체 내 현상을 스토리텔링으로 풀어낸 또 다른 작품 하나. 네이버 웹툰 〈유미의 세포들〉. 사람 안에서 펼쳐지는 여러 심리적·생리적 현상을 다양한 세포의 작용으로 풀어낸 이야기다. '세포'라는 생물학적 제목과 달리 내용은 심리 위주로 구성돼 있지만, 제반 심리현상이 뇌세포의 작용에 의한 것임을 생각하면 납득이 가는 설정이다. 인체 내에서 세포라는 이름의 작은 생명체들이 움직여 부대끼면서 흥미로운 소우주를 이룬다는 발상은 이 작품에 독창성과 함께 흥미를 부여하고 있다. 다들 그 스토리를 만들어낸 것이라고 생각하겠지만, 실상 그것은 숨어 있는 스토리를 '찾아낸 것'이라고 말하고 싶다.

세상 곳곳에 깃든 이야기들을 찾아내서 풀어내는 스토리텔링에 있어 관건이 하나 있다. 본래의 스토리 맥락을 제대로 잡아내지 못하고 임의로 바꾸면 곤란하다는 사실이다. 많은 작가 또는 작품이 이 지점에서 발을 헛디디곤 한다. 〈오스모시스 존스〉만 하더라도 〈인디아나 존스〉를 모방한 할리우드 특유의 과장적 영웅서사와 서사맥락에 잘 맞지 않는 유머가 스토리의 설득력과 감화력을 대폭 감쇄한 쪽이다. 그 결과는 완연한 소탐대실이었다.

개미들의 생존투쟁을 다룬 디즈니 애니메이션 〈벅스 라이프 A Buck's Life〉를 보다가 기함했던 일을 잊을 수 없다. 강력하고 난폭한 지배자 메뚜기를 상대로 한 개미들의 치열한 접전은 박진감과 감동을 자아내는 것이었다. 독재자의 횡행에 맞선 민중의 폭력투쟁! 문제는 그 싸움의 결과였다. 마침내 그 흉포한 독재자를 쓰러뜨리고 나서 돌아본 '우리 편'에 결정적 희생자는 한 명도 없었다. 완벽한 해피엔딩! 상상은 죄가 없다지만, 이래서는 곤란하다. 강포한 권력에 맞선 약자의 무장투쟁은 핏빛 희생을 피할 수 없다. 관객들 마음 편하라고 그걸 슬쩍 덮어버리면 엉터리 판타지이고 진실 왜곡일 따름이다. 이런 이야기에 길들어 자란 아이들이 뒷날 용감한 저항자가 될까 하면 그럴 리 없다. 가혹한 희생이 잇따르는 실제적 투쟁 상황에서 아무 저항력도 보이지 못한채 자지러지거나 숨어버릴 것이다.

옛날이야기라면 이런 식의 스토리텔링으로 나갈 리 없다. 사람

들이 기리는 신 영등할망이 외눈박이한테 산산이 찢겨서 죽었다
지 않는가. 또는 홀로 남아 싸우던 백장군이 불칼에 가슴이 찔려
피 흘리며 쓰러졌다지 않는가.

인간이라는 스토리:
세계의 풍운아

은하계 너머 대우주로부터 수억 개의 세포와 그보다 수억 배 많
은 쿼크quark까지 이 세상을 이루는 수많은 존재는 무한 스토리
세계의 구성요소들이다. 지구라는 행성에서 머리를 곧추 세운
채 움직이고 있는 인간 또한 마찬가지다. 저 안드로메다 높이에
서 본다면 나노먼지만큼도 안 되는 극미한 존재이겠지만, 인간
은 우주라는 스토리텔링 시스템에서 꽤나 드라마틱한 구실을
한다. 그는 세상 만유 가운데도 무척 특이한 존재다. 멀리 볼 것
없이, 스스로를 특이한 존재라고 말하는 이 자체가 특이하지 않
은가? 특이하다고 말하는 자체가 특이하다고 하는 것도! 하여튼
꽤나 맹랑한 존재가 인간이다.

농민의 아들이 길을 가다가 제 몸보다 큰 나뭇가지를 짊어지고서 땀
흘리며 가는 개미를 만났다. 소년이 어디를 가느냐고 묻자 개미는
여왕의 명령으로 창고를 지으러 가는 길이라 했다. 자기들은 평생

그렇게 명령을 받들면서 산다고 했다. 그러자 소년이 말했다. "아니야. 그건 불공평해!"

소년은 다시 밭에서 땀 흘리며 쟁기를 끄는 소를 만나서 무엇을 위해 그리 힘들게 일하느냐고 물었다. 소는 사람을 위해서라고 했다. 수백 년 동안 해온 일이라 했다. 소년이 그건 불공평한 일이라고 하자 소가 말했다. "사람도 마찬가지야. 너희 농민도 왕과 귀족을 위해 뼈 빠지게 일하잖아."

절망감에 빠진 아이가 부르짖었다. "아, 어떻게 해야 이걸 바꿀 수 있지?" 그러자 개미가 말했다. "불가능해. 하늘이 정한 질서야." 소가 말했다. "맞아. 대들어봤자 죽음을 당할 뿐이야." 토끼, 사슴, 메추리, 그리고 매가 말했다. "세상은 바뀌지 않아." "이대로가 좋아." "주어진 대로 살면 충분해." "신의 뜻이야." 동물들이 함께 입을 모아 말했다. "세상을 바꿀 순 없어!"

동물들의 수많은 눈이 농민의 아들을 향했다. 그때 소년이 말했다. "아니야, 그렇지 않아! 우리 인간은 바꿀 수 있어. 세상은 바뀔 거야!" 그 외침이 천둥과 같이 산과 들을 울리자 메아리가 물결처럼 퍼져 나갔다. "그래, 할 수 있어!" "세상은 바뀔 거야!" 그 메아리가 닿는 곳마다 변화가 생겨났다. 민둥산에 숲이 우거지고, 거친 들판이 비옥한 밭으로 변했다. 마을에 좋은 집들이 쑥쑥 생겨났다. 왕궁의 담이 허물어져 사람들의 놀이터가 되었다.

동물들이 하나둘 흩어졌다. 개미는 나뭇가지를 짊어지고 가던

길을 계속 가고, 소는 하늘을 올려다본 뒤 다시 쟁기를 끌기 시작
했다.

잉카 부족 사이에 전해온 〈농민의 아들〉이라는 이야기다. 어
찌 보면 이 설화는 인간 중심의 독단적 사고를 반영한 것처럼 생
각되기도 한다. 인간이 동물과 달리 이 세상의 주인이 될 수 있었
던 이유를 정당화하는 이야기. 하지만 이 설화는 엄연한 진실을
담지하고 있다. 인간은 여타 동물과 구별되는 특별한 존재다. 불
가능으로 보이는 일에 도전해서 그것을 가능으로 바꿔온 존재.
그들은 제 몸집보다 수십 배나 크고 힘센 코끼리와 사자 따위에
맞서서 그들을 복속시켰으며 하늘을 훨훨 나는 꿈을 끝내 이루
어냈다. 이미 지구라는 행성의 생태계를 뒤바꿔놓은 그들은 어
느 날 은하계에서 안드로메다에 이르기까지 우주의 지형을 뒤흔
들지도 모른다. 그 놀라운 존재감! 인간은 이 세상의 완연한 풍운
아다. 그가 가는 곳에 스토리가 만들어진다.

위 이야기에서도 잘 나타나 있듯이, 인간은 있는 것 너머를 사
유한다. 특유의 사고력 또는 상상력이다. 일컬어 호모 사피엔스
Homo Sapiens. 그 사유 또는 상상을 현실로 구현하려는 욕망은 또
얼마나 강력한지! 인간은 허튼 욕망조차 포기하지 않고 수단 방
법을 다하여 그것을 이루어낸다. 제 손으로 안 되면 노예나 동물
을 이용하고 또 최첨단 도구를 이용한다. 호모 파베르Homo Faber로

스토리텔링 원론

서 인간이 만들어낸 각종 도구들은 얼마나 놀라운지. 더 놀라운 것은 그것이 비로소 시작이라는 사실이다. 앞으로 인간이 무엇을 어떻게 더 만들어낼지 헤아리기조차 어렵다. 어쩌면 그들은 전능한 조물주까지 만들어낼지도 모른다. 아하, 이미 만들어냈던가?

　개인적으로 인간을 규정하는 여러 말들 가운데 핵심을 짚어 냈다고 여기는 것이 '호모 루덴스Homo Ludens'다. 놀이하는 인간. 먹고 싸고 생존하는 데 그치지 않고 인간은 놀이를 한다. 놀이하는 존재가 인간만은 아니겠지만, 인간이 노는 방식은 좀 유별나 다. 쉽게 만족을 못하고 이전에 없던 새로운 놀잇거리를 거듭 만 들어낸다. 그렇게 만들어낸 놀이의 종류는 얼마나 많은지! 가상 과 현실의 경계를 넘어서서 증강현실 영역으로 진입한 모바일게 임이 앞으로 어떻게 나아갈지 예측하기조차 어렵다. 사람들이 만들어낸 게임들을 보면 조물주도 혀를 내두르지 않을까? 하여 튼 뭔가 새로운 일을 벌이며 놀기를 꽤나 좋아하는 존재가 인간 이다. 자꾸 엉뚱하게 부딪쳐 움직여야 스토리가 만들어지는 법. 그런 면에서 인간은 스토리의 타고난 주인공이다.

　인간 특유의 다면성과 가변성을 또한 빼놓을 수 없다. 신과 짐승 사이를, 또는 천사와 악마 사이를 오가는 존재. 그것이 인 간이다. 학명을 지어본다면, 호모 야누스Homo Janus? 그 야누스적 속성은 그 자체로 스토리 요소가 된다.

계모 아래서 힘들게 살고 있는 어린 오누이가 있었다. 견디다 못한 오빠는 누이와 함께 집을 나가 넓은 세상으로 갔다. 들판과 숲을 헤매던 오빠는 갈증을 이기지 못하고 샘물의 물을 마시려 했다. 하지만 샘물은 마녀의 마법에 걸려 있었다. 첫째 샘물을 마시면 호랑이가 되고, 둘째 샘물을 마시면 늑대가 되며, 셋째 샘물을 마시면 사슴으로 변하게 되어 있었다. 오빠는 누이의 만류로 첫째 샘물과 둘째 샘물을 힘들게 포기했으나 더는 참지 못하고 세 번째 샘물을 마신 뒤 사슴으로 변하고 말았다.

그림형제 민담집에 실린 〈오누이Brüderchen und Schwesterchen〉KHM 11[5]의 앞부분이다. 그 핵심 화소는 '마법에 걸린 물'이다. 어떤 마법인가 하면 사람을 호랑이나 늑대 또는 사슴으로 만드는 마법이다. 이야기는 그것이 마녀의 마법이라 했으나 숨은 뜻을 헤아리자면 이는 없던 일을 만드는 마법이 아니다. 내면의 숨은 자아를 끄집어내는 계기일 따름이다. 슬픔과 분노, 고통에 지친 저 가엾은 소년은 존재적 전락의 위기에 직면해 있거니와, 그 표상이 곧 호랑이이고 늑대이며 사슴이다. 호랑이와 늑대라는 분노와 공격성을 겨우 다스린 그는 끝내 제 자신을 지키지 못하고 사슴이라는 무력한 퇴행 상태로 빠져들고 만다. 이야기는 그것을 '마법'과 '변신'이라는 화소로 표현하고 있는 중이다.

그리고 이어지는 스토리. 사슴이 된 저 소년은 억눌렸던 본성을 마음껏 발휘한다. 한 마리의 사슴이 되어 누이한테 기대고 안겨서 보호를 받으며, 어린아이처럼 제멋대로 뛰놀려고 한다. 누이의 걱정에도 아랑곳없이 사냥터로 나아가 뛰어다니던 그는 총에 맞아 피 흘리는 채로 돌아온다. 그리고……. 하여튼 이런 식이다. 엉뚱한 내용 같지만 완연한 진실이다. 자아 안에 숨은 또 다른 자아가 훌쩍 모습을 나타낸 상황. 그가 사슴이라는 자아에서 벗어나 다시 인간으로 돌아오기 위해 거쳐야 할 여정은 길고도 험하다. 어쩌면 영원히 돌아오지 못할 수도 있다.

이야기 속에서 사람은 여우로 변하고, 뱀으로 변하며, 호랑이로 변한다. 또는 나무나 꽃으로, 돌로 변한다. 이는 사람 안에 여우와 뱀과 호랑이가 있고 나무와 꽃과 돌이 있기 때문이다. 천변만화의 얼굴을 가진 존재. 그런 존재가 수억, 수십억이다. 상상 속의 인간까지 치면 수백억, 수천억 이상이다. 그로부터 우러날 수 있는 스토리는, 말 그대로 무궁무진하다.

인간이라는 스토리:
스토리로 인지하는 존재

인간을 나타내는 신조어 가운데 '호모 나랜스Homo Narrans'가 있다. 적극적으로 이야기를 찾아다니고 이야기를 새롭게 구성하여 소비하기를 즐기며 이야기 중심에 자기 자신을 두는 존재가 호모 나랜

스다. 스토리텔링 시대에 어울리는 인간형이다. 다분히 성격이나 취향의 요소를 내포하고 있는 이 말에 대하여, 나는 그 대신 '호모 스토리언스Homo Storiens'를 쓰고 싶다. 인간이 본래 스토리적으로 사고하고 행동하는 존재라는 뜻이다.

인간의 인지는 본질적으로 스토리적이다. 사람들이 생각하고 말하고 행동하는 일련의 과정은 기저에 스토리가 작용하며 그리하여 현상적으로도 스토리적으로 실현된다. 인간의 인지가 스토리 형태로 이루어진다는 사실은 여러 인지과학자가 거듭 강조한 바 있다. 브루너J. Bruner는 서사적으로 작동하는 인간의 마음에 주목하면서 인간이 이야기적 사고 양식을 통해 자신의 경험과 기억을 구성한다고 했으며, 터너M. Turner는 그의 저서 『문학적 마음 The Literary Mind』 서문에서 인지과학의 중심 문제가 '문학적 마음'의 문제라고 하면서 스토리가 마음의 기본 원리라고 천명한 바 있다.[6]

인지과학은 인지를 가능하게 하는 기제로서 '스키마schema'에 주목한다. 일정한 틀이 있기 때문에 기억과 인지, 재현이 가능하다는 입장이다. 간단하게 설명하면 스키마는 일정한 질서나 구조를 갖춘 계열체 내지 통합체라 할 수 있다. 인간이 보고 듣는 갖가지 일과 마음속에 떠올리는 수많은 상념은 밤하늘의 무수한 별과 같이 제각각이고 무질서한 것으로서 그것을 빠짐없이 기억하여 인지하기란 불가능하다. 기억되는 것 또는 기억하고 싶은 것만을 선택하여 새겨둘 뿐이다. 기억 대상으로 살아남는 것들도 무의식적 재구성 과정을 거치는 가운데 일정한 의미 속성을 지닌 형상으로 거듭난 것들이다. 그 선택적 재구성의 과정에 다양한 형태의 스키마가 인지적 기제로서 작동한다는 것이 스키마 이론의 기본 관점이다.

스키마는 경험적으로 습득되기도 하지만, 구성적 인지능력과 지향성이 인간 안에 선험적으로 내재한다고 보는 것이 합당하다. 타인과 의사소통을 가능케 하는 언어 능력이 우리 안에 깃들어 있는 식이다. 언어를 보자면, 그 효율성과 생산성이 놀라울 정도다. 언어라는 스키마로 못 만들어낼 말이 없다. 그리고 그 말은 서로 자연스럽게 통하여 합치를 이룬다. 발신자와 수신자 속의 스키마가 서로 통하기 때문이다. 언어학자들은 언어의 습득 과정을 일정한 틀을 주입하는 과정으로 설명하지 않는다. 사람 안에 본래적으로 내재한 계열화 능력이 각 언어의 관습에 따라 다양한 방식으로 형태화된 것이라고 본다.

인간은 정교한 구조를 지닌 유기체적 존재다. 인간의 눈 코 입과 팔다리와 손발 등등은, 그리고 골격과 장기와 혈관과 신경 등등은 생존과 활동에 최적화된 체계를 갖추고 있다. 정신적·인지적 측면도 그와 다를 바 없다. 그 또한 세상을 살아가는 데 필요한 고도의 체계를 갖추고 있다. 그 체계에는 절묘한 부조화적 조화가 있다. 인간의 신체를 보자면, 눈과 귀는 두 개이고 코와 입은 하나이며 다리는 팔보다 길고 발가락은 손가락보다 짧다.

왼손과 오른손은 대칭되는 쌍이지만 힘과 쓰임새가 같지 않다. 왜 이런 변주가 있는가 하면 그리해야 완전체 스토리가 되기 때문이다. 인지도 이와 같다. 기계적인 천편일률은 어울리지 않는다. 인간의 인지체계는 정합적 질서 속에 다양한 변주와 굴곡을 포함하고 있다. 그럼으로써 대상을 보다 효과적으로 기억하고 구성하면서 의미를 생성한다.

인간의 인지가 스토리적이라는 사실을 어떻게 증명할 수 있을까? 인지과학자들의 복잡한 실험이나 도식 같은 것을 끌어오지 않고도 이를 확인할 수 있는 길이 있다. 인간이 만들어서 소통하고 향유해온 수많은 담화들이 그 자체로 명확한 증거가 된다. 사람들은 경험이나 상념을 말할 때 특별한 것들을 선택적으로 부각하며 그들이 서로 연결되어 의미를 가지게끔 한다. '자유로운 상상을 통한 말하기'에서 특히 그러하다. 경험을 전할 때는 사실fact이라는 요소가 담화의 방향을 일정하게 제어하지만, 허구적 상상의 경우에는 그러한 제한이 없다. 마음의 방향이 가는 대로 나아가는 식이다. 걸림 없이 자유롭게 상상하여 풀어낸 자동진술 형태의 담화는 결국 어떤 모양새를 하게 될까? 답은 명확하다. 바로, 스토리story!

한 아이가 있다. 귀한 집의 외동아들. 부모는 그를 금이야 옥이야 키운다. 그 덕분에 아무 일 없이 평화롭고 행복하게 살다가 죽는다? 그건 아니다. 그런 말을 누가 하고 또 듣겠는가. 뭔가 문제가 생겨야 한다. 귀한 자식이므로 그 문제는 생존 쪽에서 발생하는 것이 제격이다. 지나가던 스님이 아이를 보더니만 쯧쯧 혀를 차면서 혼잣말을 한다. "그 녀석 생기기는 잘 생겼다만……" 이건 무슨 소리? 그 얘기를 전해들은 아이 부모가 스님을 쫓아가 무슨 뜻인지 묻는다. "안됐지만 아드님이 호랑이한테 물려서 죽을 팔자입니다." 떠돌이 객승의 말이니 무시해도 그만? 그럴 리 없다. 문제가 드러났으니 대책을 찾아야 한다. 부모는 스님 옷자락을 붙잡고 묻는다. "죽을 일을 아시면 살 일도 아시겠지요. 어찌하면 우리 애를 살릴 수 있는지 알려주십시오." 그에 어울리는 답은, "방법이 하나 있긴 하지만 쉬운 일이 아니라서……." 방법이 있다니 매달려야 한다. 그렇게 해서 나온 답은 아이를 집에서 내보내 걸식을 하게 해야 한다는 것. 부모로서는 무조건 따르는 게 답이다. 그렇게 호랑이가 득시글거리는 세상으로 나아간 아이는, 호랑이 발톱 앞에 직면하는 순간을 스스로 감당해서 마침내 죽을 운명을 극복한다. 그리고 귀한 보물에 예쁜 각시까지 얻고 돌아와 부모와 재회하고 오래오래 행복하게 잘 산다.

〈신바닥이〉라는 설화[7]의 흐름이거니와, 운명의 탐지에서 극복에 이르는 일련의 과정이 긴밀하고 자연스럽게 이어져 나간다. 그리고 그 안에는 변화와 굴곡, 비약과 반전이 있다. 일컬어 스토리. 꼭 이 설화가 아니라도 마찬가지다. 사람은 누군가 감당해야 할 운명이 있기 마련이며, 운명이 있으면 벗어날 방법도 있는 법이다.

그 방법은 대개 삶의 방식을 질적으로 바꾸는 데 있다. 그 변환에 성공하면 인생역전의 성공을 거두게 된다. 어느 나라 어떤 이야기라도 이와 같은 방식의 스토리를 따라가게 되어 있다. 왜 사람들의 상상이 스토리적인 길로 나아가는가 하면 인간이 본래 그렇게 생겨난 존재이기 때문이다. 호모 스토리언스! 아무리 애를 써봐도 인간의 상상 또는 인지는 스토리라는 틀을 벗어나기 어렵다.

스토리의 길은 가지각색 천차만별이다. 몇 가지 정해진 틀로 손쉽게 설명될 수 있는 바가 아니다. 설화적 스토리의 다양한 구조와 의미에 대해서는 뒤에 살펴겠거니와, 그것이 자연스럽고도 절묘한 질서를 갖추고 있다는 사실을 미리 강조해둔다. 억지로 꾸며서 만들어낸 자연스러움이 아니라, 안에 있는 바가 우러난 오묘한 자연스러움이다. 만약 위의 이야기가 앞뒤가 안 맞다고 여겨진다면 자신의 스토리적 인지기제가 훼상되지 않았는지 돌아보는 것이 옳다.

기록·문명·과학, 스토리를 포획하다

문자 없이 말로 기억하고 표현하고 소통하던 구술언어의 시대에 스토리는 스토리 그 자체였다. 인간 특유의 스토리적 인지기제는 다른 간섭이나 관여 없이 순연하게 작동할 수 있었다. 기억되는 것이 기억되고 짝이 되는 것들이 짝지어지는 방식이다. 그러한 선택과 조합은 결국 잘 짜인 스토리 형태를 취하게 된다. 왜냐하면 스토리가 경험과 상상을 갈무리하는 최적의 통로이기 때문이다. 구술시대의 역사가 신화와 전설이라는 원형적 이야기 형태로 전승된 것은 우연이 아니다.

문자가 발명되고 기록이 일상화되면서 언어문화에 큰 변화가 생겨났다. 오로지 몸과 마음으로 기억해야 했던 정보와 상념들을 글이라는 가시적이고 고정화된 형태로 붙잡아놓게 된 것은 하나의 혁명이라 부를 만한 사건이었다. 문자 덕분에 인간의 담화는 양적으로 풍부해지고 질적으로 정교해졌다. 하나하나 고쳐 다듬어서 차곡차곡 쌓아갈 수 있는 그 놀라운 확장성!

하지만 문자문화에 빛만 있는 것은 아니었다. 옹Walter J. Ong이 잘 지적했듯이,[8] 문자문화는 구술언어 특유의 순연성과 역동성을 퇴색시킨 면이 있다. 문자기록의 시스템은, 예컨대 세밀한 사실적 정보에 착안하는 경향성은 인지구조에 충실한 담화 축을 약화시키는 현상을 낳았다. 문자라는 저장수단에 의존함으로써 스스로의 기억과 재현이라는 구술적 인지능력이 퇴색한 측면도 있다. 비유하자면, 스마트폰에 번호가 들어 있으므로 전화번호를 더 이상 기억 못하고, 자동차 내비게이션에 의지함으로써 스스로 길을 찾는 판별력이 약화된 것과 같다.

문명과 과학 또한 비슷한 효과를 가져왔다. 문명 발달은 인간으로 하여금 안정된 질서의 세상에서 평화롭게 살아갈 길을 열었지만, 사유의 야생성과 상상의 역동성은 질적 감퇴를 겪어야 했다. 이데올로기가 스토리를 지배하는 상황까지 벌어졌으니, 『삼강행실도』라든가 각종 효자, 충신, 열녀전 따위가 그것이다. 중세의 일로 치부할지 모르나, 그런 경향은 근대 들어 더 심화된 면이 있다. 과학적 합리를 벗어난 상상을 저급하고 무익한 망상으로 치부하는 것이 근대의 시대정신이었다. 문명과 과학과 합리라는 이름의 천편일률성. 이는 완연한 스토리의 적이다. 너도 나도 비슷한 집과 비슷한 옷, 비슷한 일과와 비슷한 생각으로 움직여서야 인간이 어찌 세계의 풍운아 구실을 할 수 있을까.

인간의 상상은 제한돼서는 안 된다. 반경 없는 역동적 스토리의 생산이 멈춰서는 안 된다. 진짜 스토리가 계속 만들어지고 소통되고 구현되어야 인간은 본래의 인간다움을 오롯이 발현할 수 있다.

사실 크게 걱정할 일은 아니다. 문자와 문명과 과학의 세례 속에서도 인간의 상상력은 여전히 그 너머를 향하여 움직여온 터다. 뒤에 다시 살펴겠지만, 과학과 합리의 시대정신 속에 숨죽이고 있던 스토리문화가 다시 큰 힘으로 꿈틀대고 있는 중이다. 관건은 그 길을 제대로 찾아야 한다는 사실이다. 인간 인지의 심층을 제대로 반영한 진짜 스토리가 훌쩍 살아나서 힘을 내야 한다. 이 또한 그리 걱정할 일은 아니다. 우리에게는 오랜 구술문화의 전통과 그 빛나는 유산이 있으므로. 원형적 서사로서의 옛이야기가 그것이다. 스토리에 대한 모든 논의는 여기서 다시 시작해야 한다.

2

이
야
기
와 상
상

설화라는 특별한 언어

인간은 언어를 통해 광범위하고 정밀한 의사소통을 행한다. 수많은 정보와 지식에서 갖가지 상념과 감정까지 언어로 소통하지 못할 것은 거의 없다. 언어의 표현 범위는 무궁무진하거니와 그 놀라운 생산성과 소통력은 문법grammar이라는 공통의 약속체계에 의한 것이라 할 수 있다. 음운과 형태, 통사에 걸친 일반적인 규칙을 준수하고 단어들의 의미와 용법을 어긋남 없이 지키면 구체적 내용을 달리한 새로운 표현이 얼마든지 가능하다. 최소한의 규칙으로 최대한의 소통을 가능케 하는 마법의 코드code가 언어 문법이라고 할 수 있다.

설화는 언어를 소통수단으로 삼는 담화 양식으로서 언어 일반의 규칙에 입각하여 표현과 소통이 이루어진다. 언어의 기본 문법을 지키지 않으면 담화 자체가 성립되지 않는다. 주목할 사실은 설화가 하나의 특별한 문학적 담화로서 언어 사용의 일반적 준칙을 넘어서는 그 자신만의 특수한 약속체계를 지닌다는 데 있다. 일컬어 '이야기 문법story grammar'이라고 할 만한 요소다.

다음 두 언술을 비교해보자.

(1) 지난겨울에 한 계모가 어린 자식을 밤새 집 밖에 방치해서 죽음에 이르게 했다.

(2) 옛날에 한 계모가 어린 자식을 무서운 거인들이 사는 검은 숲에 내다 버렸다.

위의 두 언술은 한국어라는 코드를 공유하고 있으며 그 문법 규칙을 준수하고 있다. 서로 문장구조와 내용도 비슷한 점이 많다. 하지만 두 언술에 작용하는 약속체계에는 질적인 차이가 있으며, 발화가 가져오는 효과가 완연히 다르다. 그 차이는 무엇보다 설화에 해당하는 언술 (2)의 특수성에 따른 것이라 할 수 있다.

일반적 언술에 해당하는 (1)을 보면, 거기에는 차질 없는 의사소통을 위한 언어사용 준칙으로서 지시적 정확성이 전제되어 있다. 모든 말들은 발신자와 수신자가 같은 대상을 떠올리도록 되어 있다. 이 언술에서 '지난겨울'은 발화 시점 기준으로 가장 가까운 과거 속의 추운 계절을 뜻하며, '계모'는 '의붓어머니' 곧 '아버지가 재혼하여 얻은 아내'를 일컫는다. 그 뒤의 모든 발화도 구체적으로 지시하는 바가 뚜렷하며 별다른 의미상의 모호성이 없다.

한편, 이 언술에서는 정확성과 함께 사실성이라는 준칙이 작동하고 있다. 이 언술은 그 내용이 실제 상황과 부합함을 전제로 하여 발신과 수신이 이루어진다. 계모가 어린 자식을 집 밖에 둔 일과 아이가 죽은 일은 실제의 일일 것이 요청된다. 만약 그것이 진실이 아니라면 발신자와 수신자 사이에 정보의 괴리와 함께 인식상의 혼선이 생겨난다. 이는 소통체계에 근본적인 혼란과 장애를 가져오는바, 사실에 어긋나는 언술로서의 '거짓말'은 금지와 통제, 나아가 징벌의 대상이 된다.

그런데 설화의 언술은 이와 같은 일반적 언어사용 규칙을 정면으로 위배한다. 설화의 언술은 정확하지 않으며 사실적이지도 않다. (2)를 보면, 문장 자체는 문법에 맞지만 언술이 지시하는 바는 모호하고 다의적이다. 이 언술 속의 '계모'는 '아버지가 재혼해서 얻은 아내'라는 사전적 의미로 단정할 바가 아니다. 그리하면 이 담화는 생기를 잃고 의미가 닫혀버린다. 저 계모는 그 나타내는 바가 친엄마일 수 있으며,[1] 이모나 고모, 숙모, 할머니, 또는 아버지와 선생, 선배, 목사님 등일 수도 있다. '나쁜 보호자' 내지 '못된 주변사람'에 해당하는 존재가 널리 그 자리에 들어갈 수 있다.

이야기와 상상

위 언술은 이렇게 의미상으로 열려 있음으로 해서 본연의 담론적 가치를 지니게 된다. 이는 '무서운 거인'이나 '검은 숲' 등도 마찬가지다. 거인이 얼마나 크고 어떻게 무서운지는 미지 상태로 열려 있다. 그는 하늘에 닿을 듯 클 수도 있고, 보통사람보다 조금 더 클 수도 있으며, 생김새가 사람과 비슷할 수도 있고 아주 다를 수도 있다. 어쩌면 그는 사람보다 사물에 가까운 존재일 수도 있다. '검은 숲'의 경우 숲의 색깔이 진짜로 흑색이라는 것으로 볼 바는 아니다. 그곳이 거칠고 위험하다는 뜻으로, 또는 무슨 일이 일어날지 모르는 미지의 장소라는 쪽으로 받아들이는 편이 더 어울린다.

언술 (2)가 사실성의 준칙을 위배한다는 데 대해서는 긴 설명이 필요 없을 것이다. 그것은 모처에서 실제로 일어난 일에 대한 발화가 아니다. '검은 숲의 거인'은 실재와 무관한 허구적 존재이며, 계모나 어린 딸 또한 상상 속의 가상적 인물일 따름이다. 숲에 내다 버렸다고 하는 행위 또한 마찬가지다. 그런 일이 실제로 일어났다는 증거는 없다. 정확히 말하면, 사실인가의 여부가 애초에 문제시되지 않는다. '옛날에'라는 말이 일종의 신호로서 제시되는 순간부터 발화는 사실성과 무관한 가상적 허구의 길로 접어든다. 일반적 언어사용 방식과 결을 달리하는 민담 특유의 언어적 약속이고 규칙이다. 언어 규칙으로부터의 일탈을 규칙으로 삼는 터이니 말 그대로 '특별한 언어'가 된다.

스토리텔링 원론

정확성과 진실성이라는 일반적 준칙에 입각해서 언어를 인식하고 평가할 때에 민담은 종잡기 어려운 낯설고 엉뚱한 언어가 된다. 극단적 시각에서, 그것은 세계에 대한 건전한 인식에 혼란을 가져오는 공허하고 무책임한 언술이 된다. 과학적 실질성과 경험적 합리성을 신봉하는 근대적 시대조류 속에서 민담이 격하와 배제의 대상이 되어 쇠퇴한 현상을 이러한 맥락에서 이해해 볼 수 있다. 그러한 시대정신 내지 조류가 세대를 관통하는 가운데 민담이 사어화死語化의 길로 접어든 것이 근대의 언어문화적 흐름이었다는 뜻이다.

설화가 종잡기 힘든 허황한 것이고 인식상 혼란을 낳는 위험한 것이라는 관점은 일방적이고 편파적인 것이다. 실재와 상상은 세계를 이루는 두 축으로서 어느 한쪽에 일방적 가치를 부여할 바가 아니다. 인간은 본래 꿈꾸는 존재이며, 상상하는 존재다. 상상은 인간을 인간답게 한다. 그 상상의 길을 펼쳐내는 데 적합화된 언어, 그것이 곧 설화라 할 수 있다.

상상이 없는 삶이란 어떤 것일까? 그것은 온 존재가 경험적 실재의 테두리 안에 꽁꽁 갇혀 있는 것과 같다. 몸뿐만 아니라 마음까지 말이다. 인간의 경험적 반경은 꽤 넓지만, 무한하지는 않다. 경험적 현실에 입각할 때 인간이 100미터를 9초 내로 달리거나 하늘을 훌쩍 나는 일은 불가능하며, 가난한 시골 총각이 왕이 되는 일도 일어날 수 없다. 만약 어떤 사람이 태어날 때부터 허구적 상상을 배제한 채로 경험적이고 실제적인 사고만 하도록 키워진다면 그 삶은 일차원적 단순성을 거의 못 벗어날 것이다. 주어진 환경에 긴박된 채로 눈앞의 상황을 감당해 나가는 식이다. 그런 방식으로는 새로운 삶, 새로운 가치를 향한 통로가 닫히고 만다. 그 세계가 아예 없는 것처럼 되어버린다.

설화적 상상 속에서는 경험적 현실에서 생각도 못할 모든 일들이 다 가능하다. 사람이 단숨에 수천 리를 가고 하늘을 훨훨 날아오르며 눈앞에서 감쪽같이 사라질 수 있다. 거지가 하루아침에 왕이 되고 왕자가 한순간에 개구리가 되며 한 사람이 열 명, 백 명으로 나뉠 수 있다. 이와 같은 상상적 형상을 말하고 듣는 과정에서 인간의 인지는 힘찬 운동을 하게 된다. 사고의 반경이 부쩍 넓어지고 사유의 역동성이 살아난다. 그로부터 인간 삶의 새로운 지경이 열려 나간다. 인류 역사의 발전은 이런 인지적 운동을 통해 실현된다고 해도 좋다. 틀을 깨는 자유와 역동의 상상적 인지를 통해서 말이다.

요컨대 허구적 상상을 축으로 한 문학적 언술행위는 없어도 그만인 무엇이 아니다. 그것은 경험적 현실성을 축으로 한 언술행위와 더불어서 인간 삶의 기본 축을 이루는 본원적 요소다. 그것 없이 인간은 인간일 수 없다. 세계 모든 곳에서 수백수천 년동안 상상적 담화로서의 설화가 언어생활의 한 축을 이루어온 것은 우연이 아니다.

이야기가 따르는 꿈의 길

'몽상夢想'이라는 말이 있다. 꿈 같은 상상. 꿈과 상상은 서로 긴밀히 통한다. 우리는 꿈에서 상상력의 원형을 볼 수 있다. 의식이 잠든 상태에서 마음껏 펼쳐지는 자유롭고 역동적인 원초적 인지의 시간. 인간이 숭배하는 이성理性은 그 속에서 힘을 잃는다. 정확성과 사실성이라는 준칙이 무화된 가운데 현실은 마구 뒤틀리고 뒤집어진다. 꿈은 인간 본연의 무의식적 인지의 실체적 표상이라 할 수 있다.

꿈속에서 벌어지는 일들을 보자면 경험적 현실에서 생각지도 못했던 것들 투성이다. 어딘지 알 수 없는 낯선 곳, 듣도 보도 못한 기이한 존재들이 툭툭 몸을 부딪쳐 온다. 키가 하늘까지 닿는 거인, 얼굴이 여럿에 눈이 하나씩인 괴물, 이상한 모양을 한 채로 사람처럼 말을 하는 동물과 식물 등등. 상황이 전개되는 방식 또한 낯설고 놀랍기는 마찬가지다. 금방 방 안에 있나 했더니 어느새 옛 고향이나 이국땅이거나 낯선 별세계다. 앞에 있는 상대방이 친구였나 하면 돌연 낯선 사람이며 다시 보면 괴물이거나 신령이다. 손을 쭉 뻗으니 십 리까지 뻗치고 몸을 홱 던지자 아득한 절벽 건너편이다. 분명 총에 맞고 피를 쏟으며 쓰러졌는데 어느새 멀쩡히 살아서 쿵쿵 움직인다. 움직임에 아무 거침이 없고 행동반경에 제한이 없다. 그 몸짓에 따라 세상이 이리 흔들리고 저리 바뀐다.

이와 같은 꿈속의 형상은 아주 맹랑하고 허황한 것으로 생각되지만, 그렇게 치부할 바가 아니다. 정신분석학자를 포함한 꿈 연구자들은 그 비논리적 형상 속에 깊은 상징적 의미가 깃들어 있다고 말한다. 그것은 마음 깊은 곳의 무의식을 원형적으로 반영하며, 세상에 얽힌 숨은 비밀을 암시하고 기약한다. 불필요한 요소는 다 소거되고 의미 있는 요소들만이 생생히 살아 움직이는 가운데 서로 맞부딪는 것이 꿈의 세계라 할 수 있다.

이야기가 펼쳐 보이는 상상의 세계가 바로 이와 같다. 상상의 담화로서의 설화는, 특히 상상적 자유로움을 한껏 구가하는 민담民譚은 오롯한 '꿈의 문학'이라 할 수 있다. 인물과 배경, 사건을 포함한 제반의 서사가 꿈의 길을 따라서, 원초적 상상의 논리를 따라서 펼쳐져 나간다.

옛날하고도 먼 옛날, 어느 시골 마을에 노파가 살고 있었다. 남편도 없는 폭삭 늙은 노파인데 어느 날 덜컥 임신을 해서 아이를 낳는다. 낳고 보니 사람이 아닌 구렁이다. 어이쿠 이 일을 어찌하나. 노파는 구렁이 자식을 뒤주에 집어넣고 뚜껑을 닫는다. 어찌 알았는지 이웃 장자집 세 딸이 자식 구경을 하러 온다. 첫째 딸 둘째 딸이 낯을 찡그리며 달아나는데 막내딸은 활짝 미소를 지으며 말한다. "어머, 구렁덩덩신선비님을 낳았네!" 그러자 뱀이 노파한테 말한다. "나 장자의 셋째 딸한테 장가 보내주오. 안 그러면 한 손에 불 들고 한 손에 칼 들고 엄마 뱃속으로 다시 들어가겠소."

동화적 환상이 깃든 민담 〈구렁덩덩신선비〉는 이와 같이 시작된다. 사연을 보면 이해하기 힘든 괴상한 요소 투성이다. 늙은 노파가 남편도 없이 임신하는 일도 그렇고, 낳은 자식이 사람이 아닌 뱀인 것도 그렇다. 막내딸이 징그러운 뱀더러 '구렁덩덩신선비'라고 하는 것과 뱀이 그 딸한테 장가를 들겠다고 나서는 것은 서로 짝을 이루는 기이한 일이 된다.

이렇듯 괴상망측하기 짝이 없는 사연을 위 이야기는 아무렇지도 않다는 듯, 당연히 그럴 수 있다는 듯 편안하게 펼쳐 나간다. 실제 상황이라면 상상도 못할 일이 불쑥불쑥 벌어지는 가운데 서사가 성큼성큼 진전되어 간다. 어떤가 하면, 지금 우리는 현실이 아닌 꿈의 길을 따라서 나아가고 있는 중이다. 꿈이 펼쳐짐에 있어서 상황에 대한 구구한 설명 같은 것은 필요가 없다. 논리적 판단이나 헤아림은 오히려 꿈을 방해하여 종결시키고 만다. 그냥 무의식적 충동이 시키는 바에 따라 나아가는 것이 곧 꿈의 길이다. 이야기 또한 그렇다. 상상의 가닥이 가 닿는 대로 쭉쭉 나아가면 된다.

노파는 장자를 찾아가서 구렁이 아들의 의사를 전한다. 그러자 장자는 세 딸을 불러 의사를 묻는다. "할멈의 아들과 혼인하겠니?" 위의 두 딸은 징그럽다며 손사래를 치는데, 막내딸은 반색을 하며 구렁이와 결혼하겠다고 한다. "좋다면 그리 하렴." 그렇게 하여 구렁이와 막내딸의 혼례식이 펼쳐진다. 구렁이는 담을 기어올라 빨랫줄을 타고서 초례청에 이른다. 그렇게 혼례가 치러지고, 첫날밤을 위해 목욕을 마쳤을 때 구렁이는 향기로운 운무에 휩싸여 신선 같은 미남자로 탈바꿈한다. 그리고 그 사실을 안 두 언니는 시기심에 휩싸여 훼방을 시작한다.

만약 상상이 아닌 현실 상황이라면 어떠했을까. 노파는 장자한테 감히 혼인에 관해서 입도 뻥긋 못했을 것이다. 설사 말을 꺼냈다 해도 장자는 불호령을 내리면서 응징했을 것이다. 하지만 이것은 어디까지나 이야기다. 말도 안 되는 것 같은 그런 상황이 척척 이루어진다. 혼례는 성사되고, 태어난 지 얼마 되지도 않던 뱀 아들은 어느새 새신랑이 되어서 장자의 막내딸과 혼례를 치른다. 그리고 하룻밤 사이에 신선 같은 미남자로 떡하니 변신한다.

말이 안 되는 허무맹랑한 상황처럼 보이지만 그렇지 않다. 그 속에는 특유의 무의식적이고 상징적인 인지체계가 착착 작동하고 있다. 아버지도 없이 할미에게서 태어난 자식이니 범상치 않은 존재가 된다. 그는 두 언니의 범상한 눈에 이상하고 불편한 존재였으나 본질을 꿰뚫어보는 막내딸의 눈에는 이미 신선에 해당하는 존재였다. 그런 이치를 알고 있는 이가 장자인지라 혼례가 성사되고, 그리하여 둘은 천생연분으로 어울리는 커플을 이루게 된다.

이야기는 그렇게 쭉쭉 이어져 간다. 꿈과 상상의 속도를 따라서 좀 빠르게 나아가보자.

신선비는 막내딸에게 허물을 맡기며 잘 간직하라 한다. 그 사실을 염탐한 두 언니는 허물을 훔쳐내 불태우고, 냄새를 맡은 신선비는 뒤돌아서 종적을 감춘다. 그렇게 사라진 남편을 찾아 막내딸은 길을 나선다. 농부를 만나 밭을 갈아주고서 길을 찾고, 까치한테 벌레를 잡아주고 길을 찾으며, 할머니 빨래를 대신해 주고 길을 찾는다. 옹달샘에 띄운 복주께에 훌쩍 올라서서 별세계로 들어선 막내딸. 새를 쫓는 아이에게 세 번 길을 물어 신선비의 집을 찾아내 만나고 보니 신선비는 다음 날 새 각시와의 혼인을 앞두고 있다. 이어지는 것은 신선비를 둘러싼 두 각시의 시합. 헌 각시 막내딸은 우물물 길어 오기 시합과, 수수께끼 시합, 호랑이 눈썹 뽑아 오기 시합을 차례로 이기고서 신선비를 되찾아 오래오래 행복하게 산다.

'오래오래 행복하게 잘 살았다'는 정해진 결말에 이르기까지 서사가 나아가는 길에 거침이 없다. 집을 떠나 낯설고 넓은 세상으로 나선 막내딸은 길을 잘도 찾아낸다. 마음 가는 대로 몸을 움직이니까 길이 쭉쭉 열린다. 신령한 원조자들이 나타나서 갈 길을 알려준다. 신선비가 속해 있는 별세계로 가는 것 또한 문제가 아니다. 조그만 복주께^{밥주발 뚜껑}에 올라서는 것으로 충분하다. 그 뒤의 일 또한 보는 그대로다. 막내딸은 결국 신선비를 만나며 호랑이 눈썹을 뽑아 오는 과제까지도 훌륭히 완수하여 남편을 되찾고 행복의 길로 나선다.

집을 나서서 낯선 길을 움직여 가고 있는 저 막내딸은 완연한 주인공이다. 도달하지 못하는 곳이 없고, 행하지 못하는 일이 없다. 그야말로 무한 가능성의 존재이고 무한 실현의 존재이다. 그것은 인간의 근원적 꿈과 욕망을 반영한 형상으로서 의의를 지닌다. 사람들이 내면 깊숙이 간직하고 있는, 현실의 갖은 제약 속에 억눌려 있던 꿈과 욕망이 마음껏 날개를 펴고 있다. 그러한 상상적 구현을 통해서 사람들을 가두는 '현실의 감옥'이 깨어지며, 삶의 확장과 영혼의 비상이 이루어진다.

허구적 상상과 삶의 진실

옛이야기의 서사가 상상의 논리에 따라 움직이고 있음을 보았다. 그 상상의 논리가 현실과 전혀 무관한 것인가 하면 그렇지 않다. 사람들이 꾸는 꿈이 어떤 형태로든 현실을 반영하는 것과 마찬가지로 허구적 환상의 형태로 펼쳐지는 문학적 상상 또한 현실적 삶을 투영한다. 대개는 상징적이거나 역설적·반어적인 형태로. 그리고 무의식적이고 원형적인 형태로.

다시 〈구렁덩덩신선비〉 이야기로 돌아가보자. 할미가 낳은 구렁이는 범상치 않은 존재라고 했다. 범상치 않은 존재는 사람들에게 낯섦과 두려움을 유발하곤 한다. 구렁이 또한 그러하다. 그는 신선의 속성을 지니고 있지만, 그 자질은 겉으로 드러나지 않는다. 그는 오히려 꺼림의 대상이 되는 징그러운 모습을 하고 있다. 그 모습에 놀라 달아난 장자의 첫째 딸과 둘째 딸은 대상의 표면을 본 자라 할 수 있다. 이에 대해 막내딸은 대상의 이면적 가치를 본 자에 해당한다. 가치를 알아차렸으므로 거기 접속할 자격을 얻는다. 막내딸과 구렁이의 결연은 '가치를 지닌 대상과 그 가치를 알아본 존재의 접속'을 상징하는 화소가 된다.

지나는 길에 간단한 삽화 하나. 구렁이는 자기를 낳은 할미한테 막내딸과 혼인을 시켜주지 않으면 한 손에 불을 들고 한 손에 칼을 들고 뱃속으로 다시 들어가겠다고 위협한다. 현실로 치면 패륜이라 할 정도로 비도덕적인 말이 되겠으나, 원형적 상징 차원에서 보면 맥락이 전혀 다르다. 세상의 모든 존재란 자기실현을 위해 태어난다. 그러한 자기실현의 몸짓을 인정하지 않는 일이란 곧 존재를 부정하는 일이 된다. 구렁이가 할미한테 뱃속으로 다시 들어가야겠냐고 묻는 것은 정녕 자신의 존재를, 스스로

이야기와 상상

만들어낸 존재를 부정하겠느냐고 하는 물음이다. 그에 대한 답은 분명하다. 존재를 부정할 수는 없는 법. 아들의 뜻을 따를 수밖에 없다. 할미가 장자한테 가서 혼인을 청하는 것은 이러한 맥락에서 벌어지는 일이다. 장자가 막내딸을 구렁이와 혼인시키는 것 또한 마찬가지다.

구렁이를 징그럽다고 물리쳤던 두 언니는 동생과 결혼한 구렁이가 신선 같은 미남자로 변신하자, 그때서야 뒤늦게 후회하며 동생을 질투하고 신선비를 욕망한다. 그 삶의 방식은 막내딸의 경우와 극명하게 대비된다. 막내딸의 삶이 주인의 삶이고 창조의 삶이라면, 두 언니의 삶은 노예의 삶이고 파괴의 삶이다. 전자가 선善이라면 후자는 악惡이다. 신선비가 떠난 상황은 악의 훼방으로 인해 선이 길을 잃은 상황이다. 하지만 악은 방해자는 될 수 있되 주인공은 될 수 없다. 스스로 가치를 찾을 수 있는 자만이 주인공이 되고 새로운 역사를 이루는 법이다. 막내딸이 집을 떠나 낯선 세계로 나아가는 것은, 별세계에 이르러 신선비를 되찾고 영원한 행복을 이루는 것은 그 상징이 된다.

여기서 한 가지, 신선비는 왜 그리 쉽게 떠난 것인가 하는 의문을 가져볼 수 있다. 허물 타는 냄새를 맡고는 어찌 된 사정인지 알아볼 생각도 없이 훌쩍 뒤돌아 떠나버렸다니 꽤나 야속하고 무책임해 보인다. 여성 입장에서 특히 이해하고 납득하기 어려운 상황이다. 저 밑바닥에 있는 존재를 손잡아서 끌어올려 주었더니 어찌 이럴 수 있단 말인가. 도대체 구렁이 허물 따위가 뭐기에!

답하기 쉽지 않은 의문이면서 여러 가지로 답할 수 있는 물음이기도 하다. 예의 개방적 다의성이다. 예컨대 우리는 저 구렁이 허물을 남자의 출신을 표상하는 것으로 해석해볼 수 있다. 저 남자는 지금 변신에 성공한 상태이지만 그 근본은 천하고 험한 밑바닥 출신이었다. 그것은 그에게 깊은 상처에 해당하는 바로서 깊이 간직해서 지켜줘야 하는 민감한 무엇이었다. 그것이 둘 사이의 약속이었다. 그런데 그것이 그 잘난 아내의 식구들에 의해서, 이른바 '처 월드'에 의해서 백일하에 노출된 상황이다. 허물이 타는 냄새가 세상에 널리 퍼진 상황은 곧 흉한 추문이 세상에 두루 퍼진 상황을 표상한다. 제 알몸이 드러난 것 같은 그런 상황에서 저 남자는 훌쩍 뒤돌아 떠나서 숨어버리고 만다. 자기만의 깊은 동굴 속으로.

이 상황에서 막내딸이 화를 내고 돌아섰다면 그것으로 관계는 끝나고 스토리의 길은 끊겼을 것이다. 그런데 이 지점에서 막내딸은 남편을 찾아서 길을 떠난다. 좀 억울한 일로 생각될지 모르지만, 이치에 안 맞는 선택이라고 할 바는 아니다. 대체 뭐가 문제였는지 가서 알아봐야 하지 않겠는가 말이다.

얼핏 보면 이야기에서 그에 대한 답은 따로 나오지 않는 것처럼 보인다. 막내딸이 먼 길을 헤치고 나아가 신선비를 만났다는 결과가 있을 따름이다. 하지만, 그렇지 않다. 그 답은 이야기 속에 오롯이 담겨 있다. 이야기는 막내딸이 집을 나간 뒤 농부를 만나 밭을 대신 갈아주고, 까치한테 벌레를 잡아주고, 할머니 대신 흰 빨래 검은 빨래를 빨고서 길을 찾았다고 말하고 있다. 부잣집에서 귀하게 성장한 여자로서 처음 하는 낯설고 험한 일이었을 것이다. 그 낯설고 험한 일은 밑바닥에서 천하게 성장한 저 남자한테는 나날의 일상이었던 터다. 그러니까 저 여자는 저 일들을 하면서 남자가 살아온 '상처의 역사'를 온몸으로 겪어가고 있다. 자기가 꽤 알고 있다고 생각했으나 실은 잘 몰랐던 제 남자의 숨겨진 참모습을 제대로 알아가고 있는 중이다. 그리함으로써 남자에게로 향하는 길을 열어가고 있다.[2]

이야기는 막내딸이 찾아가 만났을 때, 신선비가 다른 여자와 결혼을 앞둔 상황이었다고 말한다. 현실로 치자면 화가 나서 뺨을 칠 만한 일이겠으나, 이것은 이야기다. 상처를 입고 마음이 딴 곳으로 떠난 상황을 '새 각시와의 결혼'으로 표현한 것이라고 봄이 옳다. 마음이 허하면 다른 기댈 곳을 찾는 게 인지상정이기도 하다. 이 지점에서 막내딸은 남편을 되찾기 위해 새 각시와 시합을 하게 되거니와, 그 시험에는 물 긷기 같은 노동과 함께 '호랑이 눈썹 찾기'가 포함된다. 물 긷기는 쉽게 이해되는데 호랑이 눈썹이 좀 어렵다. 그 시합 과정을 보자면, 새 각시가 마을을 지나다니는 고양이를 잡아 눈썹을 뽑는 것과 달리 막내딸은 깊은 산중으로 들어가 진짜 호랑이 눈썹을 구해서 가져온다. 그리하여 남자와의 재결합에 최종적으로 성공하게 된다. 가짜가 아닌 진짜를 찾은 셈이니 그가 제 남자의 참모습을 찾은 일과 의미상으로 통하는 일이 된다.

설화에서 호랑이 눈썹은 재미있는 상징물로 등장한다. 눈에 호랑이 눈썹을 대고서 대상을 보면 그 전생이 보인다고 한다. 전생이 닭인 사람은 닭으로 보이고, 전생이 사슴인 사람은 사슴으로 보인다는 것이다. 그것만 있으면 좋은 짝을 찾고 좋은 보물들을 맘껏 얻을 수 있을 터이니 대단한 주보呪寶라 할 만하다. 하지만 〈구렁덩덩신선비〉의 서사와 관련해서 보면, 호랑이 눈썹은 '숨겨진 가치를 보는 안목'의 상징이라고 할 수 있다. 대상의 진정한 가치를 보는 자만이 그것을 오롯이 가질 수 있는 법. 장자의 막내딸이 그러한 자이므로 호랑이 눈썹을 가질 수 있었고, 제 남자의 참모습을 발견하여 그것을 끌어안을 수 있었던 것이라 할 수 있다.

원형적 서사가 펼쳐내는 문학적 상상이란 이와 같다. 얼핏 허튼 과장과 엉뚱한 비약으로 가득 찬 것으로 보이지만 그 안에는 인생사의 진실이 깃들어 있다. 존재와 관계의 근원에 닿아 있는 깊고 내밀한 진실이다. 옛이야기 속에는 그러한 비의가 가득 차 있다. 저 막내딸처럼 겉이 아닌 깊은 속을 들여다보면, 호랑이 눈썹을 대고 본질을 통찰하면 그 비의들은 오롯이 살아와서 우리 삶을 찬란하게 일깨울 것이다.

설화적 상상의 전완성과 다의성

여기 또 한 편의 설화가 있다. 제목은 〈종소리〉. 〈은혜 갚은 까치〉라는 이름으로 널리 알려진 이야기다. 까치가 몸으로 종을 울려서 제 새끼를 구해준 사람의 은혜를 갚았다는 내용으로, 설화 특유의 허구적 상상력이 짙게 밴 이야기다. 아이들한테나 어울리는 유치하고 엉뚱한 이야기처럼 보일 터인데, 그 스토리적 구조와 의미를 짚어보고 나면 깜짝 놀랄 것이다.

다음은 〈종소리〉의 줄거리를 서사단락 형태로 정리한 것이다.[3]

A. 한 한량이 과거를 보러 집을 떠났다.

B. 그 사람은 (산길을 가다가 구렁이에게 죽게 된 까치를 발견하고) 구렁이를 활로 쏘아 죽이고 까치를 살려주었다.

C₁. 그 사람은 날이 저물어 인가를 찾아가 유숙하게 되었는데 잠 든 사이에 구렁이가 몸을 감고 남편의 복수를 하겠다고 하며 살려 거든 종소리를 세 번 들려달라고 하였다.

C₂. 그때 종소리가 울리고 구렁이는 그 사람의 몸을 풀고 사라졌다 용이 되어 올라갔다.

D₁. 날이 밝아 종소리 난 곳을 찾아가 보니 어제 구해준 까치가 종 밑에 떨어져 죽어 있었다.

D₂. 그 사람은 과거에 급제하여 훌륭한 사람이 되었다.

이 설화에는 한량, 까치, 구렁이암/수, 절, 종소리, 길 떠남, 죽임, 복수, 보은, 성공 등과 같은 여러 구성요소들이 있다. 나름의 상징적 의미를 지닌 사항들이지만, 독자적으로 놓고 보면 의미화가 아직 이루어지지 않은 질료 상태라 할 수 있다. 이들은 스토리적 구성요소로서의 화소가 됨으로써, 그러니까 '관심을 환기하는 낯설고 특별한 언술 단위'로 집약됨으로써 맥락적 의미화의 길로 나아가게 된다. 까치를 잡아먹으려는 구렁이, 구렁이를 활로 쏘는 사람, 남편 복수를 하려는 구렁이, 몸으로 종을 울린 까치 등이 그것이다.

화소 형태로 집약된 이야기 요소는 특별한 의미 속성을 지니지만, 그 의미는 여러 방향으로 열려 있는 상태다. '구렁이를 활로 쏘는 사람'을 보자면 그것은 유희, 기술技術, 도전, 폭력, 방어, 위협 제거, 신성 침범, 괴기怪奇 등 수많은 의미를 가능태로 내포하며, 그중 어느 것이 옳고 그르다는 판단을 할 수 없다. 그 화소가 맥락적 의미를 발현하는 것은 다른 화소들과의 관계 맺음을 통해서다. 〈종소리〉에서 활을 쏘는 행위는 '까치를 잡아먹으려는 구렁이'에 대한 대응인 만큼 유희나 괴기, 폭력, 신성 침범 등이 아닌 '방어'와 '위협 제거'의 의미를 지니며, 나아가 '구원'과 '적덕'이라는 의미를 갖게 된다.

설화에서 화소들 사이의 관계는 흔히 구조構造로 설명된다. 설화의 화소들은 구조 형성에 적합한 자질들을 풍부하게 지니며,

그리하여 화소들 사이에는 여러 형태의 구조적 관계가 성립된다. 설화학에서 그 구조는 일반적으로 순차구조와 대립구조의 복합으로 설명된다. 순차구조는 이야기 진행 순서에 따른 서사 요소들의 계기적 짜임새, 예컨대 '결핍 → 결핍의 해소', '금기 → 위반 → 위반의 결과' 같은 요소의 유기적 연관관계를 말하며, 대립구조는 서사적 순서와 상관없이 이야기 바탕에 깔려 있는 대립요소, 예컨대 '생 : 사', '선 : 악', '성 : 속', '남 : 녀', '귀 : 천' 등이 형성하는 상관관계를 일컫는다. 설화의 구조와 의미는 이야기 바탕에 놓인 주요 대립항이 순차구조와 어떻게 맞물리는가를 살핌으로써 분석해낼 수 있다.

서대석은 〈종소리〉 설화의 기본 구성에 대하여 이야기 국면을 네 개로 나눈 뒤 그들이 정교한 대립적 대칭관계를 이루고 있음을 드러내 보였다. 앞의 서사단락 가운데 A, B, C(C$_1$+C$_2$), D(D$_1$+D$_2$)가 네 개의 국면(S$_1$~S$_4$)을 이루며, 이들은 서로 긴밀히 맞물려 있다. 시작과 끝을 이루는 S$_1$과 S$_4$가 서로 대응되며, 사건의 핵심적 두 국면을 이루는 S$_2$와 S$_3$가 대칭을 이룬다. 설명하면, 다음과 같다.[4]

S$_1$과 S$_4$를 보면, 둘 다 아침이 배경이지만 전자는 시작을 의미하는 아침이고 후자는 종결을 의미하는 아침이다. 둘 사이에 큰 변화가 일어난 상황이다. 공간상으로 보면, S$_1$은 마을이라는 세속적 공간이고 S$_4$는 산사山寺라고 하는 신성 공간으로서 대비를

이룬다. 그러니까 주인공은 S_2와 S_3의 과정을 거치며 세속에서 신성 쪽으로 이행을 이룬 상황이다. 그러한 이행은 S_1과 S_4 두 국면에서 주인공이 '급제 전의 존재'에서 '급제하여 뜻을 이룬 존재'로 바뀌는 이행과도 의미적으로 맞물려 있다. 요컨대 이 설화의 순차구조는 전체적으로 존재적 상승이라고 하는 방향성을 기본 의미요소로 내포한다고 할 수 있다.

이 설화에서 스토리의 핵심적 두 국면을 이루는 S_2와 S_3는 거의 완벽한 대립적 대칭관계로 배치되어 있다. 둘은 시간적으로 '낮$_{동적 시간}$: 밤$_{정적 시간}$'으로 대립되며, 공간적으로 '산$_{자연공간}$: 방$_{인공공간}$'의 대립관계를 이룬다. 서로 대립하는 인간$_{한량}$과 동물$_{구렁이}$의 관계를 볼 때, S_2에서는 인간이 우위를 보이고 S_3에서는 동물이 우위를 나타낸다. S_2에서 사람이 활로 동물을 쏜 것은 자연 정복이라는 문화적 활동에 해당한다면, S_3에서 인간을 동물이 공격하는 것은 문화에 대한 자연의 반격이라고 볼 수 있다. S_3에서 문제 상황은 종소리를 통해서 해결되거니와, 종은 인간이 만든 문화적 산물이므로 이는 인간의 문화가 자연의 위협을 극복했음을 뜻하는 것으로 해석된다. 앞의 S_1과 S_4의 관계와 연결해서 말하면, 이와 같은 위기 극복의 결과로서 주인공의 존재적 상승이 이루어진 것이라 할 수 있다. 요컨대 이 이야기는 $S_1\{S_2/S_3\}S_4$로 형태로 짜인 틀 속에 대립구조와 순차구조가 긴밀히 맞물리면서 인간과 동물, 또는 문화와 자연의 관계에 대한 인식을 체계적인 형태로 구현하고 있다.

설화 〈종소리〉에서 특별히 눈길을 끄는 것은 행위자의 이질적 층위와 관련한 존재의 세 차원에 얽힌 의미구조이다. 이 설화 속에 등장하는 구렁이와 사람, 새라는 세 행위자는 각각 땅을 기는 존재, 직립 보행하는 존재, 하늘을 나는 존재로서 성격을 달리한다. 새는 사람보다 높은 곳에 있고 구렁이는 낮은 곳에 있다. 특기할 것은 이들이 모두 위쪽으로 오르고자 하는 지향성을 나타낸다는 사실이다. 사람은 과거를 보아서 지위 상승을 이루려 하며, 구렁이는 나무에 올라 새를 먹으려 하고 또 용이 되어 하늘로 오르려 한다. 새 또한 동물의 한계를 넘어선 인간적 행위를 통해 존재의 격상을 이루려 한다. 이러한 지향성은 이야기 속에서 한데 맞물리는 가운데 상승과 하강의 오르내림을 낳는다. 아래는 그 분석 결과를 그림으로 나타낸 것이다.[5]

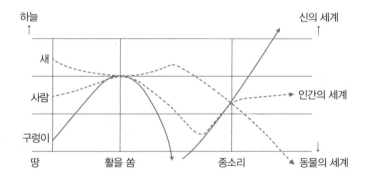

세 존재의 오르내림은 관계구도가 간단치 않다. 새를 구렁이가 하강시키려 하고, 그 구렁이를 사람이 하강시키며, 그 사람을 구렁이가 하강시키려 한다. 새는 사람에 의해 상승되지만, 사람을 위해 자진하여 하강한다. 새를 하강시키려 하다가 사람에 의해 하강된 구렁이는 새가 울린 종소리에 의해 상승을 이룬다. 구렁이에 의해 하강하던 사람도 종소리에 의해 상승을 이룬다. 전체적으로 '종소리'가 분기점이 되어 전반적인 상승을 이루는 상황이다.

문제는 새가 종을 치고 떨어져 죽은 일이다. 혼자만 상승을 못 이루고 전락한 결과처럼 보인다. 새는 왜 저렇게 해야 했는지, 그를 통해 무엇을 얻은 것인지 의문이 드는 상황이다. 서대석은 이에 대하여 새는 숭고한 자기희생적 행위를 통해 신적 세계로 격상된 것으로 볼 수 있다는 보충설명을 제시하고 있다. 이렇게 보면, 의문은 대략 해소된다. 요컨대 이야기 속에서 세 행위자 모두가 존재의 상승을 이루었다고 볼 수 있다. 앞서 말했던바 '존재적 상승에 대한 지향성'이라는 의미요소를 구렁이와 사람, 새 등 서로 다른 주체를 통해 중층적으로 발현하는 것이 이 설화의 서사구조라 할 수 있다.

이에 대해 개인적 견해를 더하면, 이 설화의 다수 자료에서 한량이 구해준 것이 새까치의 새끼들이었다고 하는 점을 주목할 필요가 있다고 본다. 새가 종을 울린 일을 모성애라는 본원적 가치

이야기와 상상

를 발현한 숭고한 행위로 보도록 하는 요소이거니와, 더 중요한 것은 하늘을 날아보지 못하고 죽을 뻔했던 새끼들이 한량의 행위를 통해 하늘로 날 수 있게 되었다는 사실이다. 비록 어미 새는 죽었으나 새끼 새들이 높이 날아오르게 되었으니 확장적 상승이라고 할 수 있다. 활에 맞아 죽은 구렁이 대신 암구렁이가 용이 되어 오르는 것과 서로 짝을 이루는 구도가 된다.

앞 장에서 '인간은 본질적으로 스토리적이다'라는 명제를 제기한 바 있다. 이 명제를 이러한 설화를 통해 확인할 수 있다면 그 논리와 근거는 무엇일까? 이에 대한 대답은 이 설화가 인간존재의 심층적 본질을 구조화한 것으로 볼 수 있다는 것이다. 이 설화 속의 구렁이나 까치는 객관적 외부세계를 구성하는 서로 다른 존재일 수 있는 한편으로 인간의 이질적인 내적 면모를 상징하는 것으로도 볼 수 있다. 은밀히 바닥을 기어다니는 구렁이는 인간의 본능적 자아를 표상한다. 한량이 밤에 구렁이한테 휘감기는 것은 본능의 시간 속에서 인간이 동물적 욕구에 휘말리는 과정으로 이해된다. 이에 반하여, 까치는 인간의 의지적 자아를 표상한다. 그가 종을 울려서 구렁이를 물리친 것은 의지적 자아가 본능적 자아를 극복한 일로 설명된다. 그와 함께 밤은 끝나고 새벽은 밝아온다.

본능적 충동과 이성적 의지 사이에서, 또는 눈앞의 현실과 미래의 이상 사이에서 갈등하면서 자기 극복을 통한 존재 실현을 추구하는 것은 인간의 원형적 속성이자 존재적 본질이다. 이 설화는 이를 상징적 형상과 정합적 서사로 생생하게 함축하고 있다. 이런 이야기는 그 자체로 인간존재의 축도縮圖이자 인생의 본원적 모형模型이라 할 수 있다. 이를 마음에 새기고 있다는 것은 인간과 삶에 대한 본질적 이해를 내면적으로 체화하고 있다는 것과 같다.

이제껏 우리는 구비전승으로 이어져온 한 편의 이야기가 정교한 관계구도 속에 인간과 세계의 이면적 역학관계를 담아내면서 존재론적 의미를 실현하고 있음을 보았다. 공상적 허구로 치부되는 설화적 상상의 이면적 참모습이다. 앞서 보았던 구렁덩덩신선비가 뱀의 외양 안에 신선이라는 자질을 오롯이 지니고 있었던 것과 같은 면모다.

다시금 강조하는 바는 이러한 구조나 의미가 '의식적으로' 만들어진 것이 아니라는 사실이다. 그것은 구비전승의 과정에서 무의식중에 만들어진 것이며 말하고 듣는 과정에서 자동적으로 실현되는 것이다. 그럼에도 어찌 이렇듯 정교한 구조와 심오한 의미가 구현되는가 하면 인간의 본원적 인지기제가 작동한 결과이기 때문이다. 호모 스토리언스의 스토리적 인지! 그것을 발현시키는 것은 '사고thinking'보다 '상상dreaming'이다. 현실의 틀을 벗어난 자유롭고 분방한 상상!

구비적 상상력의 보편성

흔히 설화를 일컬어 원형적 이야기라 하거니와, 지금 우리는 그 원형성의 바탕 내지 맥락을 보고 있는 중이다. 그 바탕에 인간 본연의 스토리적 인지가 있으며, 꿈의 길을 따르는 상상력이 그것을 펼쳐내는 통로 구실을 한다. 꿈과 설화를 비교하자면, 설화가 상대적으로 체계적이고 정합적인 쪽이다. 꿈이 중구난방으로 종잡기 어려운 데 비해서, 설화에는 특정한 사건이 있고 초점point이 있으며 정향성orientation과 전완성wholeness이 있다.[6] 사건이 일정한 방향으로 흘러가서 앞뒤가 들어맞게 완결되는 것이 설화적 상상의 세계다. 이를테면 설화는 한 편의 '잘 짜인 꿈'이라고 할 만하다.

설화의 원형성과 관련하여 한 가지 주목할 바는 구비문학적 소통과 전승이라는 메커니즘이다. 설화에서 스토리적 인지가 순연하게 작동하는 것은 구술적 소통이라는 환경과 긴밀한 관련이 있다. 설화는 본래 입으로 말하고 귀로 듣는 양식이거니와, 그 과정은 '기억과 구성'이라고 하는 인지적 과정을 필요로 한다. 기억하면서 구성하고 구성하면서 기억하는 인지 작용이 발신 및 수신 행위와 거의 동시적으로 수행된다. 의식적이고 합리적인 조정이 개입하기 힘든 즉각적인 과정이다. 그 과정에 심층의 스토리적 인지가 자동적이고 무의식적인 형태로 작동하면서 원형적인 서사를 이루게 된다. 의식적 인지에 앞선 무의식적 인지의 힘이니 일종의 인지적 역설이라 할 만하다.

이쯤에서 '구비전승'이나 '구비문학' 같은 말에 들어 있는 '구비□碑'의 어의적 묘미를 짚어보는 것도 좋겠다. '구비'는 '구전□傳'과 비슷하게 쓰이는 말이면서도 내포적 의미가 다르다. '비碑'라는 말이 지닌 '새기다'라는 뜻을 반영해서 '구비'는 "비석에 새긴 것처럼 전해온 말"로 풀이되곤 한다. 이때 '비碑'의 언어적 함의가 '스키마'와 통하는 것이어서 흥미롭다. 무엇인가를 말로 표현하고 듣는 과정에 일정한 틀이 작용한다는 것은 매우 그럴듯해서, '구비전승'이나 '구비문학'은 꼭 어울리는 말이 된다. 근래에 구비문학 대신 '구술문학'을 쓰자는 의견도 있으나 구비문학이란 말이 실질적 유효성을 지닌다는 생각이다. 오히려 흔히 말하는 '구술성'을 '구비성'으로 쓰는 편이 더 좋겠다는 생각도 해본다. 구두로 말하고 들을 때 어떤 식으로든 '비碑'의 기제가 작동하는 것이니 말이다.

여기서 한 가지, 구비성을 지닌 이야기가 원형적이라는 것은 절대적 명제라 할 바는 아니다. 구술이 아닌 다른 형태의 이야기도, 예컨대 글로 쓴 이야기나 영상으로 펼쳐낸 이야기도 원형성을 지닐 가능성이 상존한다. 그리고 허구적 상상을 펼쳐낸 구술 담화들이 다 원형적 가치를 갖는다고 보기 어렵다. 스토리적 인지가 작동하지 않은 상태로 의식의 표층에서 마구잡이식으로 펼쳐낸 상상은 원형적 서사를 이룰 수 없다. 말하자면 그것은 '망상妄想'으로서, 꿈에 비유하자면 이른바 '개꿈'과 같은 것이라 할 수 있다.

문제는 원형적 상상과 허튼 망상을 어떻게 분간하여 걸러낼 것인가 하는 점인데, 크게 걱정하지 않아도 된다. 구비전승 과정에서 망상적 담화는 자연스럽게 도태되기 마련이다. 사람들의 본원적 인지에 맞지 않으므로 내면에 기억되어 새겨지는 대신 잠깐 스쳐서 사라지고 만다. 사람들이 오래 기억해서 전승해 온 설화들은 이러한 인지적 필터를 거쳐 살아남은 것들이다. 그 속에 인간의 정신적 구조와 지향성이 원형적으로 함축돼 있음을 이와 같이 설명할 수 있다.

원형적 상상의 언어로서 설화가 지니는 코드적 가치는 막대하다. 한국어와 중국어, 영어와 같은 일반 언어의 코드체계는 그것을 사용하는 언중言衆 내에서 유효하지만, 설화의 코드적 유효성은 그 경계를 뛰어넘는다. '언어 너머의 언어' 또는 '언어 이전의 언어'로서의 설화는 동서고금 남녀노소를 관통하는 만국공통어로서 성격을 지닌다. 그 코드를 통해 전 세계, 전 시기, 전 종족의 인지적 심층으로 통할 수 있다.

세계화의 시대이고 글로벌 콘텐츠의 세상이다. 시공간의 한계를 넘어서 누구에게나 통하는 스토리텔링을 이루어내기 위한 가지각색의 궁구가 진행되고 있다. 그 답은 멀리 있지 않다. 만국

공통의 원형적 언어로서 설화 코드를 깨우쳐서 그것을 모국어처럼 훌륭히 구사할 수 있다면 완연한 스토리 능력자가 될 것이다. 오늘날의 시대 문화적 환경에 맞추어서, 예컨대 첨단 영상 기술과 미디어 플랫폼 등에 맞추어서 그것을 창조적으로 펼쳐낼 수 있다면 더할 나위가 없다. 이때 그 선후관계는 명백하다. 기술이나 플랫폼이 스토리라는 언어보다 앞설 수 없다는 뜻이다.

이야기와 상상

3

설화와 소설, 설화와 설화

소설, 이야기를 넘어선 이야기

서사를 이야기함에 있어 사람들이 설화보다 먼저 떠올리는 건 소설이다. 소설이 서사문학의 대표처럼 돼 있는 형국이다. 소설이 출판과 문화에 미치고 있는 압도적 영향력을 생각하면 고개가 끄덕여지는 일이다. 문제는 소설을 기준으로 삼아 서사를 이해하게 되면서 발생한 혼란이다. 무엇보다도, 소설이 전형적인 서사인가 하는 점이 문제가 된다. 소설이 서사성을 축으로 삼고 있음은 분명하지만, 소설이 서사 그 자체인가는 다른 문제다.

세간의 일반적인 관점은 소설이 설화 중심으로 전개돼온 서사문학을 발전시키고 완성시켰다고 하는 것이다. 문학 장르론 분야에서 탁월한 성과를 이룩한 조동일의 논의가 대표적이다. 그는 문학의 큰 갈래를 서정·교술·희곡·서사로 분별하는 이론을

설화와 소설, 설화와 설화

세운 후 서사에 눈을 돌려 신화·전설·민담·소설에 대한 이론체계를 제시한 바 있다. 그에 따르면 서사의 본질은 '작품외적 자아의 개입으로 전개되는 자아와 세계의 대결'인데, 신화와 전설, 민담 그리고 소설에서 대결 양상이 서로 다르게 구현된다. 신화는 자아와 세계의 동등한 작용에 입각한 대결을 통해 둘이 상호 보완적인 관계에 이르는 질서를 보여주고, 전설은 세계의 우위에 입각한 자아와 세계의 대결을 통해 세계의 경이를 보여주며, 민담은 자아의 우위에 입각한 자아와 세계의 대결을 통해 자아의 가능성을 보여준다. 이에 대해 자아와 세계의 상호 우위에 입각한 대결을 통해 자아의 세계 양쪽에 통용될 수 있는 진실성을 추구하는 것이 소설이다.[1]

매우 논리 정연하고 명쾌해 보이는 설명이지만, 또한 소설의 문학적 특성을 잘 짚어낸 설명이지만, 거기에는 모종의 선입견이 투영되어 있다. 소설을 서사문학의 궁극적 완성형 자리에 놓는 시각이다. '세계 우위전설 — 자아 우위민담 — 세계와 자아의 상호우위소설'라는 발전도식은 명백히 위계적이다. 그것은 설화의 서사적 미숙성 내지 불완전성을 전제한다. 그러한 인식이 가감 없는 진실이라면 어쩔 수 없는 일이겠으나, 실상은 그와 다르다. 설화는 인간과 세계가 어우러지는 삶의 국면을 전완적으로 반영하려는 지향성을 지니며 그것을 다양하게 실현해왔다. 앞서 〈구렁덩덩신선비〉나 〈종소리〉 등에서 그 단면적 사례를 살펴본 바와 같다. 소설 중심의 접근은 이와 같은 설화의 인식론적 가치를 무심중에 격하하는 결과를 낳는다.

조동일의 예를 들었지만, 기록문학 중심의 연구자들에게서는 더욱 편파적이고 차별적인 시각을 흔히 볼 수 있다. 설화를 소설의 발끝에도 못 미치는 초급의 서사로 보는 식의 관점이 널리 퍼져 있다. 극단적으로는, 설화를 유의미한 관심 대상으로 여기지 않는 모습까지 보게 된다. 20세기를 관통해온 소설 중심의 문화사와 그를 통해 몸에 밴 리얼리티 중심의 미학이 만들어낸 정신적 풍경이다. 그 나름의 역사적 맥락이 있는 것이겠으나, 수백수천 년의 역사를 지닌 담화 양식을 근대적인 새 문학 양식의 엑스트라로 삼는 식의 입론은 타당하다고 보기 어렵다.

설화를 미숙하고 불완전한 서사로 보는 관점은 완전한 편견이고 오해다. 설화는 구조와 표현의 측면에서 서사문학적 완전성을 지향하며 그것을 부단하게 실현해왔다. 신화는 신화대로, 전설은 전설대로, 민담은 민담대로 그 자체 완전한 서사의 세계를 구축하고 있다. 구비설화 외에 지괴志怪나 우언寓言, 골계전, 야담 같은 기록설화 양식 또한 그 자체 완전성을 지니고 있다고 보아야 한다. 그렇다면 소설은 어떻게 설화와 구별되는 새로운 문학 세계를 열 수 있었던 것일까? 그 답은 소설이 '서사를 완성시켰다'는 쪽에서가 아니라 '서사를 넘어섰다'는 쪽에서 찾는 것이 합당하다. 소설은 그 자체 서사문학이면서도 특유의 방식으로 그

설화와 소설, 설화와 설화

경계를 넘어섬으로써 새로운 문학세계를 펼쳐낼 수 있었다는 관점이다.

설화는 서사성을 근간으로 삼는 양식이다. 스토리를 축으로 하여 내용이 구성되고 표현되며, 스토리를 바탕으로 하여 미감과 의미를 발현한다. 이에 비해 소설에서 스토리는 '하나의' 요소일 따름이다. 소설에서는 구체적 디테일이 스토리 이상으로 중요하다. 그 디테일은 서사적인 한편으로 서정적이고, 극적이며, 교술적이다. 소설에서 서정성이나 극성, 교술성의 역할은 서사성을 보조하는 수준 이상이다. 서사성보다 서정성이나 극성, 교술성이 부각된 사례를 얼마든지 볼 수 있다. 한국 소설사의 앞자리에 놓이는 『금오신화金鰲新話』만 하더라도 〈만복사저포기〉는 완연히 서정적이며, 〈남염부주지〉는 토론적 교술을 주조로 삼고 있다. 근대소설의 경우 스토리적 서사성을 아예 포기한 작품도 많다. 염상섭의 〈표본실의 청개구리〉를 선례로 들 수 있으며, 최인훈이나 이인성, 최수철, 김원우, 하일지 등의 작품에서 서사를 거의 완전히 벗어난 사례를 폭넓게 볼 수 있다.[2]

소설이 서사를 넘어선 서사, 또는 이야기를 넘어선 이야기라고 할 때 이 또한 설화와 소설의 우열을 말하는 것이 아닌가 반문할 수 있겠다. 그렇지 않다. 설화와 소설은 서로 다른 문학적 지향성을 지니는 이질적인 담화 양식일 따름이다. 소설이 현실적 구체성과 총체성을 지향한다면 설화는 서사적 상징성과 함축

78

성을 지향한다. 소설이 근대적·전문적 양식이라면 설화는 원형적·보편적 양식이다. 설화와 소설은 모두 그 자체로 완전하며 서로 다른 미적·인식적 가치를 지닌다.

설화의 길과 소설의 길

좀 더 구체적으로 들어가서 설화의 길과 소설의 길을 비교해보자. 설화의 길은 어떠한 길인가. 스토리를 자연스레 풀어내면서 거기 담긴 재미와 의미를 생동감 있게 살려내는 것이 설화의 길이다. 설화에서 스토리는 핵심 요소가 된다. 스토리가 새롭고 견고하며 역동적이어야 하며, 흡인력과 감발력을 발휘할 수 있어야 한다. 그러한 힘이 살아나지 않을 때 설화는 소임을 다할 수 없다.

설화가 스토리 자체인가 하면 그렇지는 않다. 스토리는 미적 형상으로 육화됨으로써 그 힘을 효과적으로 실현하게 된다. 스토리 뼈대만을 건조하게 전달해서는 재미와 공감을 제대로 이끌어내기 어렵다는 뜻이다. 특히 민담을 풀어내는 데는 실감나는 상황적 표현을 통해 이야기 맛을 살리는 것이 담화 효과를 위한 기본 요건이 된다. 다만 설화에서 그러한 표현 과정은 스토리를 제대로 살리는 방향으로 수행하는 것이 원칙이다. 스토리의 흐름이 흐트러지거나 스토리와 묘사 사이에 부조화가 발생해서는 곤란하다. 스토리가 촉발하는 상상의 즐거움을 제한하고 다의적 개방성을 닫아버리는 방향의 서술도 금기 사항이 된다.

설화는 자유로운 상상의 여지를 열어놓은 열린 담화다. 구술자가 스토리의 기본 정황을 펼쳐놓으면 수용자가 여백을 스스로 채우면서 재미와 의미를 되새기는 형태로 향유가 이루어진다. 설화를 서술할 때 각각의 서사적 장면을 눈앞에서 펼쳐지듯 리얼하게 재현할 의무는 없다. 예컨대 〈우렁각시〉에서 총각과 각시의 만남은 다음과 같이 표현하는 것으로 충분하다.

[가] 총각이 한참 땅을 파는데 한심한 생각이 들어. 그래 한숨을 푸욱 쉬면서 "이 농사 지어봐야 누구랑 먹나?" 했거든. 그랬더니만 어디서 "나랑 먹고 살지" 하는 소리가 나네. 아니 이게 웬 소린가 하고 사방을 둘러봐도 아무도 없어. '허허, 내가 잘못 들었나?' 또 땅을 파지. 파다가, "이 농사 지어서 누구랑 먹나?" 했더니, "나랑 먹고 살지!" 또 그래. 살펴봐도 아무도 없고. '내가 귀신에 홀렸나?' 또 땅을 파면서 "이 농사 지어서 누구랑 먹나?" 그러고는 귀를 쫑긋 세우고서 주변을 살펴봤어. 아니나 다를까 또 누가 "나랑 먹고 살지!" 하는데, 소리 난 쪽으로 가보니까 다른 건 없고 커다란 우렁이 하나가 있는 거야.

얼핏 보면 구체적인 소설적 묘사가 된 것처럼 생각될지 모르지만 그렇지 않다. 위의 서술은 외로운 총각과 말하는 우렁이의 신기하고 놀라운 만남이라는 스토리를 실감나게 표현하고 있을 따름이다. 설화의 관습 가운데 하나인 '삼세번'의 규칙을 적용해서 말이다. 설화의 길을 따른 진술이다.

만약 이것을 소설적으로 풀어낸다면 어떻게 될까?

[나] 어느새 때는 저녁 무렵이 되어 서쪽 하늘엔 석양이 지고 있었다. 오늘 일구어야 할 김참봉네 논사래는 아직도 창창하게 남았는데 팔다리의 힘은 점점 빠져만 갔다. 고개를 들어 석양을 바라보니 낯선 새 한 마리가 끼욱거리며 날아가고 있었다. 자기 신세를 생각하니 석봉이는 절로 한심한 생각이 들었다.

'도대체 나는 어떻게 돼서 나이가 서른둘 되도록 연애 한번 못해본 거지? 사람이 살면서 겪어보는 제일 좋은 일이 사랑이라는데 나한테는 그런 복 하나도 없단 말인가? 이렇게 힘들여 남의 땅에다가 농사를 지어봐야 무엇해? 그렇지 않아도 많은 소작료를 더 올린다는데, 다 쓸데없는 일이지!'

긴 한숨을 내쉬던 석봉은 자기도 모르게 입 밖으로 넋두리를 내뱉었다.

"다 쓸데없어. 쓸데없다구! 이 농사를 이렇게 죽도록 지어봐야 누구하고 먹느냔 말이야!"

그때였다. 어디선가 가녀린 여인의 목소리가 바람결에 들려온 것 같았다.

설화와 소설, 설화와 설화

"나하고 먹고 살아요……."

순간 석봉은 귀를 의심했다. 손을 눈 위에 얹고서 사방을 살펴보았지만 사람은커녕 움직이는 것이라곤 아무것도 볼 수 없었다. 멀리 쓸쓸한 저녁 바람 소리가 휘이잉 울고 갈 따름이었다. 석봉은 긴장을 풀며 너털웃음을 터뜨렸다.

'나 참, 살다 보니 별일을 다 겪는군. 이런 헛소리를 다 듣다니 말이야. 에잇, 그것 참!'

석봉은 잠시 지팡이처럼 짚고 서 있던 괭이를 머리 위로 높이 들어 올려서 힘껏 땅을 내리 찍었다. 그가 흙덩이를 헤치며 괭이를 빼들었을 때, 그의 귀에 다시 신음과도 같은 이상한 소리가 들려왔다.

"여기예요. 여기 내가 있어요……."

장면을 이렇듯 눈에 보이듯 세세하게 재현해 나가는 것이, 그를 통해 독자를 작중상황 속으로 끌어들여 함께 움직여가게 하는 것이 소설의 길이다. 소설에서는 사건의 정황 외에 인물과 배경 또한 그 구체적 형상이 생생하게 육박하도록 리얼하게 재현해야 한다. 그리하여 독자들이 작중인물과 나란히 움직여 나가면서 그가 겪는 실제적 상황을, 예컨대 '석봉'의 고독과 원망, 생활고 같은 것을 피부로 실감하도록 해야 한다.

소설과 설화는 서로 다른 담화 양식으로서 어느 한쪽이 우월하지 않다고 했다. 위의 두 예문을 보면 이러한 사실을 확인할 수 있을 것이다.[3] [나]의 서술이 [가]에 비해 훨씬 상세하고 치밀하지만, [가]보다 [나] 쪽이 더 고품격이라는 식의 판단은 성립되지 않는다. [가]는 그것대로 충분히 재미있으며 부족함이 없다.

한 가지 유의할 바는 [나]에서 [가]와 달리 상상력과 의미가 제한되는 현상이 발생한다는 사실이다. 상황이 훨씬 구체적으로 묘사되어 작중상황이 실감나게 다가오지만, 그렇게 펼쳐진 디테일은 '서술자에 의해 조정된 상상'의 성격을 지닌다. 주인공 총각석봉은 '남의 땅을 일구며 고통스럽게 살아가는 농민'이며, '회의적이고 비관적인 사고방식을 지닌 젊은이'이다. 그가 땅을 일구는 행위는 '생존을 위한 마지못한 몸짓'에 가깝다. 이렇게 인물의 성격과 행위가 구체적으로 설정되면서, 형상은 하나의 방향으로 특정화되고 다른 상상의 가능성은 닫힌다. [가]에서 총각의 성격과 행동양상에 대한 다양한 상상의 길이 열려 있는 것과 질적으로 다른 양상이다.

설화적 진술인 [가]에서 총각은 그 형상이 특정화되어 있지 않다. 나이가 스무 살일 수도 서른 살일 수도 있고, 성격이 세심할 수도 대범할 수도 있으며, 지금 기분이 좋을 수도 나쁠 수도 있다. 그에 대한 상상과 판단은 전승자들의 몫이다. 사람들은 스토리와 소통하고 교감하는 가운데 자기 식으로 여백을 채우면서 서사적 재미와 의미를 찾는다. 스무 살의 전승자는 이야기 주인공을 스물 또래로, 서른 살 전승자는 서른 또래로 떠올릴 것이다.

83

각자의 기분이나 성향에 따라 총각의 모습을 우울한 쪽으로도 즐거운 쪽으로도 상상할 수 있다. 어릴 적에 즐겁고 재미있게 받아들였던 이야기 상황을 나이가 들어가면서 힘들고 슬픈 쪽으로 새롭게 느낄 수도 있다.

하나의 인상적인 스토리가 마음속에 새겨진 상태에서 다양한 방식으로 상상되고 음미되는 가운데 계속 새로운 의미를 실현하는 것. 이것이 설화의 본래적인 담화 특성이다. 〈우렁각시〉처럼, 또는 〈구렁덩덩신선비〉나 〈종소리〉처럼 원형적 상징성과 함축성을 지닌 스토리들은 이와 같은 방식으로 구현되는 것이 제격이다.

김동인은 근대소설 선구자로 이름을 날린 작가다. 〈감자〉와 〈배따라기〉, 〈광화사〉 등의 소설로 유명한 그가 소설보다 훨씬 많은 '야담'을 발표한 것은 잘 알려져 있지 않다. 그는 1930년대 인기 대중잡지였던 《월간야담》에 매달 몇 편씩의 이야기를 싣곤 했다. 주로 옛 문헌에 있는 각종 일화와 야담을 개작한 것이었는데, 특유의 소설적 역량을 발휘하여 이야기를 윤색했다. 그 결과가 어땠는가 하면 완전한 문학적 실패라는 것이 나의 판단이다. 그것은 설화도 소설도 아닌 어중간한 텍스트였다. 이야기적 재미와 다의성이 약화된 반면 소설적 리얼리티나 감발력은 제대로 살아나지 않았다. 담화적 정체성에 대한 진중한 고민 없이 길을 대충 선택한 데 따른 결과다. 스토리에 소설적으로 살을 붙이면 좋은 이야기가 된다고 생각하면 완전한 오산이다.

북한이나 연변에서 발간한 설화 자료집 또한 안타까운 사례에 해당한다. 『금강산 전설집』이나 『구월산 전설집』 같은 책들을 보면 딱 보기에 멋지고 화려한 이야기들이 가득하다. 어떻게 이런 풍부한 내용의 전설이 전해졌을까 놀랄 정도다. 하지만 그들이 '가짜'임을 깨닫는 데 오랜 시간이 걸리지 않는다. 이들은 구전된 이야기를 그대로 옮기는 대신 내용을 윤색하고 가필한 것인데, 개작방법이 정도正道를 많이 벗어나 있다. 내용을 함부로 바꾼 것 외에, 허튼 소설적 형상화에 따른 문제가 심각하다. 인물의 외양과 성격묘사에서부터 작중상황의 극적 디테일까지 소설적 기법을 폭넓게 차용한 결과가 무엇인가 하면 '이야기의 죽음'이다. 설화도 소설도 아닌, 전승도 창작도 아닌 공허한 글줄이 있을 뿐이다. 이야기를 멋지게 살리겠노라고 한 노력이 빚어낸 '예정된 비극'이다. 담화적 정체성의 혼동이 얼마나 심각한 문제인지를 단적으로 보게 되는 대목이다.

우리나라만의 문제가 아니다. 세계의 유명한 설화집들도 다르지 않다. 멀리 『아라비안나이트』에서 소설적 윤색이 본래의 설화성을 전반적으로 퇴색시킨 면모를 본다. 개입이 조금만 절제됐더라도 최고의 설화집이 됐을 터이니 안타까운 일이다. 프랑스의 페로 동화집이나 영국의 제이콥스 민담집 등도 엮은이의 개입과 윤색에 의해 본래의 설화적 가치가 상당 수준으로 퇴색한 사례다. 이에 비하면 그림형제의 설화 정리 작업은 원 설화의 화소와 서사를 최대한 살리는 쪽으로 수행된 경우였다. 그 담화들은 기본적으로 '설화의 길'을 잘 따르고 있다. 오늘날까지 그림형제 민담집이 세계적으로 큰 힘을 내면서 스토리텔링의 원천 구실을 하고 있는 것은 우연이 아니다.

2010년대 후반 현재, 한국의 기성세대는 완연한 소설 세대에 해당한다. 구비설화를 경험할 기회를 거의 갖지 못한 채 소설을 기준으로 삼아 문학을 향유하고 세상을 이해해온 사람들이다. 소설적 사유가 몸에 배어 있다 보니 설화를 놓고도 소설적 상상을 펼쳐내게 된다. 이는 '동화 작가'들 또한 예외가 아니다. 그들이 펼쳐낸 옛이야기 텍스트가, 이른바 '전래 동화'가 소설적 상상과 서술의 개입으로 망가진 사례가 한둘이 아니다.

'소설화된 몸'을 바꾸는 일이 얼마나 어려운지를 많은 사례를 통해 실감하고 있는 중이다. 어렵더라도 해야 한다. 만약 그럴 수 없다면, 함부로 설화에 손대지 않는 편이 낫다. 그 일을 제대로 감당할 세대가 이미 쭉쭉 커오고 있는 중이다. 20세기적 시대정신의 긴박에서 바야흐로 벗어난, 설화적 상상을 다양하게 구가하기 시작한 새로운 스토리 세대가 말이다. 무슨 말인지 선뜻 이해가 되지 않는다면, 젊은 세대의 일상이 돼 있는 웹툰webtoon의 세계를 한번 쭉 둘러보기를 권한다.

문학적 구술담화의 다양성

전통사회에서 이야기가 펼쳐지는 시공간은 매우 다양했다. 식사를 하거나 집안일을 하면서 가족끼리 이야기를 나누었으며, 논이나 밭을 매고 이엉을 엮거나 빨래를 하는 등의 노동을 하면서 이웃과 이야기를 나누었다. 들일을 하다가 나무 그늘 아래에 모여 휴식을 취할 때도 이야기는 빠지지 않았다. 하루 일과를 끝낸 뒤 남정네들이 정해진 사랑방에 모이고 여인네들이 마실방에 모이면 본격적인 이야기판이 펼쳐졌다. 장터거리에서는 많은 사람들이 운집한 가운데 이야기꾼들이 펼치는 흥성한 이야기 시합이 펼쳐졌고, 각처 사람들이 모여드는 주막酒幕이나 객사客舍에서 각양각색 새로운 이야기들의 소통이 이루어졌다.

이야기판에는 수많은 종류의 담화들이 한데 얽힌다. '나'에 대한 이야기가 있는가 하면 '남'에 대한 이야기가 있고, 현재적인 이야기와 과거적인 이야기가 공존한다. 직접 구성한 이야기가 있는가 하면 남들에게서 전해들은 이야기가 있으며, 가볍고 즐거운 이야기와 무겁고 진지한 이야기가 한데 얽힌다. 사실을 전하는 이야기가 있고, 무언가를 주장하는 이야기가 있으며, 즐기기 위하여 꾸며낸 이야기가 있다.

이야기판의 여러 담화 가운데는 문학적인 것과 그렇지 않은 것이 섞여 있다. 생활에 얽힌 각종 정보를 설명적으로 전하는 이야기라든가 인물과 세태, 시국을 분석 평가하면서 주장을 펼치는 이야기 등은 논리적 언어행위에 해당하는 것으로서 문학과 거리가 멀다. 경험과 형상 쪽에 해당하는 이야기의 경우도 일정한 미적 질서나 긴장을 바탕으로 재미와 감동, 놀라움 같은 정서적 반응을 낳지 못할 경우 문학적 의의를 부여하기 어렵다.

이러한 비문학적 담화들을 제외하더라도, 이야기판에서 오가는 문학적 이야기는 그 종류와 편폭이 무척 넓다. 흔히 전설이나 민담 같은 허구적 담화만을 문학으로 보아왔지만, 문학적 감응을 일으키는 담화는 거기 한정되지 않는다. 경험을 전하는 이야기 가운데 설화 못지않은 형상성과 감응력을 지닌 것들이 꽤 많다. 추억담이나 생애담에 이런 사례가 많으며, 일상적 경험담도 표현 여하에 따라 문학적인 것이 될 수 있다. 그리고 세간에 떠도는 여러 풍문 가운데도 문학적인 것들을 볼 수 있다. 내용이 구체적이고 그럴듯하여 호기심과 상상력을 촉발하는 이야기들이다. 실존인물의 행적이나 역사적 사건의 자초지종을 사실 차원에서 전하는 이야기들도 내용상의 재미와 긴장을 살리면 문학적인 것이 될 수 있다.

요컨대 이야기판의 문학적 담화에는 설화에 해당하는 신화와 전설, 민담 외에 경험담과 풍문, 사화와 일화 등이 공존한다. 허구성이 짙은 과거형의 이야기와 함께 사실 차원의 이야기, 현재형 이야기가 맞물려 있는 셈이다. 장르 개념으로 말하면 서사

담화와 교술 담화의 공존이 된다. 아래는 이를 도표 형태로 종합
정리해본 것이다.[4]

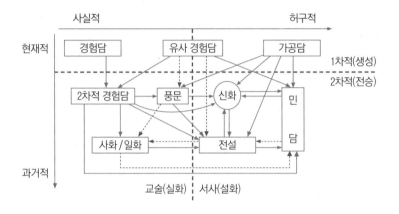

여기서 우리가 양식적 다양성 못지않게 눈여겨볼 것은 화살표
로 나타낸 전달과 전승, 변화의 메커니즘이다. 구술담화의 세계
에서 이야기는 입에서 입으로 움직여가는 가운데 다양한 변화를
겪는다. 전달과 재현이 기억을 통해 이루어지는 데 따른 자연스
런 변화이며, 더 인상적이고 효과적인 담화를 추구하는 지향에
따른 필연적인 변화이다.

주목할 것은 그 변화가 담화를 더욱 형상적이고 함축적인 것으
로, 허구적이고 자족적인 것으로 만드는 방향으로 이루어진다는
사실이다. 사실적이고 경험적인 담화에서 설화 쪽으로의 변화가
폭넓게 이루어지는 것이 이야기 전승 변이의 두드러진 경향이다.

한번 설화로 정착한 담화는 자족적인 미적 형태와 의미구조를 통해 높은 호소력을 갖춘 상태에서 안정적으로 전승이 이어지게 된다. 그것은 이야기판의 '궁극의 담화'로 존재하는 가운데 사람들에게 미적 즐거움을 전해주며 문학적 세계인식의 핵심 통로 구실을 한다. 언어적 함축성과 정제성, 정서적 호소력을 두루 갖추고 있는 설화는 구술담화의 정수라고 말하기에 부족함이 없다.

앞에서도 말했듯이, 그 설화가 현대에 들어와 본래의 자리를 잃은 상황이다. 시대적 환경 외에 내적 원인을 보자면, 위 도표에 화살표로 표시된 '구비전승 메커니즘'의 약화를 주목할 만하다. 담화들이 입에서 입으로 옮겨가는 가운데 서사적 함축성을 확장하는 운동 과정이 중단된 상황이다. 사람들의 경험의 편폭이 대폭 넓어졌고 그에 얽힌 담화가 무수하게 생성되고 있으나, 그것이 일련의 전승 과정을 통하여 설화로 거듭 나는 창조적 변화가 펼쳐지지 않는다. 처음부터 허구적 상상으로 만들어진 담화_{가공담} 또한 마찬가지다. 구비전승이라는 '인지적 필터'를 통한 정제화 과정을 거치지 못한 채 잠시 떠돌다가 스러지는 것이 대다수 담화들의 예정된 운명이다.

오늘날 담화의 이동은 '퍼가기'와 '공유'를 기본 통로로 삼는다. '기록'보다도 훨씬 간편하고 효율적인 방식이다. 본래의 담화를 훼손 없이 오롯이 옮겨갈 수 있으니 최선이라고 볼 수도 있다. 그러나 거기에는 결정적인 함정이 있다. 그러한 소통은 표면적 타자성과 소모적 증발성을 특징으로 한다. 이야기를 펴가는 사람조차도 내용을 잘 모르는 경우가 부지기수거니와, 수신자들은 더 말할 것도 없다. 대다수 담화들이 훑어봄의 기회조차 얻지 못한 채로 밀쳐지거나 삭제된다. 자기 것으로 소화될 기회를 잃은 무수한 타자적 담화가 의식의 수면 위를 떠돌다 증발하는 상황이다. 그렇게 사람들은 담화로부터 소외된다.

담화는 스스로 기억하여 내면에 담을 때, 그리고 그것을 자기 말로 펼쳐낼 때 온전한 자기 것이 되며 새로운 생명력과 가치가 살아날 수 있다. 담화의 구술적 소통과 재생산이 전방위로 이루어져야 한다. 타인의 특별한 경험을 널리 기억해서 말해야 하며, 설화적 담화를 마음에 새겨두었다가 널리 구술해야 한다. 그렇게 담화적 소통의 다양성과 역동성이 살아나야 한다. 인간의 본원적 인지를 회복하는 길이고 인지적 능력을 극대화하는 길이다.

신화와 전설, 민담은 어떻게 다른가

앞의 도표에도 나타나 있듯이, 설화는 그 종류가 한 가지가 아니다. 우화나 소화, 야담, 성자담 등을 별도 양식으로 분리하지 않더라도 최소 세 가지 설화 양식이 분별된다. 신화와 전설, 그리고 민담이 그들이다. 이러한 분별을 무리하고 불필요한 것으로 보는 시각도 있지만, 그 질적 차이는 경시할 바가 아니다. 설화

설화와 소설, 설화와 설화

전승자들 스스로가 그 차이를 인지하면서 다른 방식으로 풀어내고 있기도 하다.

신화와 전설, 민담의 차이를 일목요연하게 구별해내기는 쉽지 않다. 텍스트적 경계가 모호한 것도 그렇거니와, 텍스트만으로 객관적 분별을 행하기 어렵다는 사실이 더 큰 문제가 된다. 전승 태도와 전승 방식이라는 콘텍스트가 주요 변수로 작용하는 터다. 같은 스토리를 지닌 이야기가 신화나 전설, 또는 전설이나 민담일 수 있다고 하면 혼란스럽게 여겨지겠으나, 그것이 담화적 실상이다. 이런 진술이 세 양식의 차이를 무화시키는 것도 아니다. 설화 양식은 가변적이고, 역동적이다.

신화神話; myth는 특수성이 짙은 이야기 양식이다. 그 개념으로 '신에 대한 이야기'가 먼저 떠오르겠지만, 이는 그리 적절한 정의가 되지 못한다. 신이 등장하는 이야기가 다 신화가 아니고, 신화라고 해서 다 신에 관한 이야기도 아니다. 연구자들에게 통용되는 신화의 정의는 '신성한 이야기', 또는 '신성시되는 이야기'라고 하는 것이다. 신성神聖을 내재하고 발현하는, 그리하여 그 자체로 존중 대상이 되는 이야기가 신화다. 한 이야기가 신화인가를 가늠하는 데는 객관적 내용보다 전승자의 태도가 더 중요한 변수가 된다. 어디에서 어떻게 신성성을 느끼는가는 개인에 따라서, 또는 집단에 따라서 달라지기 때문이다. 호랑이나 구렁이 같은 동물이 기피와 공격 대상이 되기도 하고 신령한 숭배의 대상이 되기도 하는 데서 이를 단적으로 볼 수 있다.

신화의 중요한 미적 특성으로 '일체화'를 들 수 있다. 신화의 전승자들은 이야기 속의 신성한 존재와 스스로의 동질적 일체화를 지향한다. 신화의 주인공은 사람들에게 '나 이상의 나'로서, 마음에 깊이 새기고 존중해야 할 범례範例가 된다. 사람들은 그 삶의 방식과 과정에 스스로를 투영하는 가운데 인생의 문제들을 해결할 실마리를 찾으며, 자아의 한계를 넘어서 삶의 격상과 실현을 이룰 동력을 얻는다. 한편으로 신화는 특정 집단을 하나의 공동체로 결집하는 구실을 하기도 한다. 이야기를 매개로 같은 신성을 공유함으로써 사람들이 서로 자연스레 합치를 이루는 식이다. 신화를 집단 정체성의 표상으로 보는 것은 자연스럽고 합당한 일이다.

집단적 존중 대상으로서의 신화는 강력하고 민감한 이야기다. 그것은 삶을 격상시키고 공동체를 결속시키는 큰 힘을 내지만, 반대의 가능성도 상존한다. 한 이야기가 신성의 이름으로 도피나 차별, 폭력 등을 조장할 때 그것은 삶을 격상시키는 대신 파탄을 가져올 수 있다. '가짜 신성'이며 '유사 신화'다. 외적인 힘, 예컨대 권력이나 자본 등이 신성의 이름으로 사람을 억압할 때도, 그리하여 신성이 자발적으로 수용되지 않을 때도 문제가 발생한다. 그것은 사람들을 결속시키는 대신 갈등과 분열을 가져온다. 신화의 이데올로기적 측면이다. 세상의 모든 신화는 빛과 그림자 사이에서 줄타기를 하고 있다고 보아도 좋다.

전설傳說; legend은 그 내용이나 전승 방식이 신화와 통하는 점이 많다. 경이감을 불러일으키는 기이한 능력과 사건이 부각되며 그 사연이 사실이나 진실의 차원에서 다루어진다. 이야기 내용이 흔히 세상사의 기원과 결부된다는 점도 공통적이다. 하지만 둘 사이에는 중요한 차이가 있다. 무엇보다도 전승자들이 이야기를 대하는 태도에 질적 차이가 있다. 신화의 전승에는 믿음과 존중이 기본 축을 이룬다. 사람들은 이야기의 진실성과 가치를 믿으며 그것을 제 것으로 육화하려 한다. 이에 대하여 전설의 전승자들은 전달자 내지 비평자 성격을 지닌다. 전해온 사연을 들은 대로 전하면서도 그것이 과연 진실인지를, 진실이라면 어떤 의미를 지니는지를 이리저리 가려 따진다. 전설을 말하고 듣는 과정에는 갖은 논쟁이 발생하거니와, '토론적으로 전승되는 이야기'라는 설명이 꼭 어울린다. 동화同化 지향적인 신화와 달리 전설은 완연히 규명糾明 지향적이다.

전설은 신화와 마찬가지로 집단적 전승을 특징으로 한다. 그것은 한 집단의 구전 역사의 중핵을 이룬다. 사실과 정보로서의 역사가 아닌 허구적·상상적 서사로서의 역사다. 그 이야기 내용은 실제 사실과 거리가 있지만, 삶의 '진실眞實'을 핵심적으로 담아내곤 한다. 이때 신화와 전설 사이에는 미묘한 차이가 있다. 신화가 집단의 공인된 역사라면, 전설은 비공식적 역사에 가깝다.

스토리텔링 원론

그리고 신화와 달리 전설은 유동적 가변성이 훨씬 크다. 신화의 내용을 작은 부분도 함부로 바꿀 수 없는 것과 달리 전설의 내용은 구비전승 과정에서 자연스럽게 바뀌어가는 쪽이다. 정본正本이 따로 없이, 정본을 지키는 전문 구술자 없이 민간에서 임의적 전승이 이루어지는 데 따른 현상이다. 전설로 표현된 역사는 꽤 거칠고 혼란스럽지만, 그만큼 역동적이고 다면적이기도 하다.

신화와 전설을 가르는 중요한 지표로 '제의의례'를 들 수 있다. 이야기의 진실성과 가치를 확인하고 발현하는 제의가 오롯이 살아있을 때 그 담화는 신화로서 정체성을 발휘하게 된다. 영고靈鼓나 동맹東盟 같은 국중제의에서 해모수나 주몽의 내력이 이야기된다고 할 때, 그것은 완연한 신화의 성격을 띤다. 소천국이나 백주또에 관한 이야기가 마을굿에서 구연될 때도 마찬가지다. 이와 달리 제의적 상관성 없이 임의적 구비전승으로 전해지는 이야기는, 다분히 신령한 내용을 담고 있다고 하더라도, 신화보다 전설의 성격을 띠는 것이 보통이다. 앞서 살폈던바 〈천지수〉나 〈삼태성〉 같은 백두산 설화는 내용상 지역수호신 유래담 성격을 지님에도 불구하고 의례라는 공식적 전승 통로가 없는 터라서 전설에 가까운 면모를 하고 있다. 만약 이 이야기가 의례적 맥락에서 구연된 것이었다면 지체 없이 신화로 규정되었을 것이다.

구체적인 사례를 하나 보기로 하자. 다음 이야기는 신화일까, 아니면 전설일까?

설화와 소설, 설화와 설화

옛날에 문경 황사등 마을에 설씨와 허씨 부부가 어린 두 자매와 함께 살고 있었다. 그러던 중 설씨가 집을 나가서 오래도록 돌아오지 않으니 허씨가 두 자매를 데리고 곤궁하게 지냈다. 이때 근방에 살던 무도한 자가 허씨의 미모에 혹하여 밤중에 침입해서 겁탈을 시도했다. 허씨가 저항해서 싸웠으나 힘이 미치지 못하자 스스로 죽어서 절개를 지켰다. 어린 자매가 어머니의 죽음을 모른 채 시체에 매달려 울다가 굶어죽으니 참혹한 일이었다. 마을사람들이 애통해하면서 이들을 마을 근처에 묻어주었으나 그 원혼 때문에 불상사가 많이 나고 흉년이 겹쳐 들었다. 사람들이 전전긍긍하던 중에 어느 날 마을 어른의 꿈에 허씨가 머리를 산발한 채로 두 자매를 안고 나타나서 이렇게 말했다.

"나는 원래 천상 선녀였습니다. 반도 복숭아꽃이 아름답기에 두 시녀와 함께 가지를 꺾어다 방을 장식했지요. 그랬더니 옥황상제께서 열매를 맺지 못하게 한 일을 꾸짖으시면서 하계로 내려가 꽃터를 잘 가꾸어 좋은 결실을 맺으라 하셨습니다. 마침내 그 명을 다하지 못하고 이렇게 원혼이 되었습니다. 우리 시체를 화장하고 안치해서 정성을 올리면 수호신이 되어 마을을 보살피겠습니다."

사람들이 그 말대로 세 모녀의 시체를 화장하자 몸에서 많은 구슬이 나왔다. 사람들은 그 구슬을 청홍색 주머니에 넣어 살구나무 대에 달고서 세 모녀의 옷을 입혀서 하나의 신체神體로 모셨다. 이 성황신을 모실 때는 청홍색 주머니에 동전을 넣어서 성황신이 차고 있는

구슬 주머니와 바꾸어 다는 풍습이 있다. 그리하면 복을 받는다고 한다.[5]

세 모녀의 사연은 억울하게 죽은 원혼의 내력을 전하는 것으로서 전설적 면모가 짙다. 보통사람의 참혹한 죽음이라는 요소는 신화적 신성과 거리가 멀어 보인다. 하지만 그 여인이 본래 천상 선녀였다는 내용에서, 그리고 세 모녀가 마을을 지켜주는 수호신이 됐다는 내용에서 신화적 면모를 보게 된다. 전체적으로 전설과 신화 사이에 걸쳐 있는 이야기라고 할 만하다. 굳이 가름하여 정한다면 어느 쪽이 될까?

이 이야기에 대한 학계의 공식 명칭은 '화장마을 당신화'다. 마을신화로 인정하고 있는 셈이다. 이는 단지 이야기 텍스트에 의거한 것이 아니다. 오히려 콘텍스트적 맥락이 중요하다. 화장마을에는 세 모녀를 모신 신당이 있고 매년 이들을 기리는 별신제가 마을 차원에서 거행된다. 이들이 집단의 표상이 되고 있는 상황이다. 이런 맥락에서 위 이야기는 한 편의 신화로 보아 무리가 없다고 할 수 있다. 다만, 필자가 직접 마을을 방문해서 확인한 결과 주민들은 위 이야기를 잘 알지 못했고 전승의 무게감도 약한 편이었다. 단편적인 내용을 임의적으로 기억하여 전하는 수준에 가까웠다. 전설적 면모다. 의례라는 콘텍스트가 신화적 성격을 뒷받침하지만 담화 자체의 콘텍스트는 신화성을 제대로

설화와 소설, 설화와 설화

담보하지 못하고 있는 형국이니 위 이야기는 말 그대로 신화와 전설의 경계에 걸쳐 있다고 할 만하다. 신화가 전설로 바뀌어온 것이라 할 수 있으나, 앞으로 그 귀추가 어찌 될지 속단할 바는 아니다. 전설화되어 가던 전승이 신성성을 회복하는 경우도 없지 않은 터다.

신화와 전설에 비하여 민담民譚; folktale, Märchen의 차별적 정체성은 상대적으로 뚜렷한 편이다. 민담은 완연한 허구적 상상의 이야기로서 성격을 지닌다. 신화와 전설이 객관적 허구성과 주관적 사실성 간의 미적 긴장을 형상적 인식의 축으로 삼는 것과 다른 면모다. 민담은 처음부터 그 내용이 꾸민 것임을 전제로 하여 구술이 이루어진다. 실제로 있었던 일인가의 여부에 구애받지 않고 상상력을 자유롭게 발휘해서 스토리를 흥미진진하게 펼쳐나간다. 민담은 명백히 향유 지향적이다.

게 전설이라구 하며는 우쨌든 전해져 내려오는 얘기지마는 그러나 어느 정도 근거가 있다고 봐야 되구. 고담이라구 하는 건 그러한 것을 얘기하는 사람을 인저 고담한다구 그라는데, 고담하는 가운데는 전연 무근無根한 것두, 허무맹랑하구 아주 무근한 것두 '옛날이 그랬단다' 그러면 그걸루 통하거든. (……) 자기가 들은 바대루만 전해 내려오는 것이 인제 전설이구, 또 자기가 가미加味해서 인저 재미있게 웃기구 즐겁게 하기 위해서 쪼끔 보태구 우짜구 그라면 야담에

스토리텔링 원론

속하는 기구. 그렇게 봐야지, 우리 이저 농촌에서는.[6]

필자가 현지답사 과정에서 만난 한 제보자의 전언이다. 이 화자는 민담을 '고담또는 야담'이라 지칭하고 있는데, 전설과 뚜렷이 구별하여 특징을 설명하고 있다. 전설이 들은 대로 전승하는, 나름 근거가 있는 이야기인 데 비하여 민담은 근거에 구애받지 않고 맛을 내어 재미있게 풀어내는 이야기라는 것이 핵심이다. 이 화자의 말마따나, 민담은 "옛날에 그랬단다" 하면 그만이다. 따지고 말고 할 일이 아니다. 마음껏 즐기면 그만이다. 그것이 민담의 코드다.

민담 구연에서는 전설에서와 달리 표현의 측면이 꽤 중시된다. 민담 화자는 스토리를 매끄럽게 엮고 작중상황을 그럴듯하게 표현함으로써, 곧 '이야기 맛'을 잘 살림으로써 듣는 이의 흥미와 공감을 불러일으켜야 한다. 그러한 구술표현 능력은 사람에 따라 차이가 있거니와, 민담 구연은 이야기를 잘하는 유능한 화자에 의해 주도되는 것이 보통이다. 구연능력이 뛰어난 화자를 '이야기꾼'이라 하거니와, 좋은 이야기꾼이 있어야 이야기꽃이 만발할 수 있다. 하지만 민담 구연에 꼭 전문적 역량이 필요한 것은 아니어서, 좋은 스토리를 갖춘 이야기를 확보하고 있으면 누구라도 구연에 참여해서 한몫을 할 수가 있다. 서로 돌아가면서 이야기를 주고받을 때 이야기판은 더 즐겁고 흥성해지기 마련이다.

설화와 소설, 설화와 설화

신화와 전설이 집단적 이야기의 성격이 짙은 데 비하여 민담은 상대적으로 '개인적 이야기'의 측면이 강하다. 그 이야기들은 본래부터 있었던 것이지만, 어느 것을 선택하여 어떻게 엮어나가는가는 화자의 자유다. 화자는 취향껏 자기한테 맞는 이야기를 골라서 그것을 자기 작품으로서 풀어낸다. 그리고 청자는 그 작품을 음미하여 감상한다. 나름의 상상력으로 스토리적 여백을 채워가면서 말이다. 청자가 그 이야기를 화자 입장에서 새롭게 구술할 때 그것이 그 자신의 이야기가 됨은 물론이다. 민담은 이렇게 '모두의 이야기이자 나의 이야기'로서 성격을 지니게 된다. 신화나 전설과는 다른 방식의 적층성이다.

민담은 내용 면에서도 신화나 전설과 달리 개인적 삶을 화두로 삼는 경우가 많다. 주인공이 각종 결핍이나 고난 상태를 벗어나 인생역전 식의 성공과 행복을 성취하는 것이 민담의 전형적 전개가 된다. 이때 민담이 말하는 성공과 행복이란 건강하게 오래 사는 것, 생계 걱정 없이 풍요롭게 사는 것, 귀한 존재로 존중받는 것, 좋은 짝을 만나 후손을 이어가는 것, 걱정 없이 편안하고 즐겁게 사는 것 등등 인간의 일상적이고 보편적인 욕망을 반영한다. 민담에서 현실적 모순이나 사회 정의 등이 화두가 되는 사례도 물론 있지만, 이 또한 개인의 삶의 역정을 축으로 하여 서사화되는 것이 정형이다.

신화와 전설, 그리고 민담의 공존은 아주 자연스러운 일이다.

스토리텔링 원론

서로 비슷하면서도 다른 방식으로 삶의 제 문제를 서사화함으로써 설화는 미적 다양성과 함께 폭넓은 포용성을 발현한다. 설화라는 특별한 코드를 잘 이해하고 활용하기 위해서는 그 다변성을 제대로 읽어내는 안목이 필요하다.

영웅과 트릭스터 사이

신화와 전설에 대한 민담의 서사적 특징을 전형적 인물 유형의 차이에서 단적으로 볼 수 있다. 민담적 인간형은 신화적 인간형이나 전설적 인간형과 아주 다르다. 그것은 형상적 차이를 넘어서 세계관적 차이와 닿아 있다.

신화와 전설의 전형적 인물형으로 영웅英雄; hero을 들 수 있다. 수많은 신화와 전설이 '영웅서사'로서 성격을 지닌다. 영웅은 무겁고 진지하며 뜨거운 존재다. 그 어깨에 세상의 운명이 걸려 있다. 그는 수많은 사람들의 관심과 기대 속에서 집단의 표상으로서 움직인다. 행동거지를 함부로 하거나 쉽게 좌절하면 안 되는 인물이 영웅이다. 길을 찾아내기 위해서 할 수 있는 데까지 분투해야 하는 것이 그 동선이다. 결과가 어떠한가를 떠나서, 영웅의 몸짓은 강한 파토스를 자아낸다.

신화적 영웅과 전설적 영웅을 비교하면, 신화적 영웅의 어깨가 더욱 무거운 쪽이라 할 수 있다. 그는 사람들의 전적인 관심과 기대, 그리고 존중 속에서 움직인다. 그의 행보에 사람들이 울고 웃는다. 그는 흔히 사람들의 기대에 부응하여 크나큰 힘을 내며, 과업을 성공적으로 완수하곤 한다. 과업 완수에 실패하는 경우도 없지 않지만, 그 경우에도 그는 존재적 완전성을 현시하면서 경애와 존숭의 대상이 된다. 사람들에게 그는 어둠 속 등불과 같은 구원자적 존재다. 이에 비하면 전설적 영웅은 상대적으로 외롭고 비장한 쪽이다. 그는 사람들이 절대적으로 믿고 존중하기보다 관심 속에 관찰하고 주시하는 대상에 가깝다. 그는 흔히 신이한 능력을 지니지만, 세계의 장벽에 부딪혀 좌절하는 경우가 많다. 그의 서사적 역정이 환기하는 것은 경애와 존숭보다는 경이와 성찰, 회한 쪽이다.

그렇다면 민담은 어떠할까? 민담 속에 꽤 많은 영웅적 인물이 등장하는 것이 사실이지만, 그 성격은 신화나 전설과 꽤 다르다. 그는 '개인적 영웅'인 경우가 많다. 남다른 능력으로 삶의 성공과 행복을 이루어내는 식이다. 그로 인해 세상의 변혁이 이루어지기도 하지만, 처음부터 그가 세상을 위해 움직였다고 말하기는 어렵다.

이와 같은 민담적 인물형의 특성은 기실 영웅보다 '트릭스터 trickster' 개념으로 더 잘 설명할 수 있다. 제 욕망을 이루기 위해 수단에 개의치 않고 거침없이 전진하는 행동파 인물이 바로 트릭스터다. 명칭에 '트릭trick'이 포함돼 있거니와, 그는 트릭을 사용함에

스토리텔링 원론

거침이 없다. 신화나 전설의 영웅이 기본적으로 정도正道로 움직이는 것과 구별되는 특성이다.

어느 작은 재봉사가 일을 하다가 장사꾼에게 잼을 사서 빵에 발라놓았는데 고소한 냄새를 맡고서 파리떼가 몰려들었다. 화가 난 재봉사가 천 조각을 들어서 빵을 후려치고 나서 보니 파리 일곱 마리가 죽어 있었다. 자기 능력에 감격한 재봉사는 허리띠에 커다란 글자로 '한 방에 일곱 놈'이라고 수를 놓은 뒤 자기 업적을 온 세상에 알리러 길을 나섰다.

산꼭대기에 이른 꼬마 재봉사는 크고 무서운 거인을 만났다. 재봉사가 자기 허리띠를 보여주자 깜짝 놀란 거인은 기가 죽지 않으려고 있는 힘껏 돌멩이를 쥐어서 물을 짜냈다. 그러자 재봉사는 웃으면서 주머니에서 치즈를 꺼내 손으로 꾹 눌러 손쉽게 물을 짜냈다. 놀란 거인이 하늘 높이 돌을 던지자 재봉사는 가지고 있던 새를 하늘로 날렸다. 날아간 새가 돌아오지 않자 거인은 패배를 인정할 수밖에 없었다. 거인은 재봉사에게 함께 커다란 나무를 나르자며 재봉사에게는 뒤쪽을 들라고 했다. 재봉사는 나무를 드는 척하며 가지 위에 앉아 있다가 거인이 뒤를 돌아볼 때 미리 뛰어내려 나무를 옮긴 척했다. 대결에서 진 거인은 꼬마 재봉사를 자기 동굴로 초대하여 침대에 자게 한 뒤 밤에 쇠몽둥이로 침대를 내리쳤다. 하지만 재봉사는 침대가 너무 커서 방구석에서 자고 있었다. 다음 날 재봉사가

설화와 소설, 설화와 설화

웃으면서 태연하게 나타나자 거인들은 깜짝 놀라서 도망치고 말았다.

다시 길을 떠난 재봉사는 궁궐 마당에 이르러 풀밭에 누워 낮잠을 잤다. 재봉사의 허리띠에서 '한 방에 일곱 놈'이라는 글자를 본 사람들이 그를 위대한 용사로 여겨서 왕에게 천거했다. 왕은 재봉사한테 군대를 맡긴 뒤, 무서운 두 거인을 처치하면 자기 딸과 결혼시키고 왕국의 절반을 주겠다고 했다. 군사들을 물리치고 홀로 길을 나선 재봉사는 거인이 살고 있는 곳에 이르자 돌맹이들을 챙겨서 큰 나무 위로 올라갔다. 거인들이 잠을 잘 때 재봉사가 두 거인의 가슴에 돌맹이를 던지자 상대가 자기를 때렸다고 오해한 거인들이 서로 맞붙어 싸우다 죽어버렸다. 재봉사가 거인을 물리치자 왕은 다시 그에게 뿔이 하나인 일각수를 처치하라는 임무를 맡겼다. 재봉사는 홀로 길을 나서 일각수를 만난 뒤, 일각수가 덤벼들 때 살짝 나무 뒤로 숨었다. 그대로 나무를 들이받은 일각수는 뿔이 나무에 박혀 재봉사에게 사로잡힌 몸이 되었다. 그러자 왕은 다시 세 번째 과제로 사나운 멧돼지를 처리하는 임무를 부여했다. 재봉사는 멧돼지를 예배당으로 유인한 뒤 살짝 창문으로 빠져나가고는 자기를 쫓아오다가 창틀에 끼인 멧돼지를 붙잡았다. 재봉사가 모든 과제를 완수하자 왕은 할 수 없이 딸을 그와 결혼시키고 왕국의 절반을 나누어주었다.

왕이 된 재봉사와 함께 살게 된 젊은 왕비가 어느 날 잠을 자다가 남편이 "어서 조끼를 만들고 바지를 꿰매 놓으라고." 하는 잠꼬대를 들었다. 남편이 하잘것없는 집에서 태어난 사람임을 깨달은 왕비는 아버지한테 가서 하소연하면서 재봉사였던 사람에게서 벗어나게 해달라고 했다. 왕은 딸한테 방문을 열어놓게 하고는 하인들을 시켜 밤에 재봉사를 묶어내 처치하게 했다. 왕의 심부름꾼한테 그 계획을 전해들은 재봉사는 잠을 자는 척하면서 "어서 조끼를 만들고 바지를 꿰매 놓으라고. 난 한 방에 일곱 놈을 맞히고 거인 두 놈을 죽이고 일각수를 끌어오고 멧돼지를 잡은 사람이야. 저 바깥에 있는 놈들을 무서워할 것 같아?" 하고 소리쳤다. 그러자 하인들은 공포에 사로잡혀 도망쳐 버렸다. 이제 감히 그에게 대들려는 사람은 없게 되었고, 꼬마 재봉사는 평생을 왕으로 지냈다.[7]

그림형제 민담집에 실린 〈용감한 꼬마 재봉사Das tapfere Schneiderlein〉KHM 20의 스토리를 정리한 것이다. 이 이야기 속의 꼬마 재봉사는 전형적인 트릭스터에 해당한다. 그는 온전한 '트릭trick'의 인물이다. '한 방에 일곱 놈'이라는 글자를 허리띠에 새기는 순간, 속임과 속음이 시작되어 점점 스토리가 확장되어 간다. 처음에는 어설픈 눈속임으로 보였지만, 거인과 맞서서 그를 보기 좋게 거꾸러뜨리는 과정에서 꼬마 재봉사는 '속임의 선수'가 된다. 그 속임의 역정은 왕이 내린 과제를 거뜬히 해결하여 공주와 결혼하고 스스로 왕이 되는 결말을 통해 완성에 다다른다.

이 트릭스터담은 민담의 미적 특성을 전형적으로 현시한다.

설화와 소설, 설화와 설화

이야기는 엉뚱한 과장과 비약으로 가득 차 있으며, 이는 현실 전복적 웃음을 선사한다. 크고 무서운 상대들이 작은 재봉사한테 걸려서 픽픽 쓰러질 때마다 잠깐의 긴장은 큰 쾌감으로 바뀐다. 이야기가 진행되는 과정에서 전승자들은 주인공 재봉사가 문제를 훌쩍 해결할 것이라는 사실을 믿게 되어 더욱 편안하고 안정적인 상태에서 상상적 즐거움을 누리게 된다. 이야기가 마무리되는 즈음에는 주인공의 성공에 대한 믿음이 완전한 수준에 이르고, 편안한 충족감 또한 절대적 차원에 이르게 된다.

얼핏 보기에 트릭스터는 얕은 속임수로 위험한 줄타기를 하는 것처럼 보인다. 하지만 트릭스터는 단순한 거짓말쟁이 이상의 인물이다. 저 재봉사가 잘 보여주듯이, 트릭스터는 절대적인 자기 신뢰와 긍정으로 거침없이 움직인다. 어떤 대상, 어떤 상황 앞에서도 그는 긴장하거나 주눅 들지 않는다. 자신을 한 주먹에 죽일 수 있는 거인이나 괴물이라 해도 마찬가지다. 쇠몽둥이로 침대를 부숴버린 거인 앞으로 태연히 웃으면서 걸어오는 것. 이것이 트릭스터의 전형적인 행동방식이 된다. 그러한 여유로움과 자신감은 그를 무적의 존재로 만들어 상대가 스스로 비켜나게 만든다. 외양은 작고 보잘것없는 꼬마이지만, 저 재봉사는 실상 누구보다 큰 거인이라 할 수 있다.

한 인물을 트릭스터로 만드는 핵심 요소는 속임의 지략이라기보다 스스로에 대한 확신이라고 할 수 있다. 어떻게 보면 트릭

스토리텔링 원론

스터는 세상을 속이고 있다기보다 그냥 자기 길을 자기 식으로 나아가고 있을 뿐이다. 살펴보면 위 이야기 속에서 꼬마 재봉사는 일부러 거짓말을 한 적이 없다. '한 방에 일곱 놈'이라는 글자를 허리띠에 새겼을 따름이다. 그런데 온 세상이 스스로 그의 당당한 자신감 앞에 스스로 속아 넘어간 것이었다.

트릭스터의 이와 같은 동선은 영웅의 동선과 질적으로 다르다는 점을 유의할 필요가 있다. 이야기에서 재봉사는 나라의 골칫거리였던 거인들과 일각수, 멧돼지를 처치하는 공을 세운다. 얼핏 영웅적으로 보이는 행적이지만, 그는 세상을 구하기 위해서 그 일을 하고 있는 것이 아니다. 자신의 욕망의 길을 따라 움직이고 있을 따름이다. 영웅의 어깨에는 다른 사람들의 삶이 걸려 있지만, 저 트릭스터한테는 그러한 짐이 없다. 영웅이 핫hot한 존재라면 트릭스터는 쿨cool한 존재다. 무겁고 진중한 영웅과 달리 트릭스터는 늘 가볍고 쾌활하다. 세상의 모든 관계나 평가로부터 자유로운 상태에서 '지금 여기 나의 삶'을 살아갈 따름이다.

이와 같은 트릭스터의 자유로움은 흔히 '경계성'으로 설명된다. 더 정확히 말하면 '탈경계성'이다. 그에게 기존 세상의 패러다임은, 사회적 윤리나 의무, 법칙 같은 것은 문제가 되지 않는다. 스스로가 원하는 것이 법칙이며, 그 자신이 행하는 바가 곧 진리가 된다. 그는 세상의 변두리에서 움직이는 주변인이 아니다. 그가 움직이는 곳이 곧 우주의 중심이다. 그가 새로 한 걸음을 디딜

설화와 소설, 설화와 설화

때마다 기존의 경계는 허물어지고 새 경지가 열린다. 완연한 주인공으로서 자유의 삶을 사는 인물. 그것이 트릭스터의 본 모습이라 할 수 있다. 위 이야기에서 꼬마 재봉사가 '왕'이 되어 평생을 살았다는 것은 그 표상이 된다. 민담적 인물형의 궁극에 해당하는 면모다.

타인이나 세상에 신경 쓰지 않고 제 자신의 삶을 산다는 면에서 트릭스터는 자기중심적이다. 이때 그 자기중심성은 '이기적인 것'과 다르다는 점을 인지해야 한다. 저 꼬마 재봉사는 나서서 남을 돕는 존재가 아닌 것처럼, 의도적으로 타자를 공격해서 해치는 존재가 아니다. '이기利己'나 '이타利他'는 그의 행동 기준이 아니다. 그냥 자기 길을 쭉쭉 헤치고 나아갈 뿐이다. 그 나아감은 타인한테 도움이 되기도 하고 해가 되기도 하지만, 이는 그의 탓이 아니다. 트릭스터에 의해 쓰러진 존재들은 기실 스스로 쓰러진 쪽이다. 이야기를 보면, 동굴 속 거인들이 도망간 것이나, 두 거인이 서로 싸우다 죽은 것, 일각수가 나무에 뿔이 박힌 것, 멧돼지가 창틀에 끼인 것 등이 모두 자기 꾀에 자기가 넘어간 일들이다. 왕이 재봉사에게 딸을 내주고 나라를 내준 것 또한 마찬가지다.

이러한 트릭스터 서사가 전해주는 가치란 무엇일지 의문을 가질 수 있겠다. 그에 대한 대답은 자기 삶을 자기 식으로 살아가는 일 자체가 크나큰 가치요소가 된다는 것이다. 누군가가 그렇게 살고 있다는 건 그 자체로 좋은 일이다. 만약 사람들이 다들 저 재봉사처럼 당당하고 쿨하게 자기 삶을 살아간다면 즐겁고 멋진 일이 될 것이다. 만약 우리가 그렇게 살지 못한다면, 그것은 저들 탓이 아니다. 우리 자신의 탓일 따름이다. 요컨대 트릭스터가 보여주는 것은 방편적인 삶의 기술이 아니라 근원적인 존재론이라 할 수 있다. 영웅의 존재론과 다른, 또는 성자聖者나 군자君子의 존재론과 전혀 다른 자기중심적 존재론이다. 인간이 스스로 제 삶을 책임져야 하는 단독자라는 사실을 상기할 때, 트릭스터가 현시하는 존재적 철학은 지극히 원형적인 것이라 할 수 있다.

한 가지 예를 보았지만, 세계의 민담에서 수많은 트릭스터들과 만날 수 있다. 민담을 일컬어 '트릭스터의 경연장'이라고 말해도 좋을 정도다. 한국 설화에는 전형적 트릭스터들이 적은 편이지만, 주인을 골리는 꾀쟁이 하인과 여우를 속이는 메추리, 호랑이를 속이는 토끼, 과부를 속이는 머슴, 그리고 봉이 김선달과 방학중, 정만서, 진평구, 김복선 등 다수의 주인공을 나열할 수 있다. 트릭스터적 면모가 약간씩이라도 있는 주인공들을 열거하기로 하면 그 목록은 훨씬 더 많아질 것이다.

트릭스터에 대한 이야기를 길게 한 것은 그것이 설화의 캐릭터 원형에 해당하는 것이면서 새로운 스토리텔링의 원천이 될 수 있는 귀한 씨앗이기 때문이다. 목하 트릭스터형 인물이 문화예술 콘텐츠의 전면으로 떠오르고 있는 중이다. 〈창문 너머 도망친

100세 노인〉의 선풍적 인기는 그 단적인 지표라고 할 만하다. 한국에서 트릭스터적 면모를 지니는 유쾌한 영웅 전우치에 이어 봉이 김선달 등이 영화화되는 현상을, 유해진 같은 배우가 조연을 넘어 주연으로 부상하는 흐름을 범상하게 볼 일이 아니다. 이미 세상은 트릭스터를 받아들일 준비가 되어 있다.

이야기를 마무리하기에 앞서 '소설적 인간형'에 대해 잠깐 말해 본다. 루카치와 골드만의 견해를 빌리자면, 소설의 전형적 인물형은 '문제적 개인'이라 할 만하다. 세계의 본질적인 모순을 인지하고 있되 그 거대한 벽에 부딪히기에는 턱없이 왜소한 사람. 현실과 이상의 괴리 속에서 무력하게 방황하다 주저앉는 사람. 행동이 아닌 논리로, 몸이 아닌 입으로 세상을 살아가는 사람. 그것이 근대소설의 전형적 주인공이다. 일컬어 회색인灰色人, 또는 무기질 청년. 가장 현실적인 삶의 모습이고 '도저한 리얼리티'일 수 있겠으나, 실제가 아닌 상상 속에서조차 무기력한 유영을 아득히 지속해야 한다는 것은 감내하기 어려운 일이다. 말하자면 '현실 고문'이라고나 할까.

그 문학예술적, 인식적 가치를 격하하기 어렵겠으나, 21세기 대중이 이와 같은 형태의 스토리텔링에 예전과 같이 반응하지 않는다는 사실을 눈여겨볼 필요가 있다. 그 대신 대중이 눈길을 돌린 대상이 무엇인가 하면 '영웅'이었으며판타지와 신화 열풍을 보라, 이제 그것은 트릭스터로 향하고 있다. 혹시라도 그것을 '대중의 타락'이라고 치부한다면, 그것이야말로 '소설형 인물'의 감각일 것이다.

이야기 양식과 스토리텔링

설화와 소설을 구별하고 설화의 여러 양식을 분간하는 일이 왜 중요한가 하면 그것이 스토리텔링의 기본 코드code에 해당하기 때문이다. 그 코드를 제대로 헤아리지 못할 때, 혼란과 착종을 피하기 어렵다. 앞서 설화를 '전래 동화'로 다시 쓰는 과정에서 소설식 코드가 은연중에 작동해서 텍스트가 길을 잃고 있음을 말했거니와, 이와 비슷한 오류를 도처에서 볼 수 있다. 분명 신화를 풀어낸 이야기인데 신이한 내용이 있을 뿐 신성성의 진정한 맥락은 사라진 경우가 다반사이고, 전설을 풀어낸 서사에서 세계에 대한 냉철한 성찰을 찾아보기 어려운 경우가 많다. 트릭스터형 인물이 현실과 타협하는 인물로 순화되는 것도 흔히 보는 현상이다.

여기 하나의 좋은 사례가 있다. 크리스 밀러가 연출한 애니메이션 〈장화 신은 고양이〉2012. 민담 속의 장화 신은 고양이는 전형적인 트릭스터에 해당한다. 거침없이 세상을 속이면서 쭉쭉 나아가서 자신의 욕망 내지 기획을 완벽하게 실현시키는 존재다. 그 동선을 보자면 어찌 저토록 행동적일 수 있는지 소름이 돋을 정도다. 앞의 꼬마 재봉사와 비교해서 절대 꿀리지 않을 것이다. 그렇다면 이 3D 애니메이션 속의 고양이는 어떠할까? 이미지로 보자면 나름 트릭스터의 면모를 풍기는데, 행동방식을 보자면 '웬걸!' 소리가 절로 나온다. 지명수배가 된 초라한 처지에서 영웅의 자리를 회복하려는 몸짓이 때로 애잔할 정도다. 고민스런 상황에서 눈을 불쌍하게 깜빡일 때의 그 배반감이란! 그 대신 그의 동반자들이, 특히 '험피 덤티'가 트릭스터 역할을 꽤 그럴싸하게 행한다는 점이 위안 아닌 위안이지만 그 종착점은 역시나였다. 윤리 규범과의 안온한 타협. 해피엔딩이 주는 안정감을 얻은 대신 트릭스터 본래의 탈경계적 반역성과 변혁성을 잃은 형국이다. 그들은 이를 최선의 스토리텔링이라고 생각하겠지만, 내가 보기에는 아니다. 만약 이 작품이 트릭스터 서사를 제대로 밀고 나갔다면 상업적으로도 두세 배는 성공했을 거라고 믿는다. 사람들은 무의식중에 '진짜'를 알아보기 마련이다. 그들 내면에 스토리적 인지가 원형적으로 숨 쉬고 있기 때문이다.

시대가 많이 바뀌었고 스토리텔링의 환경이 완전히 달라졌다. 신화와 전설, 민담이 예전과 같은 방식으로 일상적 이야기문화를 형성하게 될 가능성은 크지 않다. 그것이 되살아난다면 새로운 스토리텔링 양식을 통해서일 것이다. 드라마와 영화, 애니메이션, 뮤지컬, 웹툰과 웹소설, 팟캐스트, PC게임과 모바일게임, VR 콘텐츠 등등. 비록 외현되는 방식은 다르더라도, 스토리적 본질과 원리가 다른 것은 아니다. 늘 핵심적인 답은 '기본'에 있다. 화려한 외형과 첨단 기술, 정교한 기법이 넘쳐나는 세상일수록 더 그러하다. 거기 시선이 이끌리고 마음이 사로잡혀 길을 잃기 십상이므로.

4

화소, 상상세계의 무한동력

이야기를 특별하게 만드는 무엇

—

설화에서 스토리를 이루는 가장 기본적인 요소는 무엇일까? 그건 역시 '사건'일 것이다. 모종의 사건이 있어야 이야기가 성립될 수 있다. 하지만 사건만으로 스토리가 되지는 않는다. 시간과 공간이 주어져야 하며, 행위의 주체가 필요하다. 서사의 세 요소라고 일컫는 인물, 사건, 배경이 서로 어울려서 이야기를 이루게 된다. 단순하게 말하면, 일정한 배경 속에서 특정 인물에 의하여 펼쳐지는 모종의 사건을 풀어내는 담화가 서사라고 할 수 있다.

하지만 인물과 배경이 있고 사건이 제시된다고 해서 스토리가 성립되는 것은 아니다. 그것들이 아무 특별함 없이 평범하고 일반적이어서는 곤란하다. 다음 담화를 한번 보자.

화소, 상상세계의 무한동력

지난 몇 세기 동안 지구상에 수많은 사람들이 살다가 죽었다. 오늘날도 수많은 사람들이 살고 있다. 앞으로 또 다른 수많은 사람들이 태어나 이 세상을 살게 될 것이다.

위 언술에는 인물과 배경, 사건이 있다. '몇 세기'라는 긴 시간과 '지구상'이라는 드넓은 공간, '수많은 사람들'이라는 주체가 있다. 그리고 태어나서 살다가 죽는다고 하는 크나큰 사건이 담겨 있다. 하지만 누구도 위 언술을 스토리로 느끼지 않을 것이다. 그것은 어떤 특별한 감흥도 유발하지 않는다. 내용이 지나치게 일반적이어서 특별함이 없기 때문이다.

어떤 언술이 스토리로 살아나려면 특별하고 낯선 무언가가 있어야 한다. 그를 통해서 호기심과 긴장, 재미와 놀라움 등을 자아낼 수 있어야 한다. 그 특별함은 인물과 사건, 배경 등에 걸쳐 다양하게 설정될 수 있다. 예컨대 '세상에 사람이 살다/죽다'라는 일반적 언술은 다음과 같은 약간의 변형으로도 낯설고 특별한 언술로 바뀐다.

- 마법사가 살다
- 무인도에서 살다
- 죽었다가 살아나다

이 언술들은 단순하면서도 특별한 요소를 갖추고 있다. 마법사라는 존재는 그 자체로 관심 대상이 되면서 이어질 사건을 기대하게 한다. 무인도에서 산다는 것도 마찬가지다. 거기는 어디이며 어떻게 생존할 수 있는지 호기심과 상상을 촉발한다. 죽었다가 살아났다는 것도 그 경과에 대한 의문과 함께 사람들의 마음을 잡아끈다.

위 진술의 '마법사'와 '무인도', '재생'처럼 사람들의 관심을 이끌어내면서 정서적 반응을 불러일으키는 이야기 요소를 화소話素라고 한다. 영어식 표현으로는 '모티프motif'다. 행동 동기를 뜻하는 모티브motive와 달리 서사의 구성요소를 일컫는 말이다. 화소는 특이하고 인상적인 내용으로 돼 있어서 쉽게 파괴되지 않고 용이하게 기억되며 독립적 생명력을 지닌다. 설화의 스토리적 각인력과 호소력은 화소를 기본 축으로 하여 발현되거니와 그 구실은 막대하다. 그 힘을 매개로 하여 스토리의 전달과 기억, 재현이 이루어진다고 해도 좋다.

화소와 화소가 서로 맞물림으로써 스토리는 성립된다. 화소는 그 자체 역동성을 지니거니와, 화소들의 만남은 더욱 역동적인 것일 수밖에 없다. 특별함과 특별함이 만나 또 다른 차원의 특별함을 빚어내는 식이다.

마법사가 무인도에서 살다가 죽었다. 그리고 다시 살아났다.

화소, 상상세계의 무한동력

짧고 건조한 언술이지만, 그 의미적 역동성은 만만치 않다. 마법사, 무인도, 재생 등의 화소가 서로 만나면서 다양한 상상을 촉발한다. 마법사와 무인도의 결합은 어쩌다가 마법사가 무인도에 살게 됐는지, 무인도는 그에게 어떤 작용을 했는지, 그는 거기서 어찌 움직이면서 섬에 어떤 변화를 가져왔는지, 그는 마법을 지녔음에도 왜 무인도에서 죽었는지 등등 여러 연상 작용을 일으킨다. 거기 '재생'이라는 사건 화소가 결합됨으로써 상상은 스토리적 본격화 단계로 나아간다. 다시 살아난 마법사는 어떤 새 능력을 타고났을지, 그는 어떻게 무인도를 벗어나고 세상에는 어떤 일이 벌어질지 관심 속에 추이를 지켜보는 것이다. 과연 그 뒤에 어떤 일이 벌어졌을까?

설화가 하나의 문장이라고 할 때, 화소는 단어 내지 어구에 해당한다. 형태와 의미상 중핵을 이루는 요소다. 한 문장 속에서 단어나 어구가 다양하게 대체되는 것처럼 이야기 속의 화소 또한 자유롭게 대체 가능하다. 예컨대 위 언술에서 주체와 배경, 사건 자리에는 다음과 같은 화소가 대신 들어갈 수 있다.

- 마법사: 마녀, 계모, 거인, 난쟁이, 괴물, 선녀, 용왕, 버림받은 자식 등등
- 무인도: 천상, 지하, 저승, 용궁, 검은 숲, 황야, 여인국, 소인국, 낙원, 이어도, 먼 나라 등등

- 죽었다가 살아나다: 죽어서 저승으로 가다, 다시 태어나다, 죽을 뻔하다가 살다, 산 사람을 죽이다, 죽은 사람을 살려내다, 삶도 죽음도 아닌 상태로 머물다, 삶과 죽음을 초월하다 등등

위의 여러 화소들은 서로 다양한 방식으로 결합할 수 있다. 그 결합이 적절하게 이루어질 때 그것은 스토리의 자격을 지니게 된다. 예컨대 위 화소들은 다음과 같은 방식으로 스토리화될 수 있다.

- 무서운 괴물이 지하국에 살면서 산 사람을 죽음으로 내몰았다.
- 검은 숲에 살던 마녀가 한 소녀를 죽음과 같은 잠에 빠뜨렸다.
- 난쟁이들이 땅속나라에 살았다. 그들은 죽은 사람을 살릴 수 있었다.
- 버림받은 자식이 피바다를 흘러가다가 신령의 도움으로 목숨을 건졌다.
- 용왕이 용궁에 살다가 병들어 죽게 되자 자기를 살릴 희생물을 찾아 나섰다.

수많은 조합 가능성 가운데 단지 몇 개의 예만을 제시한 것이다. 또 다른 형태의 조합을 얼마든지 만들어낼 수 있다. 중요한 것은 각각의 조합이 그 나름의 재미와 의미를 빚어낸다는 사실이다. 주체-배경-사건에 해당하는 화소들이 연결된 위의 언술들

화소, 상상세계의 무한동력

은 특별한 존재들이 특별한 곳에서 펼쳐내는 특별한 일들을 반영한다. 세상살이의 특별한 국면이 그 속에 함축된다.

설화는 화소들의 놀이터다. 오랜 세월을 거쳐 전승돼온 옛이야기들은 특별한 화소들을 갖추고 있다. 그 화소들이 적재적소에서 재미와 긴장감을 일으키고 의미를 자아낸다. 비유하자면 화소는 상상계라는 우주를 수놓는 무수한 별과 같다. 옛사람들은 하늘의 별들을 보면서 지상의 좌표를 가늠했고, 수많은 화소들과 만나면서 인생의 좌표를 헤아렸다. 그 일은 여전히 유효하다.

화소 색인이라는 무한분방 주기율표

———

수많의 설화의 화소들을 일목요연하게 모아놓은 자료가 있다면 얼마나 좋을까? 그렇다면 그게 곧 상상력의 보물창고가 될 터인데 말이다. 그런 자료가 실제로 있다. 이미 60여 년 전에 한 설화 학자가 세계 민속문학 속의 화소를 이리저리 집대성한 화소 목록집이다. 그 학자는 스티스 톰슨Stith Thompson이고 자료명은 『민속문학 화소 색인Motif-index of folk-literature』이다.[1] 총 여섯 권으로 된 거질의 자료집인데, 수천 쪽에 이르는 책 전체가 화소 목록과 출처만으로 이루어져 있다. 설화의 화소가 얼마나 방대한지를 단적으로 보여주는 흥미로운 책이다.

이 책에서는 민속문학의 화소를 총 23개 범주로 분류하여 수록하고 있다.

A. 신화적 화소 Mythological Motifs	N. 기회와 불운 Chance and Fate
B. 동물 화소 Animal Motifs	P. 사회 Society
C. 금기 화소 Motifs of Tabu	Q. 보상과 징벌 Rewards and Punishments
D. 마법 Magic	R. 포로와 도망자 Captives and Fugitives
E. 죽음 the Dead	S. 비자연적 야만 Unnatural Cruelty
F. 기적 Marvels	T. 섹스 Sex
G. 괴물 Ogres	U. 삶의 속성 the Nature of Life
H. 시험 Tests	V. 종교 Religion
J. 현자와 바보 the Wise and the Foolish	W. 캐릭터 특성 Traits of Character
K. 속임수 Deceptions	X. 유머 Humor
L. 운수의 역전 Reversals of Fortune	Z. 기타 그룹 Miscellaneous Groups of Motifs
M. 결정된 미래 Ordaining the Future	

얼핏 체계성이 부족해 보일지 모르나, 워낙 방대한 화소를 포괄하다 보니 실제적 편의성을 많이 고려한 상태다. 각 범주마다 그 안을 들여다보면 여러 개 하위 범주 속에 수많은 화소들이 열거돼 있다. 상대적으로 간략한 편에 해당하는 C. 금기 화소 Motifs of Tabu를 보면, 그 하위 범주가 다음과 같다.

C0~C99. 초월자 관련 금기 Tabu connected with supernatural beings

C100~C199. 섹스 관련 금기 Sex tabu

C200~C299. 먹고 마시기 금기 Eating and drinking tabu

C300~C399. 보기 금기 Looking tabu

C400~C499. 말하기 금기 Speaking tabu

C500~C549. 손대기 금기 Tabu : touching

C550~C599. 계급 금기 Class tabu

C600~C699. 특별한 금지나 강요 Unique prohibitions and compulsions

C700~C899. 그 밖의 금기들 Miscellaneous tabus

C900~C999. 금기 위반에 대한 징벌 Punishment for breaking tabu

각각의 항목마다 다양한 화소들이 포함돼 있는데, 그 가운데는 쉽게 상상하기 어려운 특이한 화소들이 곳곳에 자리하고 있어서 눈길을 끈다. 예컨대 'C750. 시간 금기들 Time Tabus'에는 다음과 같은 화소들이 포함돼 있다.

C751.1.1. 왕이 불을 켜기 전에 먼저 불을 밝히는 일

C751.4. 노동절메이데이 후 첫 월요일에 물에 가는 일

C752.2.1. 초월적 존재가 해 뜬 뒤에 다른 나라에 있는 일

C755.5. 가을에 특별한 무덤 둔덕에 앉는 일

C756.2. 서른 살 이전의 소녀에게 햇빛이 내리게 하는 일

C756.4. 말고기를 먹은 뒤 3주 안에 마차에 타는 일

C757.1. 마법에 걸린 사람의 동물 가죽을 너무 빨리 없애는 일

 특정 시간과 관련된 금기들인데, 내용이 특이해서 호기심을 자아낸다. 왕이 불을 켜기 전에 불을 밝히지 말아야 한다는 것이나 말고기를 먹은 뒤 마차에 타면 안 된다는 것 등은 그 의미맥락이 대략 짐작되는 데 비하여 그 외의 것들은 의미를 헤아리기가 만만치 않다. 동물 가죽을 너무 빨리 없애지 말라는 것은 마법에 걸린 사람이 아직 현실에 적응할 준비가 덜 돼 있다는 뜻으로 추정되고 한편으로 우렁이 각시가 연상되기도 하나, 확실치는 않다. 서른 살 이전의 소녀에게 햇빛을 허용하지 않아야 한다는 것은 또 무슨 맥락인지? 선녀에게 날개옷을 주는 것과 비슷한 것일까? C751.4에서 노동절과 월요일과 물 사이의 상관성 또한 요령부득이다. 그 의미맥락은 해당 이야기 속에서 파악해야 할 바이거니와, 의미적 불투명성에도 불구하고 이러한 화소와 만나는 것은 그 자체로 즐거운 일이다. 의미가 다의적으로 열려 있기에 더 흥미롭다고 말할 수 있다.

 좀 단순한 예를 들었거니와 다른 범주들, 예컨대 변신Transformation; D0~D699이나 마법의 물건Magic objects; D866~1699, 마법의 힘Magic powers and manifestation; D1700~D2199 같은 환상성 짙은 범주에는 더욱 흥미로운 화소들이 가득하다. 변신 쪽을 잠깐 보면, 한 사람이 다른 사람으로 변하거나 수많은 동물과 식물, 사물 등으로 변신하

는 상황이 제각각의 화소를 이룬다. 그 변신 대상은 호랑이, 뱀, 독수리, 메추리, 오리, 바다토끼, 산, 바위, 모래알, 우물, 구슬 등으로 무궁무진 다양하다. 사람이 아닌 동식물과 사물, 그리고 신神 등이 변신 주체가 되기도 하는바, 그 양태 또한 무척 다양하고 특별하며 흥미진진하다. 직접 확인해보기를 권한다. 참고로 톰슨의 화소 색인은 그 전체가 인터넷에 올라 있다. 포털에서 'Stith Thompson'과 'motif index'를 연관 검색하는 것만으로 해당 사이트를 찾을 수 있다. 상상력의 보물창고를 이렇게 쉽게 만날 수 있다는 건 크나큰 혜택이 아닐 수 없다.

톰슨의 화소 색인이 방대한 자료를 포괄한다지만, 그 또한 빙산의 일각이다. 그의 정보망에 든 자료들만이 불완전하게 반영되었을 따름이다. 한국의 수만 편 설화 자료를 포함하여 1960년대 이후에 조사 보고된 수많은 옛이야기 속의 화소는 거기 빠져 있다. 그렇다면 이 화소들은 어떻게 확인하고 활용할 수 있을까? 답은 간단하다. 세상의 수많은 설화들을 폭넓게 살펴보면 된다. 설화집을 찾아서 원전을 보면 더 좋겠지만, 인터넷에 있는 자료들을 보는 것도 나쁘지 않다. 이미 인터넷에 세계 각국 수많은 설화 자료가 올라와 있는 상태다.

이리저리 설화 자료들을 뒤지면서 마음을 잡아끄는 화소들을 잘 갈무리해두면 상상력 발현을 위한 최고의 자산이 되어줄 것이다. 하나의 작은 화소가 씨앗이 되어서 창대한 스토리를 이룩해낼 수 있다. 더구나 그 화소는 어느 누가 대충 만든 것이 아니다. 오래전부터 이어져온 검증된 것이다. 이보다 더 좋은 스토리 자원이 어디 있을까!

마음 가는 대로 뽑아본 화소 열두 가지

화소의 생산력과 관련하여 그 방대함보다 더 중요한 것은 각각의 화소가 지니는 함축성이다. 하나의 설화에 포함될 수 있는 화소의 숫자는 일정하게 제한돼 있다. 색다른 화소를 많이 넣는다고 해서 이야기가 좋아진다고 할 바도 아니다. 사람들 마음을 잡아끌면서 의미를 발현하는 핵심 화소가 적재적소에서 힘을 내는 것이 더 중요하다.

화소는 단 하나만으로도 사람들의 마음을 사로잡아서 미적·인식적 파장을 낳을 수 있다. 앞서 살폈던바, '다섯 번째 딱정벌레'나 '해를 삼키는 흑룡', '외눈박이 거인' 등은 그 단적인 사례가 된다. 인상 깊은 화소들을 설화에서 무수히 찾을 수 있거니와, 이제 개인적으로 마음에 와 닿았던 것들을 소개해본다. 특별한 기준은 없다. 마음 가는 대로 뽑았다.

1) 여인이 들어 있는 연적

이 화소는 최근 〈지하국 도적 퇴치〉 유형type 설화의 한 각편version[2]

에서 만난 것이다. 〈용궁에서 얻은 보물〉 유형과 결합된 형태의 자료였다. 도적을 물리친 뒤 땅속에 갇혀 있던 주인공은 용자를 구해주고서 그와 함께 용궁에 들어갔다가 용자의 귀띔으로 연적을 선물로 받게 된다. 용왕이 주기를 주저하다가 말을 무를 수 없어서 준 물건이었다.

용궁에 간 사람이 연적이나 해인海印을 얻어오는 것은 낯선 내용이 아니다. 거기서 갖가지 신기한 물건들이 나왔다고 한다. 그런데 이 자료 속의 연적은 눈길을 끌기에 충분했다. 그 연적에서 뭐가 나왔는가 하면 바로 선녀 같은 여인이었다.

주인공이 세상으로 나올 때 용자는 그 연적 안에 용궁 선녀가 들어있음을 말하면서, 3년간은 불러내면 안 된다고 말한다. 하지만 주인공은 하도 궁금해서 연적한테 "여봐라!" 하고 말했다. 그러자 눈부신 선녀가 나오더니 왜 벌써 부르냐며 연적 속으로 들어갔다. 다시 부르고 또 불러서 삼세번이 되자 선녀는 아이 하나를 주인공 무릎에 앉혀 놓은 다음 연적과 함께 사라지고 말았다. 그는 결국 용궁 선녀를 다시 만날 수 없었다.

어찌 보면 엉뚱해 보이는 이 화소에 내가 크게 감응한 것은 연적의 물방울이 주는 연상 때문이었다. 잘 알듯이 연적은 벼루에 물을 방울방울 보태는 작은 문방 도구다. 그 물방울 안에 선녀가 깃들어 있었다니, 저 연적은 바다의 정기 내지 생명력을 초고단위로 농축하여 지닌 물건이 된다. 바다 하나가 통째로 들어 있는 것과 같다. 저 여인은, 그리고 그가 남긴 아들은 바다의 '아름다운 생명력'의 표상일 것이다. 작은 물방울 안에 깃든 바다의 요정. 이 상상력 놀랍지 않은가!

　이 자료 속의 연적을 통해 나는 〈용궁에서 얻은 보물〉 설화에 대한 새로운 이해로 나아갈 수 있었다. 이 설화 속의 연적이나 해인이 일반적으로 바다의 생명력 내지 풍요를 상징한다는 것이다. 주인공이 그로부터 수많은 귀한 물건을 얻었다는 것은 곧 그가 바다의 풍요를 자기 것으로 삼을 수 있는 존재가 되었다는 뜻이 된다. 위 이야기 속의 주인공은 성급한 욕심 때문에 그것을 제대로 소유하지 못하고 아들로 표상되는 부산물을 얻은 데 그친 경우에 해당한다.

　그나저나 경남 합천 해인사가 해인의 작용으로 만들어졌다고도 하니, 거기 국보 중의 국보 팔만대장경이 보관되어 있는 것은 우연이 아닐지도 모른다. 그러고 보니까 해인海印은 '찍는' 것이다. 대장경이 그런 것처럼 말이다. 바다의 힘을 복제하여 찍어내는 신비의 도장印. 놀랍고도 매력적인 상상력이다.

2) 화수분

물건이 한없이 나오고 또 나오는 그릇이 있다. 일컬어 '화수분'이다. 조금 전에 본 해인도 일종의 화수분이라고 할 수 있다. 사람들의 소유욕을 자극하는 최고의 보물인데, 어느 날 이 화수분 화소에 대해 완전히 새로운 인식에 도달하고서 깜짝 놀라고 말았다. 귀한 물건을 끝없이 전해주어서 사람들이 부족함 없이 먹고살 수 있도록 해주는 보물 화수분, 그 정체는 무엇일까?

이에 대한 새로운 대답은 내가 사는 시골집으로 들어가는 길에서 갑작스레 다가왔다. 산에 들에 푸르게 싹터오는 풀들을 보면서 걷다가 무심중에 "저것 좀 봐. 자연이 화수분이네!" 하고 말했던 것이다. 냉이, 쑥, 달래, 원추리…… 봄이 되면 자연은 늘 새 생명을 세상에 보내준다. 사람들과 동물들이 먹고 살 바를, 무한하게. 그러니 화수분 아닌가.

한번 그렇게 생각하고서 살펴보니, 어김없었다. 설화 속의 화수분 그릇은 개구리로 표상되는 자연에서 받은 것이거나_{한국 설화} _{〈개구리 살리고 얻은 화수분〉}, 숲속의 할머니가 준 것일_{독일 설화 〈맛있는 죽〉}이었다. 한국 고전 속의 가장 널리 알려진 화수분을 꼽으라고 하면, 그건 흥부 이야기 속의 쌀과 돈이 한없이 나오는 궤짝일 것이다. 그 화수분 궤가 들어 있는 곳은 박 열매 속이었다. 그 박은 흥부 가족이 농사를 지어서 얻은 것이니 완연한 자연의 선물이라 할 수 있다. 집에서 쫓겨난 흥부 일가는 극심한 가난 속에서 신음하며 고생한 끝에 자연 속에서 보화를 얻어내는 능력을 가지게 된 것이었다.

이렇게 이치가 연결되고 보니, 수많은 설화 속의 화수분류 보물들이 두루 그러했다. 소금 나오는 맷돌, 황금알을 낳는 거위,

스토리텔링 원론

도깨비 방망이 등등. 그리고 잭Jack의 하늘로 오르는 완두콩! 대지는 콩 한 알을 수백수천 알로 바꾸어준다. 그리고 모든 완두콩은 하늘을 향해 자란다. 더구나 저 소년이 얻어서 심은 완두콩은 일종의 신개발 개량종 씨앗이었을지니 어찌 화수분이 아닐까.

화수분의 화소적 연상은 자연스럽게 '산속 보물창고'에까지 미쳤다. 알리바바의 그 보물창고 말이다. 이야기는 창고가 산에 있었다고 하거니와, 따지고 보면 산 자체가 하나의 보물창고 화수분이라 할 수 있다. 나무와 풀, 맑은 물은 물론이고 금과 은, 다이아몬드까지 산 안에는 없는 것이 없다. 알리바바는 그 보물과 접속함으로써 세상의 주인공이 되었다고 하면 지나친 해석일까? 더 자세한 논의는 화수분에 대한 논문[3]에 맡겨둔다.

논문을 쓰는 중에 발견한 한 가지 사실. 예전부터 전해온 한국 속담에 이런 말이 있다. "땅이 화수분이다."

3) 크나큰 참깨나무와 기름 강아지

잭의 완두콩 이야기를 하다 보면 자연스럽게 연상되는 화소가 있다. 세상에서 제일 큰 참깨나무. 하늘 높은 줄 모르고 솟아올라 무진장한 참깨를 제공한 큰 보물이다. 역시 자연의 선물이며, 농사의 산물이다. 그 농사를 지은 것은 아랫목에서 밥 먹고 윗목에서 똥 누던 게으른 아이다. 겉보기에 게으르기 짝이 없지만, 사실 내면에는 남다른 상상력을 지니고 있던 주인공이다. 그가 참깨

화소, 상상세계의 무한동력

나무를 키운 방식은 오롯한 '선택과 집중'이었다. 커다란 구덩이에 참깨 한 말을 쏟아붓고 온갖 거름을 채운 뒤 새싹 가운데 될성부른 놈 한 개만 남겨서 키운 결과가 곧 하늘 찌를 듯 자란 참깨였다.

이 설화에서 이 참깨나무 이상으로 내 관심을 끈 화소는 기름강아지였다. 한 그루 참깨나무에서 엄청난 양의 참기름을 얻은 주인공, 거기 만족하지 않고 새로운 상상력을 발동한다. 자그마한 강아지 하나를 사다가 오직 참기름만 먹여서 키운다. 그 귀한 기름을 강아지한테 먹이다니, 옆에서 보면 얼마나 한심하고 엉뚱했을까. 그야말로 바보 같은 짓이었을 것이다. 그나저나 끄떡도 않는 주인공. 그렇게 참기름만 먹여서 키운 강아지는 세상에 둘도 없는 존재가 된다. 온몸이 완전 매끈매끈. 그리고 온몸에서 고소한 참기름 냄새가 폴폴. 그나저나 이 강아지를 어디에 쓰려고 그러는 건지.

드디어 때가 왔다. 시장에서 길고 튼튼한 줄을 구해온 주인공은 강아지 목에 단단히 줄을 묶은 뒤 산으로 올라간다. 그 산에는 호랑이가 수백수천 마리. 온 산에 퍼지는 고소한 냄새에 호랑이들이 코를 벌름대며 찾아든다. 기름강아지를 한 입에 꿀꺽. 그 강아지 얼마나 매끈거리는지 그만 똥구멍으로 쏙 빠져나온다. 또 다른 호랑이가 꿀꺽. 다시 쏙! 꿀꺽, 쏙, 꿀꺽 쏙…… 그렇게 강아지를 삼킨 수많은 호랑이들은 결국 한 줄에 줄줄이 꿰이고 만다. 일컬어 '줄줄이 꿴 호랑이'. 가만히 앉아서 수많은 호랑이를 잡은 저 아이, 휘파람 불면서 마을로 돌아온다. 그 뒤야 말해서 무엇할까.

내 생각에 저 기름강아지는 '아이디어'다. 상상력이 만들어낸, 세상에 둘도 없는 기발하고 먹음직한 아이디어. 그걸 차지하려고 세상의 수많은 세력들이 달려든다. 하지만 그 아이디어의 주인은, 저 기름강아지의 주인은 소년이다. 직접 아이디어를 찾아내고 키워낸 그가 세상의 주인공이다. 이 화소, 정말 둘도 없이 고소하지 않은가?

4) 고양이가 신은 장화

다음, 강아지로부터 연상되는 화소. 장화 신은 고양이다. 눈 하나 깜짝이지 않고 맹랑하게 세상을 속여먹는 트릭스터.[4] 그런데 이 고양이에게는 비밀이 하나 있다. 그것은 바로 장화. 장화를 얻어서 신기 전까지 저 고양이는 평범한 고양이일 따름이었다. 방앗간집 막내아들이 아버지한테 받은 보잘것없는 유산. 그런데 그 아들이 장화를 구해다주자 고양이는 놀라운 트릭스터 능력자로 변신한다. 그리고 그의 주인은 빛나는 '카라바 후작'이 된다. 저 장화의 비밀은 대체 무엇일까?

이야기를 보면 막내아들은 이야기 속에서 하는 일이 없어 보인다. 모든 일은 고양이가 다 하고 있다. 주인은 그저 그 고양이를 따라서 움직일 뿐. 꽤나 소극적이고 무능력해 보이는 인물이지만, 잊지 말아야 할 사실이 있다. 그가 고양이의 주인이며 고양이에게 장화를 신겨주었다는 사실이다. 그와 고양이는 일종의 운명공동체라고 할 수 있다.

해석을 좀 더 진전시켜 보면, 이야기 속의 막내아들과 고양이는 같은 존재의 두 모습이라고 볼 수 있다. 이때 고양이가 표상하는 것은 막내아들 내면의 자존감과 행동력일 것이다. 발에 '장화'를 신는 순간, 고양이는 무소불위의 존재가 된다. "그래. 나는 어디든 갈 수 있고, 무엇이든 할 수 있어!" 요컨대 저 장화는 '자기확신'을 상징한다는 것이 나의 해석이다. 스스로 확신이라는 장화를 신자, 내면 속의 능력자 고양이가 움직여서 방앗간집 아들은 어떤 험한 곳이라도 쭉쭉 나아갈 수 있었다는 말이다. 용감한 꼬마 재봉사가 '한 방에 일곱 놈'이라는 글자를 새기는 순간 능력자로 변신한 것과 통하는 지점이다.

개인적으로 그림형제 민담집의 〈북 치는 소년Der Trommler〉KHM 193의 '북'에서 같은 상징을 본다. 소년은 식인 거인들이 우글거리는 숲속으로 훌쩍 걸어 들어간다. 그리고 북을 둥둥 치면서 거인들 다 나오라고 소리를 친다. 그러자 거인들이 그 서슬에 놀라서 길을 터준다. 소년을 어깨 위에 올려서 거친 숲을 단숨에 건네준다. 저 북의 상징이 무엇이냐면, '신념'이고 '용기'일 것이다. 그 북을 지니고 있으면, '우리 마음속의 북'을 둥둥 두드리면 길은 뚫리게 되어 있다. 없는 길조차도. 발에 장화를 신고서 북까지 두드리면 일이 더 잘 풀릴까? 그것은 잘 모르겠다.

5) 마녀의 녹색 모자

발에 신는 장화 이야기를 했으니 다음은 머리에 쓰는 모자다. 그 냥 모자가 아니라 마법의 모자. 다른 사람의 속마음을 알 수 있게 해주는 신통한 물건이다. 그 색깔은 녹색. 스페인 민담에 나오는 화소다.[5]

그 녹색 모자를 얻은 사람은 너그러운 시골 사람이었다. 그는 곤경에 처한 마녀를 도와주고 선물로 모자를 받는다. 그 모자를 쓰고서 사람들을 만나니까, 정말로 내면의 생각이 보이는 게 아니까! 이웃과의 분쟁을 돕던 변호사는 자기를 바보로 여기면서 수임료를 뜯어낼 생각만 하고 있었다. 이웃사람한테 가봤더니 그는 앙심을 품고 자기 집에 불을 지르려는 생각을 하고 있었다. 놀라서 아내와 상의하려 했더니만, 아내는 음식에 독을 타서 남편을 죽인 뒤 다른 총각과 결혼할 생각을 하고 있었다. 딸은 아버지 지갑을 훔쳐서 애인한테로 도망갈 생각을 하고 있었으며, 집을 나가려고 가방을 싸고 있던 아들은 아버지를 보자 속으로 '정말로 재수 없다'고 외치는 것이었다.

모자가 보여준 내면 풍경은 이렇게 적나라했다. 그게 주변사람들의 속마음이라는 것은 얼마나 황망한지! 하지만, 그렇게 드러난 다른 이들의 생각은 어김없는 진실일까? 이 지점에서 눈여겨볼 사실은 저 녹색 모자가 바로 '마녀'가 준 것이라는 사실이다. 마녀 특유의 저주 내지 흑색 주술이 깃든 물건. 저 녹색 모자에 의한 앎이란 곧 '마녀의 헤아림'이 된다. 일컬어, 의심과 편견 같은 부정적 생각이다. 다른 사람의 마음을 투시하다 보면 어느새 허튼 의심은 확신으로 바뀌게 되거니와, 그건 얼마나 위험한 일인지! 그러니까 저 녹색 모자는 보물이 아닌 요물이었던 것이다. 하지 않아도 될 걱정을 사서 하게 만드는. 그리하여 멀쩡한 사람을 의심증 환자로 만드는.

이야기 속의 주인공은 그래서 어찌했을까? 그는 예의 녹색 모자가 요물임을 깨닫고서 그것을 난로에 던져서 불태웠다고 한다. 훌륭한 선택! 지금도 카탈루냐 지방에는 누군가가 고민에 빠져 있으면 '모자를 불에다 던지라'고 말한다고 한다. 나도 의심 많고 불안감 큰 사람들한테 이렇게 말하곤 한다. "녹색 모자를 벗어서 불태워버려!"라고.

덧붙여서, 설화 세미나에서 이 화소에 대해 이야기한 뒤에 깨달은 사실 하나. 모자는 '머리'에 쓰는 것이다. 그러니까 저 요란한 의심의 생각은 '머리'에서 나왔던 것이다. 그렇다면 장화는? 그것은 '발'에 신는 것이다. 사람들을 움직이게 만드는 무엇. 소설형이 아닌 민담형 인간이 되고자 한다면 모자보다 장화가 제격이다.

6) 가시장미 성으로 들어간 왕자

불안과 경계심, 또는 믿음에 관한 이야기를 이어가 보자. 좀 엉뚱한 연상일지 모르지만, 〈장미공주Dornröschen〉KHM 50 이야기가 떠오른다. '잠자는 숲속의 공주'로 더 잘 알려진 이야기다. 그림형제 민담집에 수록된 이야기의 원 제목은 'Dornröschen'이다. 일컬어 '가시장미'. 곧 알게 되겠지만, 이게 딱 맞는 제목이다.

좀 전에도 마녀 이야기를 했지만, 옛이야기에는 마녀와 저주에 관한 내용이 무척 많다. 이야기 속 마녀의 저주는 힘이 무척세다. 단숨에 존재를 망가뜨려 주저앉히곤 한다. 그 저주를 풀어내는 일은 왜 그리 힘든지! 저 공주가 받은 저주 또한 그러했다. 그에게 내린 '죽음'이라는 저주는 '백 년 동안의 깊은 잠'으로 완화할 수 있었을 따름이다. 한때 그 불공평함에 화가 나기도 했었지만, 헤아려보니 그건 세상사 이치를 반영한 것이었다. 악심을 내서 타인을 나락으로 떨어뜨리는 건 얼마나 손쉬운 일인지! 그리고 거기서 벗어나는 일은 얼마나 어려운 일인지!

저주에 빠져 깊은 잠이 든 저 공주의 성을 둘러싼 것은 장미 덩굴이었다. 가시장미 덩굴. 그 안에 미녀가 잠들어 있다는 얘기를 들은 수많은 왕자들이 성 안으로 들어가려 하지만, 다들 날카로운 장미가시에 찔려서 나가떨어진다. 이제 자취를 찾기 어려울 정도로 장미덩굴에 가득 뒤덮인 성. 하지만 어느 날 한 왕자가 찾아오자 장미덩굴은 그에게 훌쩍 길을 내준다. 그는 공주에게 입맞춤을 하고, 공주는 드디어 긴 잠에서 깨어난다. 우리가 잘 아는 이야기다.

저 왕자는 어떻게 남과 달리 장미덩굴 안으로 들어갈 수 있었을까? 마침 그때가 딱 '백 년'이 됐기 때문? 아니, 그건 소설식 독법이다. 설화식으로 말하자면, 백 년이 됐을 때 그가 온 것이 아니라 그가 왔음으로 해서 백 년이 된 것이다. 이야기는 그가 가시울타리로 왔을 때 거기 크고 아름다운 꽃들이 피어 있었다고 말한다. 이에 대해서 나는 이렇게 말한다. 다른 남자들이 장미에서 가시를 봤을 때 저 왕자는 거기서 꽃을 본 것이라고. 그러자 장미덩굴이 그를 받아들인 것이라고.

가시장미는 곧 저 잠자는 공주의 표상이다. 무엇이 잠자고 있는가 하면 공주의 여성성이 깊이 잠들어 있다. 가시로 표상된 까칠한 방어기제로 온몸을 두른 채로. 다른 남자들은 그 날카로움에 기겁해서 물러났으나 저 왕자는 그 안에 숨은 아름다운 여성성을 본 것이었으니, 그녀가 저 남자의 키스를 허용함은 자연스러운 귀결이 된다. 그러자 잠자던 여성성이 훌쩍 깨어나서 아름답게 피어나는 것도.

이 이야기의 제목이 왜 '가시장미'여야 하는지 이제 이해될 것으로 믿는다. 설화의 화소가 얼마나 미묘하고 심오한 것인지도.

스토리텔링 원론

7) 일흔여덟 갈림길

가시덩굴 속 숨은 길에 이어서 한 용사가 황량한 벌판에서 만난 길에 대한 얘기로 넘어간다. 일컬어 일흔여덟 갈림길. 때로는 서른셋 갈림길이라고도 하거니와, 서른셋 또한 갈림길로서 꽤 많은 숫자다. 그 모양을 상상하기 어려울 정도로. 하물며 일흔여덟 갈림길임이란!

이야기 속에서 이 길을 찾아드는 인물은 이승차사 강림이다. 제주도 민간신화 〈차사본풀이〉의 주인공이다. 주호민의 웹툰 〈신과 함께〉를 통해 전국구 인물이 된 강림도령 바로 그 사람이다. 그를 일흔여덟 갈림길 앞으로 인도한 이는 집안신 문전할아버지. 신화는 그 갈림길을 하나하나 설명한다. "천지혼합 시 들어간 길, 천지개벽 시 들어간 길, 초공신 들어간 길, 이공신 할락궁이 들어간 길" 등등으로. 강림이 들어갈 길은 한 구석의 '개미 왼뿔 한 조각만 한 길'이었다. 강림은 그리 들어가서 헹기못을 통해 저승으로 잠입해서 염라대왕을 사로잡게 된다.

저 일흔여덟 갈림길은 신들이 열어낸 길이자 신들의 세상으로 가는 길이라 할 수 있다. 그 갈림길에서 방향을 잘 찾으면 수많은 신들의 길을 찾아 그들의 세계로 진입할 수 있다. 일컬어 신들의 세상으로의 무한통로! 이거 멋지지 않은가?

신화는 강림이 나아갈 개미 왼뿔 한 조각만 한 길이 '어주리 저주리 풍설 덮인 산딸기 가시덤불 돌무더기 길'이었다고 한다.

이는 그것이 아직 '길이 아닌 상태'였다는 말과 같다. 강림이 거기를 찾아서 나아감으로써 그것은 비로소 하나의 길이 되는 바였다. 일흔일곱 갈림길이 일흔여덟 갈림길이 되는 순간이다(어떤 자료는 강림이 일흔일곱 갈림길을 만났다고 말한다). 이렇게 새로운 신의 길이 만들어지는 것이니 저 많은 길들이 다 그렇게 만들어진 터다. 그리하여 그것은 단지 '일흔여덟'로 한정될 바가 아니다. 그것은 일흔아홉 길이 되고, 아흔아홉 길이 되며, 구백 아흔아홉 길이 된다.

세상에 수많은 신화가 있지만, 환상세계에 대한 통로로 이보다 더 멋진 것을 본 기억이 없다. 해리포터가 찾아간 런던 킹스크로스 역 9와 3/4 승강장이 세계를 휘저었지만, 일흔여덟 갈림길의 상상력이 그 이상 아닐까? 그 하나하나의 길에 신령한 스토리가 깃들어 있음에랴.

8) 이무기의 세 야광주

민간신화 이야기를 꺼낸 김에 하나 더 보기로 한다. 제목은 〈원천강본풀이〉. 적막한 들에서 살던 오늘이라는 소녀가 부모를 만나러 머나먼 원천강을 찾아가는 이야기다.[6] 신화는 신령하고 매력적인 화소로 가득 차 있다. 원천강이라는 공간부터가 아주 특이하다. 만리장성처럼 담에 둘러싸인 곳인데, 그 안에 봄 여름 가을 겨울 사시절이 들어 있다고 한다. 말하자면 사계절이 한데 모여 있는 곳이니 놀라운 일이 된다. 나는 그곳을 '시간과 존재의 원천'으로 이해하고 있다.

이 신화에서 처음에는 범상하게 봤다가 나중에 무릎을 친 화소가 있다. 큰 뱀이 물고 있던 세 개의 야광주가 그것이다. 민담에서 흔히 이무기와 여의주로 말해지는 대상들이다. 그 뱀은 야광주를 세 개나 물고도 용이 못 돼서 좌절하고 있는 중이었거니와, 오늘이가 원천강에서 알아낸 해결책은 야광주 두 개를 타인에게 주고 하나만 남기라는 것이었다. 뱀은 그 말대로 야광주 두 개를 오늘이한테 주고서 용이 되어 하늘로 올라간다.

꽤 익숙하여 그리 특별할 것이 없는 내용처럼 보인다. '욕심을 내려놔야 큰 뜻을 이룰 수 있다'는 것이 거기 담긴 의미일 것이다. 문제는 저 뱀이 가지고 올라간 하나의 야광주가 무엇일까 하는 점이다. 저 뱀은 돈과 권력, 명예 등등을 한 손에 쥐고자 했던 사람을 연상시키거니와, 그는 무엇 하나를 가지고 올라갔을까? 사람들한테 이렇게 물으면, 대개의 답은 '명예'라는 것이다. 세 가지에 '사랑'을 포함시키면, 십중팔구 이쪽을 지지한다. 하지만 나의 해석은 좀 다르다. 어느 날 문득 찾아든 깨우침은, 그 야광주가 바로 '자기 자신'이라는 것이었다. 그러니까 저 뱀은 그 자신이 야광주가 될 때, 밤에도 스스로 빛나는 존재가 될 때 용이 될 수 있다. 또는 그 자신이 여의주가 될 때, 얽매임 없는 자유자재의 존재가 될 때 신神이 될 수 있다.

이러한 깨우침과 함께 이무기와 용의 질적 차이를 이해할 수 있게 되었다. 이무기가 무거운 욕망의 존재라면 용은 가벼운 초탈의 존재다. 이무기는 여의주를 욕망하는 한 용이 될 수 없다. 그러니까 〈디 워The War〉의 부라퀴는 여의주를 얻으려고 몸부림치는 한 흉한 이무기일 수밖에 없다. 만약 심형래 감독이 이러한 원형적 이치를 깨달아서 영화 스토리 속에 녹여냈다면, 〈디 워〉는 완전히 다른 작품이 됐을 것이다.

9) 뒤집어쓰면 미인이 되는 해골

여의주와 색깔이 좀 다른, 한 가지 신기한 보물을 소개한다. 어쩌면 요물일 수도 있겠다. 여우가 가지고 놀던 물건이니 말이다. 그건 바로 해골인데 보통의 해골이 아니었다. 어떤 동물이든 그걸 뒤집어쓰면 미인으로 변하게 만드는 신비로운 물건이었다.

이야기에서 한 사람이 개를 데리고 산에 갔다가 우연히 그 신기한 조화를 목격하고는 여우를 쫓아낸 뒤 해골을 얻는다. 집에 와서 개에 해골을 씌우자 기막힌 미녀가 되고, 소한테 씌우자 또다른 훌륭한 미녀가 된다. 그 효과는 즉각적이었다. 남편이 예쁜 여자를 데려왔다고 생각한 아내가 불처럼 화를 내며 야단을 한다. 남자가 어찌 된 사정인지 말하면서 해골을 벗기자 정말로 소가 본 모습으로 돌아온다. 이때 눈빛을 반짝이면서 아이디어를 내는 아내. 주막에서 예쁜 여자를 비싼 값에 사는데 개한테 해골을 씌워서 팔자는 것이었다. 계획은 완전히 성공해서 부부는 큰 돈을 손에 쥐게 된다. 그뿐인가. 개가 옛집을 찾아서 돌아오자 그들은 모른 척 해골을 벗겼다가 적당한 때에 다시 씌워서 다른 곳에 팔아먹는다. 자꾸 돌아오는 개를 거듭 미녀로 만들어서 판 부부는 큰 부자가 되어서 잘 살았다고 한다.

이만하면 저 부부한테 이 해골은 완전한 보물이다. 하지만 해골의 조화에 속아서 미녀를 사들인 사람들한테 그 해골은 영락없는 요물이다. 재미있는 사실은 그 미녀를 그냥 놔두고서 보면 큰 문제가 없지만 손을 대서 안으려고 하면 해를 끼친다는 점이다. 하여튼 꽤나 흥미로운 화소다.

나는 저 해골이 미래 사회를 예견한 놀라운 화소라고 여기고 있다. 분명 생명력이 없는 해골이고 껍데기일 뿐인데 그걸 씌우면 미녀로 탈바꿈하는 마법의 존재. 무언가가 연상되지 않는가? 화장술, '뽀샵', 성형수술 등등을 떠올릴 수 있을 터인데, 나한테 들어와 꽂힌 것은 아바타와 '프사'프로필 사진, 가상현실 캐릭터 쪽이었다. 누구라도 자기를 대신하는 가상 캐릭터나 아바타를 통해 미녀와 '훈남' 행세를 할 수 있는 세상이다. 거기 흠뻑 빠져들어서 돈을 날리고 심신을 망치는 사람은 또 얼마나 많은지! '소셜social'이라는 이름을 쓴 네트워크SNS 속에서 허우적대는 사람들, 저 화소는 이들을 경계하여 말하고 있다. 당신이 혹해 있는 그 미모가 실은 '해골바가지'일 따름이라고.

10) 열두 개의 요술창문

오래된 설화 속에는 미래를 예견한 듯한 화소들이 꽤 많다. 그런 화소를 만날 때마다 깜짝 놀라게 된다. 사례 하나. 이름을 부르면 미인이 그림 밖으로 나와서 술을 따르는 그림. 이건 어김없이 '동영상'을 연상시킨다. 그 그림과 함께하는 건 좋은 일이나, 거기에는 금도가 있다. 그 영상에 침혹하면 모든 것을 잃게 된다는 사실. 또 다른 사례 하나. 세눈박이 딸. 한 여자가 두 눈 가진 딸을 미워하고 한 눈과 세 눈을 가진 딸을 사랑했다고 한다.[7] 세눈박이는 두 눈을 감고 자면서도 다른 한 눈은 뜨고 있었다고 하는데, 이 대목에서 소름이 돋았다. 두 눈을 감고서 잠든 현대인 머리맡에서 스마트폰이 눈을 깜빡이는 모습이 연상됐기 때문이다. 우리는 그렇게 괴물이 되어가고 있는 것이 아닌지.

본격적으로 소개하려는 화소는 '열두 개의 요술창문'이다. 그림형제 민담집의 〈군소Das Meerhäschen〉KHM 191에 나오는 화소다. 〈열두 개의 요술창문〉으로 번역되기도 하는 이야기다. 이 이야기에는 한 명의 영민한 공주가 등장한다. 그의 눈이 얼마나 밝은지 세상에 그로부터 숨을 수 있는 사람은 아무도 없었다. 그녀가 열두 창문으로 세상을 내다보면 모든 것이 샅샅이 드러났다. 그녀는 자기로부터 숨을 수 있는 남자가 있다면 그와 결혼하겠노라고 선언한다. 단, 시합에서 지면 목을 내놓아야 했다. 여러 남자가 도전했으나 결과는 속절없이 목이 잘린 채 사람들한테 대롱 대롱 내걸어지는 일이었다.

이야기는 한 남자가 천신만고 끝에 그 시험에서 승리해서 공주와 결혼한 사연을 전하고 있다. 그는 자그마한 군소_{바다토끼}로 변해서 공주의 머리카락 속에 숨었다고 한다. 등잔 밑이 어둡다는 말을 실감하게 하는 대목이다. 하지만 나는 그의 승리보다도 '열두 개 요술창문'이라는 화소 자체에 매료되었다. 온 세상을 샅샅이 비추어 보이는 창문. 그 창문에서 연상되는 것이 없는지? 그렇다. 그것은 곳곳에서 눈을 번득이고 있는 CCTV를 떠올린다. 모니터에 낱낱이 드러나는 일거수일투족. 거기서 숨기란 얼마나 어려운지.

요술창문과 더 정확하게 연결되는 바가 무엇인가 하면 바로 인터넷 '윈도_{window}'다. 세상 모든 것을 비춰주는 요술의 창. 그 창을 열두 개쯤 열면 못 찾을 바가 없다. 어떤 숨은 비밀도 다 드러난다. 일컬어 '신상 털기'. 그렇게 신상이 털린 사람은 목이 잘린 채로 만천하에 내걸려서 웃음거리가 되고 화풀이 대상이 된다. 그렇게 목을 내걸어놓고 승리감과 자만심에 취해서 웃음 짓고 있는 저 사람. 이거 완전 빼다 박은 모습 아닌가.

미셸 오슬로 감독의 애니메이션에 〈프린스 앤 프린세스〉가 있다. 그 다섯 번째 에피소드인 '잔인한 여왕과 새 조련사'가 바로 위의 〈군소〉를 차용한 것인데, 감독은 여왕을 고성능 레이더를 지닌 인물로 표현하고 있다. 그 또한 이 오래된 이야기 속에서 현대적 삶의 상징을 간파한 것이리라. 뒤늦게 영화를 보면서 발견한 이 놀라운 겹침에 소름 돋지 않을 수 없었다. 이야기의 원형적 상징은 시공간을 넘어서 통한다는 사실을 새삼 확인하게 되는 장면이다.

11) 눈 속의 황금 열쇠

보면 볼수록 놀라운 존재가 옛이야기다. 전혀 안 맞아 보일 것 같은데 알고 보면 딱딱 맞아떨어지며, 그 안에 생각지도 못한 깊은 뜻이 깃들어 있다. 이러한 이야기의 특성을 반영한 인상적인 화소가 있다. 이름하여 황금 열쇠. 〈황금 열쇠Der goldene Schlüssel〉KHM 200는 그림형제 민담집의 맨 끝 자리에 실려 있는 이야기다. 개인적으로 그림형제가 '이야기에 대한 이야기'로서 창작한 것이라고 믿고 있다.

눈이 깊게 쌓인 겨울날, 한 소년이 썰매에 나무를 싣고서 돌아오다가 너무 추워서 불을 피워 몸을 녹이고자 했다. 그가 눈을 쓸고 보니 작은 황금 열쇠가 나타났다. 소년은 열쇠가 있으니 자물쇠도 있을 거라고 생각하고 땅을 파기 시작했다. 정말로 쇠로 만든 작은 상자가 나왔다. 소년이 열쇠로 상자의 자물쇠를 열려고 했지만 자물쇠에 구멍이 없었다. 이리저리 살피니까 하나가 나오는데 어찌 작은지 잘 보이지 않았다. 거기 열쇠를 끼우자 다행히도 딱 맞았다. 소년은 열쇠를 돌렸다. 그 뚜껑 속에는 얼마나 멋진 물건이 들어 있었을까?

이야기는 그 안에 무엇이 있었는지를 따로 말하지 않은 채로 끝난다. 하지만 우리는 알고 있다. 그 상자가 바로 이야기라는 사실을. 그리고 그 안에 측량할 수 없는 귀중한 것들이 가득 담겨 있다는 사실을.

이야기는 그 상자를 열 열쇠가 눈 속에 묻혀 있었다고 한다. 그 열쇠는 눈에 쉽게 띄지 않는다. 눈에 띄면 누군가가 가져갔을 것이다. 그 열쇠를 얻은 것으로 만족하면 거기까지다. 하지만 더 찾아 나서면 상자를 만나게 된다. 땅속에 묻혀 있던 보물상자를. 그 열쇠는 처음에 상자와 안 맞아 보인다. 아예 구멍도 없어 보이지 않는다. 하지만 잘 보면 구멍은 나타나게 돼 있다. 너무 작아서 안 맞을 것 같은 그 구멍은 결국 열쇠를 허용하게 돼 있다. 그것이 옛이야기의 세계다. 우리가 지금 살피고 있는 화소들이 바로 그 황금 열쇠가 아닐까?

12) 망치로 바위 절벽을 판 사람

이리저리 살펴보고 맞춰보면 결국 상자는 열리게 된다고 했다. 이러한 이치를 감동적으로 보여주는 한 사람을 소개한다. 그 이름은 마십. '말씹'이라는 속된 이름으로 불리기도 하는 인물이다. 이름이 말해주듯 가난하고 미천한 사람이다. 직업은 나무꾼.

어느 날 마십은 산에 쓰러진 원님 아들 한 명을 구완하여 살려

화소, 상상세계의 무한동력

낸다. 그렇게 살아난 자가 한 일은 보은은커녕 마십의 어여쁜 아내를 탈취해간 만행이었다. 여인을 가마에 태워서 가면서 그는 마십한테 말한다. 백 일 안에 바위 절벽에 50리 굴을 뚫으면 여자를 돌려주겠노라고. 마십은 그날부터 사람들의 만류를 뿌리치고서 망치와 끌로 바위를 뚫기 시작했다. 비가 오나 바람이 부나 쉼 없이 망치질을 한 지 백 일째 되던 날, 문득 바위에 구멍이 나면서 앞이 뻥 뚫린다. 벼랑 안에 50리 되는 굴이 있었던 것이다. 마십이 그리 들어가서 맞은편으로 나가 보니 관아 뒤뜰이었다. 거기서 발견한 아내와 함께 굴속으로 숨어드는 저 사람, 마십. 그들을 나오게 하려고 불을 피우던 사또 아들은 굴에서 쏟아져 나온 물에 휩쓸려서 죽었다고 한다. 부부는 그 굴에서 다시 나오지 않았다고 하거니와, 사람들은 그 굴을 지금껏 마십굴이라고 부른다. 그 굴은 황해도 수안에 있다.

북한 설화로 유명한 〈마십굴〉 전설이다. 이 이야기에서 특히 나의 마음을 끈 것은 마십이라는 인물이었다. 그 바보스러운 우직함이라니! 그 캐릭터는 아주 인상적이어서 그 자체로 화소가 되거니와, 그 울림이 작지 않다. 일컬어 계란으로 바위 치기. 계란의 힘이 미약하다지만, 치고 또 치니까 마침내 바위는 부서지는 것이었다. 그렇게 바위에 길이 열린다. '두드려라. 그러면 열릴 것이다.' 이 말 그대로다.

이야기니까 그렇지 실제로는 불가능한 일이라 할지 모른다.

그런 일이 일어난다면 우연 중의 우연일 거라고 할지 모른다. 하지만 나는 저 사람을 보면서 늘 이렇게 되새긴다. 우리가 기적奇蹟이라고 부르는 모든 우연은 주어지는 것이 아니라 만들어지는 것이라고. 믿음과 의지에 의해. 그리고 포기하지 않는 '행동'에 의해. 그것이 곧 세상을 바꾸는 열쇠다. 황금 열쇠!

화소가 살아있는 스토리텔링

—

화소는 이야기를 반짝이게 한다. 좋은 화소들이 살아 움직이면 서사는 한껏 생동하면서 빛을 낸다. 좀 과장해서 말하면, 그러한 화소의 힘을 크게 약화하고 퇴색시킨 것이 소설을 축으로 한 현대의 스토리텔링이었다. 근대 리얼리즘 소설에서, 예컨대 염상섭이나 최수철, 하일지 등의 소설에서 어떤 설화적 화소를 발견할 수 있을까? "이러이러한 화소들이 있다!" 이렇게 말하면, 작가가 화를 낼지 모른다. 자신의 작품을 한갓 '이야기'로 격하시키지 말라면서.

영화나 드라마 또한, 다소간의 차이는 있지만, 기본 맥락은 소설의 미학을 따른 것이었다. 특히 20세기의 영화들이 그렇다. 소설 비평가들이 스토리를 와해시킨 이야기를 좋아하듯, 영화 평론가들 또한 비슷한 부류의 리얼리즘 영화들을 좋아한다. 아주 당연한 일이다. 그 비평적 기반을 소설의 미학에 두고 있으므로.

소설 비평에서 영화 비평으로 대상을 바꾼다고 해서 몸에 밴 시각이 함께 바뀌는 것은 아니다(노파심에서 하는 말인데, 모든 비평가가 다 이렇다는 말은 아니다).

21세기의 새로운 스토리텔링은 이러한 비평에 더 이상 주눅들기를 거부한 듯하다. 그 상징적인 사건은 역시 〈해리포터〉일 것이다. 시종일관 특별한 화소들이 툭툭 튀어나오는 놀랍고 신기한 이야기. 그 화소들은 이리저리 연결되면서 무제한의 상상력을 자아낸다. 작가가 의도한 바를 넘어서 새로운 상상과 새로운 의미가 속속 생성되면서 또 다른 스토리를 발생시킨다. 나는 그 힘의 70~80퍼센트가 화소에 있다고 여기고 있다.

판타지와 애니메이션, 웹툰 등 본래 상상적 스토리를 지향했던 장르 외에 영화나 TV 드라마에서도, 그리고 소설에서도 설화적 화소의 활용이 점점 늘어나고 있는 추세다. 소설의 경우 〈손님〉을 거쳐서 〈바리데기〉와 〈낯익은 세상〉으로 이어지는 황석영의 스토리텔링 여정에서 이를 단적으로 보게 된다. 처음에 좀 어색했던 '저승'과 '원귀'라는 화소가 점점 소설적으로 녹아들고 있는 중이다. 그의 〈바리데기〉와 〈낯익은 세상〉을 사람들이 〈무기의 그늘〉이나 〈개밥바라기 별〉 이상으로 좋아하는 것은 우연한 일일 리 없다.

얼마 전 세상을 들썩이게 한 드라마 〈쓸쓸하고 찬란하신 도깨비〉가 있다. 본래 TV 드라마를 잘 보지 않지만, 중간중간 들여

다볼 기회가 있었다. 개인적으로 관심이 간 것은 '도깨비'라는 캐릭터였다. 도깨비의 본질을 '물괴物怪'로 보는 입장에서, 칼이 도깨비로 현신했다는 설정이 흥미로웠다. 꽃미남에 속 깊은 인물로 캐릭터를 설정한 것은 멜로물의 문법을 따른 것이겠으나, 어떻든 그 인물이 변함없이 우직하다는 것은 마음에 드는 부분이었다. 그것은 사물성을 지닌 존재로서 도깨비의 본래적 행동 특성이고, 우리가 도깨비를 미워할 수 없는 이유이기도 하다. 이 드라마가 선풍적 인기를 끈 배경에 이러한 화소적 맥락이 있다고 하면 너무 갖다 붙인 것일까?

화소는 스토리의 씨앗이다. 왕성한 생명력을 가진 씨앗. 하나의 멋진 화소는 자연스럽게 또 다른 화소들을 낳는다. 마치 하나의 씨앗이 자라나서 수많은 열매를 맺는 것과 같다. 좋은 예일지는 잘 모르겠지만, 웹툰에서 두어 개 사례를 가져와 본다.

먼저 앞에서도 잠깐 살핀 바 있는 〈유미의 세포들〉. '인간의 행동을 좌우하는 우리 안의 세포들'이라고 하는 핵심 화소는 무수한 '새끼 화소'들을 낳았다. 불안 세포, 애정 세포, 패션 세포, 출출이 세포, 명탐정 세포, 그리고 촉觸과 프라임 세포 등등. 본래 '유미'의 세포들에 관한 스토리였으나 그것은 자연스럽게 다른 인물 곧 '웅이'의 세포들과 '바비'의 세포들 등으로 확장된다. 그세포들이 만나면서, 화소들이 서로 만나면서 스토리는 이리저리 뻗어나간다. 그렇게 이 작품은 연애 행동과 관련한 하나의 멋들

화소, 상상세계의 무한동력

어진 서사가 되었다.

　다음으로, 네이버에서 8년 넘게 연재돼온 〈신의 탑〉. 앞으로도 몇 년 이상 이어질 광대한 스토리를 펼쳐나가고 있는 작품이다. 그 핵심 화소는 작품의 표제이기도 한 '신의 탑'이다. 일컬어 욕망의 탑. 제 나름의 꿈과 욕망을 실현하고자 하는 수많은 존재들의 가지각색 몸짓들이 탑의 층층에서 부딪쳐 역동하는 중이다. 어찌 보면 뻔할 수 있는 그 서사적 설정에 하나의 생명수 구실을 하는 것은 탑 밖에서 들어온 존재로서의 '비선별인원'이라는 화소다. 그들은 탑의 패러다임에 복속되지 않는 존재들이니, 옛날식으로 표현하면 '방외인方外人'에 해당한다. 작품은 그들만이 탑에 본질적 변화 곧 '혁명'을 가져올 수 있다고 말한다. 실제로 '스물다섯 번째 밤'이라는 비선별인원의 동선을 따라 탑이 크게 요동하는 중이다. 그 혁명의 서사가 어떻게 이어지게 될지, 흥미로운 일이 아닐 수 없다. 특유의 느린 스토리 전개에도 불구하고 미적 긴장감 속에 작품을 들여다보게 되는 이유다.

　마지막으로 하나 더, 드라마로도 만들어졌던 〈냄새를 보는 소녀〉. 제목에서 알 수 있듯 '냄새를 눈으로 보는 능력'이 핵심 화소로 기능하는 작품이다. 눈으로 보는 냄새란 어떤 것일까? 그 독특한 상상은 냄새의 특성을 시각화한 가지각색의 색다른 이미지들을 만들어냈고, 셜록 홈즈에 비견할 만한 탐지 능력자 캐릭터와 기발한 추리 서사를 이끌어냈다. 앞에 말했던바 '하나의 작은 화소에서 창대한 스토리가 나온다'는 것을 단적으로 증명해 준 사례가 된다.

반복되는 말이지만, 설화 속에 이와 같은 화소들이 무궁무진하다. 잘 심어서 키우면 크나큰 하늘을 열어낼 '잭의 완두콩'들이. '장화'를 신고서 화소 채취에 나설 때다.

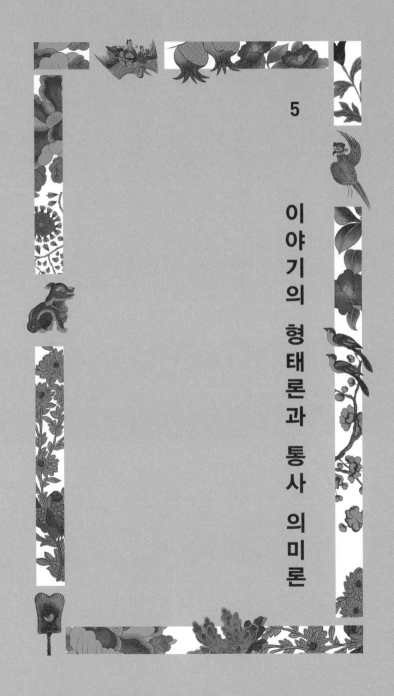

5

이야기의 형태론과 통사 의미론

화소에서 구조로

설화에서 화소는 스토리의 실체적 중핵에 해당하는 요소지만, 화소들을 이리저리 연결한다고 해서 설화적 스토리가 성립되는 것은 아니다. 단어들을 늘어놓는 것만으로 유효한 문장이 되지 않는 것과 같다. 그 결합에는 일정한 원리와 법칙이 있다. 일컬어 서사적 형태론 내지 통사 의미론이라 할 만하다.

서사적 형태론 내지 통사론의 기본 축을 이루는 요소로 순차 구조를 들 수 있다. 설화적 스토리에는 일정한 계열적 질서가 있거니와, 그것은 일정한 틀을 이루고 있어서 이를 순차구조또는 순차적 구조라고 부른다. 설화의 스토리가 미적 질서와 긴장을 갖춘 잘 짜인 스키마라고 할 때, 그 스키마의 기본 축에 해당하는 것이 순차구조다. 모든 설화의 스토리는 일정한 순차구조를 지니고 있다

이야기의 형태론과 통사 의미론

고 보아도 좋다.

설화에서 순차적 구조요소를 추출하여 체계화하는 작업을 수행한 선구적 학자에 블라디미르 프로프V. Propp가 있다. 그는 민담에서 스토리를 이루면서 의미를 구성하는 구조요소를 '기능function'이라고 명명했다. 그의 분석에 따르면 러시아의 환상 민담fairy tale은 총 31가지 기능이 일정한 규칙 속에서 다양한 형태로 결합되는 가운데 서로 다른 스토리를 이룬다. 그 기능은 다음과 같은 것들이다.[1]

1. 가족의 구성원 중에서 한 명이 집에 없다. [부재]

2. 주인공에게 금지의 말이 부과된다. [금지]

3. 금지는 위반된다. [위반]

4. 적대자가 정찰을 시도한다. [정찰]

5. 적대자는 자신의 희생자에 대한 정보를 입수한다. [누설]

6. 적대자가 자신의 희생자나 그의 소유물을 빼앗기 위해 희생자를 속이려고 한다. [책략]

7. 희생자는 속임수를 당하고 무심결에 적을 돕는다. [연루]

8. 적대자는 가족 구성원 중의 한 사람에게 해를 끼치거나 손실을 입힌다. [악한 행위]

8-a. 가족 가운데 한 사람에게 어떤 것이 결여되어 있거나 그는 무엇인가를 갖고 싶어한다. [결여]

문장으로 표현된 내용은 기능을 설명한 것이며, 괄호 안의 어구는 각 기능의 정의에 해당한다. 각 기능 별로 고유 기호도 있는데 나타내지 않았다. 9번 이하의 항목은 정의만 제시한다.

9. 중개, 연결의 계기 10. 대항행동 개시 11. 출발 12. 증여자의 첫 번째 기능 13. 주인공의 반응 14. 마법적 수단의 공급, 획득 15. 두 왕국 간의 공간적 이동, 안내 16. 투쟁 17. 표식 18. 승리 19. 불행이나 결여의 해소 20. 귀환 21. 추격, 추적 22. 구조 23. 몰래 도착 24. 부당한 주장 25. 어려운 과제 26. 해결 27. 인지 28. 폭로 29. 변모 30. 처벌 31. 결혼

보듯이 기능의 종류가 꽤 많으며 일부 기능은 하부 변이가 다양해서 그 체계가 단순하지 않다. 그 기능들이 만들어낼 수 있는 스토리적 조합 가능성이 무진장으로 열려 있다. 중요한 사실은 그 결합에 일정한 질서와 함께 관계적 틀이 있다는 것이다. 자세한 논의는 생략하거니와, 기능들의 조합이 계열적이고 구조적이라는 사실만을 말해둔다.

미국의 민속학자 던데스A. Dundes는 순차구조에 대한 프로프의 분석틀을 더 간명하고 실용적인 형태로 재정리했다. 그가 기능 대신 채택한 용어는 '단락소motifeme'였다. 용어만 보면 화소motif에 가까워 보이지만 개념과 속성은 프로프의 기능과 유사하다. 금지

이야기의 형태론과 통사 의미론

와 위반, 결핍결여, 해소 등 서로 겹치는 항목도 많다. 던데스가 설정한 단락소는 이를 계기적으로 연결하면 곧 순차구조가 되는 것이 특징이다. 그가 북미 인디언 민담에서 추출한 순차구조는 다음과 같은 것들이었다.[2]

(1) 결핍 — 결핍의 해소

(2) 금지 — 위반 — 결과 — 탈피 시도

(3) 결핍 — 과제 — 과제의 성취 — 결핍의 해소

(4) 결핍 — 속이기 — 속기 — 결핍의 해소

(5) 금지 — 위반 — 결핍 — 결핍의 해소

(6) 금지 — 위반 — 결과 — 탈피 시도

(7) 결핍 — 결핍의 해소 — 금지 — 위반 — 결과

(8) 결핍 — 결핍의 해소 — 금지 — 위반 — 결과 — 탈피 시도

이러한 순차구조 분석은 간명하고 정연한 한편으로 정형적으로 단순화된 면모도 있다. 그가 설정한 단락소는 추상화 정도가 높아서 구체적 의미 특성을 잘 반영하지 못하는 쪽이다. '결핍-해소'를 기본 축으로 삼는 분석틀이 다분히 천편일률적이라는 점도 문제가 된다. 그럼에도 그가 설정한 단락소 개념은 순차구조를 이해하고 설명하는 데 무척 유용한 것이어서 설화 분석에 폭넓게 적용되고 있다. 단락소 설정을 더 구체적으로 다각화할

경우 설화는 물론 다양한 서사문학 분석에 요긴하게 적용될 가능성이 있다. 실제로 소설이나 영화 분석에 이를 유효한 분석 요소로 적용한 사례들이 있다.

순차구조는 설화를 뼈대 형태로 단순화한 것이고 다분히 형태 중심적이어서 설화의 심층적 의미를 제대로 드러내기에 부적합하다는 견해도 있다. 하지만 그것이 스토리의 기본 축을 이루는 것 또한 명백한 만큼 그 의의를 격하할 바는 아니다. 한편으로 화소와 연결하고 또 한편으로 대립구조와 결합하는 가운데 정합적이고 입체적이며 심층적인 서사분석의 거점으로 삼는 것이 합당하다.

화소와 순차구조의 양항적 관계

———

한 편의 설화 속에서 화소와 구조는 서로 긴밀히 맞물려 한몸을 이룬다. 하지만 화소와 구조는, 특히 화소와 순차구조는 질적으로 다른 서사요소에 해당한다. 서로 속성이 다르며 지향성이 다르다. 이제 그들이 어떻게 다르며 어떻게 맞물리는지를 구체적인 설화 자료를 통해 보기로 한다. 대상 설화는 1장에서 내용을 잠깐 소개한 바 있는 〈신바닥이〉다.

〈신바닥이〉의 줄거리를 순차단락 형태로 나타내 보이면 다음과 같다.

이야기의 형태론과 통사 의미론

A. 옛날 어떤 집에 귀한 외아들이 살고 있었다.

B. 한 스님이 지나다가 아이를 보고 호식당할 팔자를 지니고 있다고 말한다.

C. 아이는 호식 운명을 피하려고 집을 떠나 스님과 함께 각처를 유리 걸식한다.

D. 어느 날 스님 모습을 한 호랑이들이 그를 잡아먹으려고 찾아온다.

E. 그는 법당 부처님 밑에 숨어서 호랑이의 근접을 막는다.

F. 어느 날 예쁜 여자로 변한 호랑이가 그한테 자기 집에서 함께 살자고 한다.

G. 그는 유혹을 물리치고 그 집을 나와서 목숨을 구한다.

(G-1. 그와 동행중이던 소년이 집에 머물렀다가 호랑이한테 잡아 먹힌다.)

H. 스님이 그와 작별하면서 옷 한 벌과 신통한 부채를 준다.

I. 그는 부잣집 머슴이 되어 신바닥이로 불리면서 천한 생활을 한다.

J. 어느 날 그는 부채를 이용해 하늘을 날아 내려서 선관 대접을 받는다.

K. 그는 정체를 눈치 채고 찾아온 주인집 막내딸과 인연을 맺는다.

(K-1. 큰딸 둘째딸이 그를 좇아 지붕에 오르다가 떨어져 죽어 버섯이 된다.)

L. 그는 막내딸과 함께 본가로 날아와서 부모님과 재회하고 잘 산다.

이 이야기에는 다양한 화소들이 포함돼 있다. 다음은 순차 단락별로 주요 화소를 하나씩 뽑아본 것이다. 단락에 맞추어서 기호를 부여한다.

(a) 앞날이 미지수인 귀한 아이

(b) 귀한 자식에 대한 호식 운명 예언

(c) 집을 떠나 유리걸식하는 아이

(d) 스님 행색을 한 호랑이 무리

(e) 호랑이 접근을 막은 부처의 법력

(f) 예쁜 여자 모습을 한 호랑이

(g) 정착의 유혹을 물리친 거지 아이

(g-1) 호랑이한테 먹힌 또래 소년

(h) 사람을 하늘로 떠올리는 부채

(i) 보물을 숨기고 머슴이 된 소년

(j) 하늘에 올라 선관이 된 소년

(k) 머슴을 배필로 택한 처녀

(k-1) 죽어서 버섯이 된 처녀들

(l) 인생역전의 성공을 이룬 삶

앞뒤 상관성을 배제하고 독자적으로 놓고 볼 때, 이들 각 화소는 의미적으로 활짝 열려 있다. 한 예로 (d)의 '호랑이 스님'은

이야기의 형태론과 통사 의미론

이질적 요소의 충돌 속에 다양한 의미요소를 함축한다. 호랑이는 무서움, 수성, 야생성, 폭력성, 신령성, 수호성 등의 의미자질을 지니며, 스님은 자비로움, 인성, 평화, 도인, 신령성, 예지력, 수호성, 비집착, 무위도식, 허위성 등의 자질을 지닌다. '호랑이 + 스님'에서 이 자질은 다양한 방식으로 연결될 수 있다. 폭력 + 평화가 상충적으로 맞물릴 수 있고, 폭력 + 수호성이 짝을 이룰 수 있으며, 신령성 + 신령성이 만날 수도 있다. 이와 같은 의미적 개방성과 다의성은 (d) 외의 다른 화소들에서도 비슷한 방식으로 발현되며, 설화 일반에서 보편적으로 확인할 수 있다. 그를 통해 설화 특유의 상상적 자유로움과 인식적 역동성이 효과적으로 발현된다.

그렇다면 순차구조는 어떠할까? 설화에서 순차구조는 화소가 지향하는 운동성과 아주 다른 방식으로 움직인다. 그것은 전체적이고 관계적이며 완결적이다. 〈신바닥이〉의 순차구조에서도 이러한 면모를 잘 볼 수 있다. 다음은 이 설화의 각 순차단락에서 단락소를 추출하여 연결한 것이다.

A. 미지 상태의 삶 — B. 문제 발생 — C. 해결의 시도 — D. 1차 위기 — E. 1차적 문제 해결 — F. 2차 위기 — G. 2차적 문제 해결 — H. 능력 획득 — I. 기회 탐색 — J. 능력 발휘 — K. 존재의 확장 — L. 성공한 삶

단락소를 나란히 연결한 것만으로도 스토리적 짜임새가 한눈에 드러난다. 순차구조에 해당하는 요소다. 긴밀성과 안정성을 갖춘 구조다. 이를 좀 더 일목요연하게 정리하면 다음과 같다.

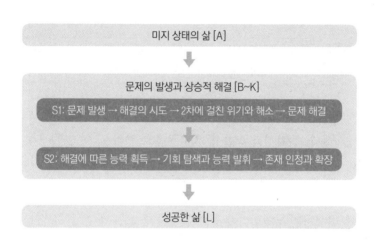

도표에 나타나 있듯이, 이 설화는 문제성을 내포한 미지 상태의 삶이 일련의 도전과 극복을 거쳐서 성공한 삶으로 실현되는 3단계의 상승적 구조를 갖추고 있다. 호식당할 팔자가 행복한 운명으로 바뀌었다는 점에서 역전적 상승에 해당한다. '고난을 이겨내고 성공한 인생'의 틀거리를 전형적으로 보여주는 순차구조가 된다. 이 설화에서 시작에서 끝에 이르는 일련의 전개는 낯설기보다 익숙하며, 열려 있기보다 닫혀 있다. 하나의 잘 짜인 계열체로서의 스토리 스키마story schema적 면모다. 구체적 인물과 상황

을 바꿔 넣으면 또 다른 이야기를 얼마든지 생성해낼 수 있는 일반적이고 전형적인 틀거리다.

화소와 순차구조의 속성과 기능을 대립항 형태로 나타내 보이면 다음과 같다.

화소	부분	독자적	자유	의미	변격	낯섦	모호	열림	확산	원심
순차구조	전체	총합적	규칙	형태	정격	익숙함	명확	닫힘	수렴	구심

화소가 '부분'이라면 순차구조가 '전체'에 해당함은 그 자체로 명확하다. 독자성과 총합성, 자유로움과 규칙성, 변격과 정격, 낯섦과 익숙함, 모호함과 명확함, 열림과 닫힘 등의 대립항도 다시 설명하지 않아도 될 것이다. 이에 대하여 '의미:형태' 대립항에 대해서는 부연설명이 필요할 듯하다. 화소와 순차구조에는 모두 의미와 형태라는 두 요소가 함께 작용하지만, 그 상대적 비중은 다르다. 화소는 의미적 규정성이 강하고 순차구조는 형태적 규정성이 강한 쪽이다. 화소는 의미를 축으로 하여 구조로 연결되고, 순차구조는 형태적 틀 속에 의미를 포괄한다고 보면 될 것이다. 대립 속에 상호보완을 이루는 관계다.

'확산:수렴'과 '원심:구심'의 대립항은 특별한 주목을 요한다. 이는 화소와 순차구조의 관계적 역학을 단적으로 보여주는 항목이 된다. 독자성과 자유로움, 변격의 낯섦, 개방적 모호성을 특징으로 하는 화소가 설화 내에서 확산을 지향하는 가운데 원심력을 발휘한다면, 총합성과 규칙성, 정격의 익숙함과 명확성을 특징으로 하는 순차구조는 수렴을 지향하면서 구심력을 발휘한다. 그 서로 다른 운동성의 역동적 맞물림이 설화적 서사문법의 중핵을 이룬다고 할 수 있다. 그 맞물림의 역동을 통해 미적 질서와 긴장을 발현하는 것이 설화의 담화적 본질이라고 보아도 좋다. 그것을 잘 짚어내는 것이 스토리 분석의 요체가 되며, 그것을 잘 살려내는 것이 스토리 창작의 관건이 된다.

서로 다른 서사적 지향성을 지니는 화소와 순차구조의 미적 맞물림은 어떻게 효과적으로 짚어내고 또 살려낼 수 있을까? 두 요소를 대충 갖다 붙이는 방식으로는 물론 곤란하다. 그 관계적 역학을 핵심적이면서도 깊이 있게 포착해내야 한다. 그 유력한 거점 내지 매개항으로 '서사적 화두narrative issue' 개념을 제시한다. 그간 서사학에서 관심을 두지 않았던, 그러나 매우 중대하고 요긴한 문법적 실체다.[3]

서사적 화두라는 심장 또는 맥박

화소는 설화를 생생하게 살리는 요소지만, 특이한 화소가 많이 제시된다고 해서 좋은 것은 아니다. 필요한 화소가 적절히 살아나서 상생적 연계를 이룰 수 있어야 한다. 화소들을 아우르는 서사적 구심이 필요하다는 뜻이다. 전체적으로 순차구조가 형태적 구심 역할을 하지만, 그에 앞선 의미적 구심을 상정할 수 있으니 '서사적 화두'가 그것이다. 서사적 화두는 '서사적 의미 축을 이루는 쟁점적 문젯거리'로 정의할 수 있다. 불교에서는 깊이 생각해야 할 미묘하고 다의적인 문젯거리를 화두話頭로 삼거니와 여기서의 화두도 그러한 뜻을 내포한다.

서사적 화두는 한 이야기가 무엇을 왜 어떻게 말해야 하는지를 핵심적으로 응축하는 화제적 거점이다. 기존의 서사학에서 이와 유사한 것으로 프랭스가 말하는 '요점point'을 들 수 있다. 서사물은 요점이 있을 때 관심과 함께 맥락적 의미가 살아난다는 것이 프랭스의 설명이다.[4] 이에 대하여 서사적 화두는 그 요점을 서사 전체를 꿰뚫는 쟁점적 문젯거리 형태로 수렴한 것에 해당한다. 보다 집약적이고 맥락적인 개념이다. 그것은 한편으로 제반 화소와 연결되고, 다른 한편으로 순차구조와 연결된다. 설화의 모든 화소는, 그리고 모든 구조는 서사적 화두와의 관계 속에서 운동한다.

한 설화 안에는 여러 개의 서사적 화두가 포함될 수 있다. 그중 상대적으로 주요한 것들이 있고 나아가 핵심을 이루는 것이 있다. 핵심적인 서사적 화두는 핵심 화소들에 깃든 의미요소의 상관관계를 통해서 찾아낼 수 있다. 〈신바닥이〉를 보자면 앞서 열거한 화소들 가운데 (b)와 (c), (e), (g), (l) 등이 핵심을 이룬다고 할 수 있다. 기본 문젯거리와 그에 대한 대응, 그리고 대응 결과를 함축한 화소들이다. 여기서 문제의 출발이자 요점은 (b)의 '귀한 자식에 대한 호식 운명 예언'이다. 이 화소는 존재적 절멸로서의 죽음을 문제 삼거니와 그 죽음이 호식虎食이라는 끔찍한 형태라는 점에서 특히 심각한 문제가 된다. 이 화소는 다음과 같은 여러 문젯거리를 환기한다.

(1) 사람한테 정해진 운명은 정말로 있는가?
(2) 왜 사람은 험한 운명을 갖게 되는 것일까?
(3) 운명은 실현되기 마련인가, 아니면 극복 가능한가?
(4) 인간의 험한 운명은 어떻게 하면 극복될 수 있는가?[5]

이들은 곧 이 설화의 서사적 화두의 '후보'가 된다. 핵심 화소 간 의미관계 속에서 두드러진 문젯거리로서의 자격을 지닐 때 그것은 후보를 넘어서 화두가 될 수 있다. 이야기를 보면, (b)에 이어진 화소 (c)에서 운명에 얽힌 서사의 방향성이 드러난다. (c)가 문제 삼는 것은 운명의 실재성이나 원인이 아니라 '대처' 쪽이다. 주인공의 집 나감은 '호식 팔자'를 진실로 전제한 가운데 거기 대응한 행위에 해당한다. 요컨대 (1)과 (2)는 이 설화의 서사적 화두로서 힘을 잃는다. 이에 대해 (3)과 (4)는 여전히 후보 자격을 지닌다. 주인공의 시도가 운명 극복으로 이어질지 미지수이고, 그가 어떤 식으로 운명을 감당하게 될지 불투명하기 때문이다.

이야기의 형태론과 통사 의미론

이 두 문젯거리 가운데 어느 것이 서사적 화두가 되는지는 또 다른 핵심 화소인 (e)와 (g) 그리고 (l)과의 의미적 관계 속에서 판 가름할 수 있다. 보면 (e)와 (g)는 대처의 구체적 방법을 문제 삼고 있으며 (l)은 그 대처 결과로서의 질적 변화를 함축하고 있다. 전체적으로 '대처의 성공 여부'보다 '대처의 방법과 그 결과'가 더 중요한 문젯거리를 이루는 상황이다. 그리하여 (3)보다 (4)가 이 설화의 서사적 화두로 더 유력하다고 할 수 있다. "인간의 험한 운명은 어떻게 하면 극복될 수 있는가?"의 문제다.

〈신바닥이〉는 (4)의 화두를 축으로 삼는 가운데 그 의미적 쟁점에 대한 서사적 답을 착착 구현해 나간다. 주목할 바는 이 설화의 화두가 여기 한정되지 않는다는 점이다. (g)에서 문제 해결이 일단락된 시점으로부터 펼쳐지는 일련의 시퀀스(S₂)가 또 다른 서사적 실체를 이루는 가운데 새로운 화두를 제기한다. 이 시퀀스는 천대받던 사내가 주인집 딸과의 결연에 성공하는 일련의 과정을 흥미롭게 펼쳐내거니와 다음의 문젯거리가 서사적 의미축을 이룬다고 볼 수 있다.

(5) 밑바닥에 처한 사람의 인생역전 식 결연은 어떻게 가능한가?

만약 (h)에서 (l)에 이르는 이야기 과정이 독립된 설화를 이룬다면 이것이 곧 핵심적인 화두가 될 것이다. 실제로 이런 형태의

스토리텔링 원론

구성을 지닌 자료도 있다. 하지만 〈신바닥이〉에서 이 시퀀스(S₂)는 운명 극복을 화두로 한 전반부 내용(S₁)과 긴밀히 맞물리는 상태로 존재하고 있다. 일련의 서사에서 주인공은 험한 운명을 이겨낸 데 따른 능력자로서의 속성을 지니는바, (h)의 신기한 부채가 이를 단적으로 표상한다. 그가 부잣집 머슴살이를 하는 것은 '언제든지 하늘로 날 수 있는 능력'을 감춘 채로 진행되는 탐색 과정에 해당하는 것으로서 그 서사적 자질은 '밑바닥 인생'보다 '위장적 잠행' 쪽이 더 어울린다. 자신한테 맞는 짝을 찾아 관계적 확장을 이루어내기 위한 의도적 과정이다. 이렇게 볼 때 이 설화 후반부의 서사적 화두는 다음과 같이 조정하는 것이 합당하다.

(6) 제 운명을 감당한 사람은 어떻게 인생의 성공으로 나아가는가?

그렇다면 〈신바닥이〉 설화의 전체적인 서사적 화두는 어떻게 될까? 그리 어렵지 않은 문제다. 전후반부 화두에 해당하는 (4)와 (6) 두 요소를 관계적으로 연결하면 된다. 둘을 비교하면 (4)가 전체 서사를 이끄는 핵심 화두이고 (6)은 그를 잇는 부수적 화두에 해당한다. 그리고 두 화두는 계기적으로 이어지는 관계에 있다. 그러므로 두 화두의 관계는 다음과 같이 기술할 수 있다.

이야기의 형태론과 통사 의미론

(7) 인간의 험한 운명은 어떻게 하면 극복될 수 있는가?

  & 제 운명을 감당한 사람은 어떻게 인생의 성공으로 나아가는가?

또는 이를 하나의 문장으로 통합하여 재정리할 수 있다. 다음과 같은 식이다.

(8) 인간의 험한 운명은 어떻게 하면 극복될 수 있으며, 제 운명을 감당한 사람은 어떻게 인생의 성공으로 나아가는가?

위의 (8)은 〈신바닥이〉 설화의 서사적 화두를 다소 추상적으로 표현하고 있거니와, 핵심 화소들에 담긴 주요한 의미요소를 반영해서 좀 더 구체적이고 상세한 형태로 화두를 기술할 수 있다. 보면, 〈신바닥이〉에서 핵심적 화제가 되는 '험한 운명'은 세계의 속성과 긴밀히 맞닿아 있다. 이야기는 세계를 '호랑이가 곳곳에 도사린 곳'으로 표현하고 있거니와, 그것이 곧 아이의 존재를 위협하는 요소가 된다. 호랑이는 강하고 아이는 약하니 힘겨운 싸움이 된다. 더군다나 그 호랑이는 (d)의 스님과 (f)의 여인 같은 표리부동의 존재라고 하는 데에 더 큰 무서움이 있다. '호랑이 스님'이나 '호랑이 여인'은 겉보기에 자비롭고 안온해 보이는 것들 안에 무서운 폭력성이 도사리고 있음을 단적으로 보여준다. (g-1)에서의 소년의 죽음은 그 무서움을 단적으로 확인시켜주는 바가 된다. 요컨대 호식당할 운명에 얽힌 화소들은 다음과 같은 서사적 화두를 내포하고 있다.

(9) 표리부동의 무서운 세상에 어떻게 대처할 것인가?

그렇다면 이 서사적 화두는 앞서 추출한 (7) 또는 (8)의 화두와 어떤 관계를 지닐까? 양자를 비교하면 (9)는 (7)의 '운명 대처'라는 화두에 부속되는 가운데 그것을 더 구체적으로 초점화한 것으로서 성격을 지닌다. 일컬어 '부속적 화두'라 할 수 있는바 그 관계를 반영해서 이 설화의 서사적 화두를 재서술하면 다음과 같다.

(10) 인간의 험한 운명은 어떻게 하면 극복될 수 있는가?
　　⊃ 표리부동의 무서운 세상에 어떻게 대처할 것인가?
　　& 제 운명을 감당한 사람은 어떻게 인생의 성공으로 나아가는가?

또는 (9)를 (8)과 접속시켜서 다음과 같이 한 문장으로 표현할 수 있다.

(11) 표리부동의 무서운 세상에서 인간의 험한 운명은 어떻게 하면 극복될 수 있으며, 제 운명을 감당한 사람은 어떻게 인생의 성공으로 나아가는가?

이것이 곧 〈신바닥이〉 설화의 서사적 화두라고 할 수 있다. 이 설화의 크고 작은 모든 내용은 이 문제와의 관련 속에서 움직이는바, 비유해서 말하자면 그것은 이 설화의 서사적 심장이자 맥박에 해당하는 기능을 한다. 거기 피가 흐르고 맥이 뛰어야 이야기가 오롯한 생명력을 발현할 수 있다.

이야기에 따른 화두의 변주

서사적 화두를 축으로 한 주제적 의미해석으로 나아가기에 앞서 설화유형의 차이에 따른 화두의 변주 문제를 잠깐 짚어본다. 겉으로 비슷해 보이는 이야기들에서 화두가 어떻게 변주되면서 이질적인 쟁점을 형성하는가의 문제다.

국내외 설화 가운데는 운명의 문제를 주요 문젯거리로 삼는 많은 설화들이 있다. 그 설화들에서 '운명에 대한 대응'은 거의 빠지지 않는 요소가 된다. 문제는 서사화의 초점이 이야기에 따라 다르게 변주된다는 사실이다. 〈신바닥이〉가 운명에 대한 대응과 그에 따른 결과를 문제 삼는 것과 달리 운명의 힘과 그 실현방식에 초점을 맞춘 이야기들도 있다. 다음은 그 좋은 예가 된다.

옛날에 위대한 마법사로 미래를 내다보는 남작이 있었다. 남작은 자기 아들이 네 살 되던 해에 그의 앞날을 알아보려고 운명의 책을 들어다보았다. 실망스럽게도 아들은 요크 지방에서 막 태어난 초라한 신분의 여자아이와 결혼할 것이라고 돼있었다. 찢어지게 가난한데다 이미 자식이 다섯이나 있는 집이었다.

남작은 말을 타고 요크로 달려갔다. 막 태어난 여섯째 아이를 키울 일로 시름하고 있는 사내를 발견한 남작은 자기가 아이를 데려갈 테니 걱정 말라고 했다. 아기를 넘겨받은 남작은 강가에 이르러 아기를 강물에 던지고서 성으로 돌아갔다. 하지만 띄워진 아기는 옷 덕분에 가라앉지 않고 물 위를 떠다니다 강변에 어부의 오두막이 있는 강변에 가닿았다. 어부 부부는 그 아이를 자식으로 삼아서 고이 키웠다. 무럭무럭 자라난 아이는 열다섯 살의 아름다운 소녀가 되었다.

어느 날 친구들과 사냥을 나온 남작은 물을 마시려고 어부의 오두막에 들렀다가 소녀를 발견했다. 소녀의 미모에 놀란 일행은 남작한테 그녀가 누구와 결혼할지 맞춰보라고 했다. 남작이 생일을 묻자 소녀는 15년 전에 강물에 떠내려온 터라서 알 수가 없다고 했다. 그녀가 자신이 버린 아이임을 깨달은 남작은 소녀를 따로 불러내서 편지를 한 장 주면서 그것을 자기 동생한테 전해 달라고 했다. 그러면 평생 편히 살게 될 것이라 했다.

자기를 죽이라는 내용이 있는 줄도 모른 채 편지를 가지고 길을 떠난 소녀는 여관에서 하룻밤 묵어가게 되었다. 그날 밤 여관에 도둑이 들었는데 소녀의 짐을 뒤져보니 돈은 없고 편지뿐이었다. 도둑은 편지 내용이 못됐다며 소녀를 당장 자기 아들과 결혼시키라는

이야기의 형태론과 통사 의미론

내용으로 편지를 바꾸었다. 소녀가 그 편지를 가지고 도착하자 남작의 동생은 그녀를 남작의 아들과 결혼시켰다.

성으로 찾아온 뒤 일이 잘못되었음을 깨달은 남작은 가만히 있지 않았다. 소녀를 절벽 근처로 데려가서 그 아래로 내던지려 했다. 소녀가 살려 달라고 애원하자 남작은 결혼반지를 빼서 바다로 던지며 그 반지를 갖기 전에는 절대 자기 앞에 나타날 생각을 말라고 했다.

그 후 소녀는 방황 끝에 어느 귀족의 성에서 부엌일을 하게 되었다. 어느 날 그 집에 자기 남편과 남작이 손님으로 나타났다. 소녀가 모습을 감추고서 물고기를 씻는데 물고기 배에서 이상한 것이 나왔다. 남작이 절벽에서 던진 반지였다. 그녀가 연회장으로 나오자 남작은 불처럼 화를 내며 일어섰다. 소녀가 반지를 낀 손을 앞으로 내밀며 다가가자 남작은 운명을 이길 수 없음을 인정하고 그 소녀가 자신의 며느리임을 선포했다. 소녀는 남작의 아들과 더불어 영원히 행복하게 살았다.

〈물고기와 반지〉라는 제목의 영국 민담이다.[6] 운명을 축으로 하여 서사가 착착 전개돼 나가는데, 그 방향은 〈신바닥이〉의 경우와 다르다. 〈신바닥이〉가 '운명은 어떻게 극복될 수 있는가'를 보이는 쪽으로 나아간다면, 이 이야기는 '운명은 어떻게 실현되는가'를 내보이는 방향으로 움직인다. 남작은 갖은 방법으로 운명을 회피하려고 하지만 그럴수록 운명의 함정에 말려 들어갈 따름이다. 이 이야기는 '운명의 힘'이 핵심 요소를 이루는 가운데 '운명 탈피의 시도'가 그것을 뒷받침하는 관계로 구성돼 있다. 그리하여 그 서사적 화두를 다음과 같이 정리할 수 있다.

(12) 운명은 결국 어떻게 실현되는가?

'운명은 실현되기 마련이다'라는 단순 명제를 넘어서 '어떻게'라는 과정적 요소에 초점을 맞추어서 이야기 내용을 좀 더 구체적으로 보면 주인공_{처녀}은 수많은 난관에도 불구하고 결국 일이 잘 풀려 좋은 결과를 성취하고 적대자_{남작}는 아무리 애를 써도 뜻을 이루지 못하는 상황이다. 이러한 내용을 반영하면 이 설화의 서사적 화두를 다음과 같이 구체화하여 정리할 수 있다.

(13) 운명은 결국 어떻게 실현되는가?
　　　　ㄱ 잘 될 사람은 왜, 어떻게 잘 되는가?
　　　　or 안 될 일은 왜, 어떻게 안 되는가?
　　　→ 잘 될 사람은 어떻게 잘 되고 안 될 일은 어떻게 안 돼서 운명은 결국 실현되는가?

〈물고기와 반지〉는 이 화두를 구심점 내지 동력으로 삼는 가운데 일련의 내용이 착착 진행되며, 그것은 앞뒤가 꼭꼭 맞아떨

이야기의 형태론과 통사 의미론

어지는 가운데 서사적 의미를 발현한다. 마법사라는 이름의 인간 능력자는 어떻게든 운명의 길을 바꿔보려 하지만, 그것은 하늘이 예비한 바를 실현시키는 역설적 과정이 될 뿐이다. 거듭되는 위기는 소녀를 절멸시키는 대신 거꾸로 강한 생명력을 부여하며, 빛나는 아름다움까지 선사한다. 소녀에게 있어 운명의 실현은 곧 '존재적 자기실현'에 해당한다. 험한 운명의 고비는 존재를 단련시킬 따름이다. 그 반전 속에 이 설화의 주제적 의미가 효과적으로 구현된다.

한국 설화에도 (13)의 문제를 서사적 화두로 삼는 이야기들이 있다. 운명설화를 폭넓게 연구한 정재민이 '운명실현형'으로 분류한 설화들[7]이 대략 이와 같은 화두를 함유하고 있다. 이 외에도 설화에서 운명의 문제가 화두로 부각되는 방식은 매우 다양하다. 설명을 생략하고 단적으로 제시하면, 〈사마장자와 우마장자_{장자풀이}〉에서는 '운명은 어떻게 서로 뒤바뀌는가?'를 주요 화두로 삼으며, 〈복 빌려와서 잘 산 사람_{차복}〉에서는 '운運; 노력으로 어떻게 명命; 천명을 조정할 수 있는가?' 하는 문제가 화두로 부각되어 있다. 〈전생 인연으로 남편 바꾼 여자〉는 '운명의 바탕에 무엇이 있는가?' 하는 물음을 주요 화두로 삼은 경우다. 화두를 달리하는 이 이야기들이 운명이라는 문제적 제재를 서로 다른 각도에서 정합적으로 형상화하고 있는 상황이다. 이런 이야기들이 논쟁적으로 한데 얽히는 가운데 설화는 삶의 제반 문제를 핵심적이고도 다채롭게 다루게 된다고 할 수 있다.

한 가지 강조할 사항은 이와 같은 서사적 화두들이 분석을 통해 인위적으로 구성된 것이 아니라는 사실이다. 그것은 이야기 내부에 엄존하면서 맥박 구실을 하는 서사적 실체다. 만약 우리가 어떤 설화에서 서사적 화두를 쉽게 읽어내지 못한다면 화두가 없기 때문이 아니라 상상적 자유로움 안쪽에 그것이 숨어 있기 때문일 것이다. 눈에 잘 보이지 않더라도 그것은 존재한다. 그리고 그것을 축으로 하여 의미가 생성되고 구현된다. 인간의 스토리적 인지의 본래적 작동 방식이다.

서사적 화두와 대립구조, 주제적 의미

서사적 화두가 이야기에서 심장 내지 맥박 구실을 한다고 했다. 그것이 서사적 의미의 중심축을 이룬다는 뜻이다. 화두에 대한 최적의 답을 찾아나가는 과정은 곧 설화의 주제적 의미 해석의 과정이 된다.

서사적 화두에 얽힌 의미요소를 짚어내는 작업에는 의미적 대립항의 추출과 대립구조 분석이 필수적이고 긴요한 과정이 된다. 앞에서 스토리의 기본 틀로서 순차구조에 대해 보았거니와, 이야기의 구조는 순차구조만으로 충분히 설명할 수 없다. 순차구조와 대립구조가 서로 맞물리면서 전체적 틀을 이루고 의미를

이야기의 형태론과 통사 의미론

발현하는 것이 이야기의 본래적 존재방식이다. 2장에서 〈종소리〉 설화에 대해 설명하면서 단면적으로 보았던 바와 같다.

　순차구조가 종적이고 계기적이라면, 대립구조는 횡적이고 층위적이다. 둘이 서로 결합함으로써 설화의 구조와 의미는 다층적 입체성을 갖게 된다. 순차구조는 대립항들을 통해 의미적으로 확장되며, 대립항들은 순차구조를 매개로 상호 연계되는 가운데 구조적 층위를 이룬다. 이를 간략하게 도시하면 다음과 같다.

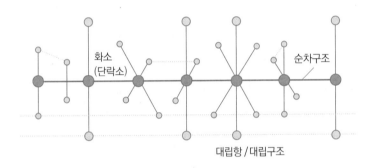

대립항 / 대립구조

　이야기 속에 내포된 대립항은 매우 다양하다. 한 편의 설화 속에서 크고 작은 대립항을 수십 개씩 추출할 수 있다. 관건은 그 대립항 가운데 스토리적으로 유효한 것들을 짚어내는 일이며, 대립항 사이의 관계를 유효하게 계열화 내지 층위화 하는 일이다. 대립구조 분석에 해당하는 작업이다.

　그 분석 작업에서 기본 거점 내지 방향타가 되는 것이 바로 서사적 화두라고 할 수 있다. 화두를 축으로 삼아 의미적 대립항을 추출하고 그것을 계열화함으로써 이야기의 대립구조를 핵심적으로 드러낼 수 있으며, 그것을 매개로 주제적 의미 해석을 수행할 수 있다.

〈신바닥이〉 이야기로 돌아가서 그 서사적 화두를 옮겨보면 다음과 같다.

(11) 표리부동의 무서운 세상에서 인간의 험한 운명은 어떻게 하면 극복될 수 있으며, 제 운명을 감당한 사람은 어떻게 인생의 성공으로 나아가는가?

이 화두에 얽힌 의미적 대립항을 단계별로 분석하면 다음과 같다.

(11-1) 표리부동의 무서운 세상에 어떻게 대처할 것인가?

아이	자아 미력 방어	세상_표면	평화 자비 유연 달콤 선의
호랑이	세계 강력 공격	세상_이면	공포 무자비 폭압 냉혹 흉악

자아에 해당하는 어린아이와 호랑이라는 세계 간의 부딪침은 이 설화의 기본 대립구도가 된다. 미력한 아이가 강력한 세계의 공격에 어떻게 맞설지를 문제 삼는 구도다. 이때 핵심적인 문제가 되는 것이 세계의 양면성이다. 이야기는 세상의 겉모습과 속

이야기의 형태론과 통사 의미론

모습이 다르다는 것을 예의 '호랑이 스님'과 '호랑이 여인' 화소를 통해 거듭 부각하고 있다. 평화와 자비, 유연함과 달콤함, 선의로 포장된 겉모습은 크나큰 유혹이자 함정에 해당하는 요소가 된다. 그 이면에는 공포와 무자비, 폭압, 냉혹함과 흉악함 등이 도사리고 있다. 그 양면성을 꿰뚫어보는 것이, 그리하여 '겉모습의 함정'에 빠져들지 않고 자기중심을 지켜내는 것이 세상에 대한 대처의 핵심적인 요소가 된다.

(11-2) 인간의 험한 운명은 어떻게 하면 극복될 수 있는가?

위험 요소	가정	머무름	회피	편안	객체	타력	**표면**	**욕망**	현재	고착
기회 요소	세상	움직임	직면	험난	주체	자력	**이면**	**이성**	미래	성장

이는 (11-1)을 '운명'이라는 일반적 문제로 확장한 화두에 해당한다. 주인공은 삶과 죽음의 기로에 놓여 있거니와, 그를 죽음으로 몰고 가려는 요소와 삶으로 이끌어낼 요소가 함께 맞물려 역동적 길항작용을 한다. 위 도표는 그 각각을 위험 요소와 기회 요소로 설정한 상태에서 의미적 대립항을 추출한 것이다.

도표의 항목 가운데 굵게 표현한 '표면:이면'과 '욕망:이성'의 대립항은 앞의 (11-1)에서 도출된 것에 해당한다. 이 설화가 이밖에도 운명 극복과 관련한 다양한 의미요소를 담지하고 있음을 위 분석을 통해서 한눈에 볼 수 있다. 표면적으로 보면 아이의 삶을 위협하는 것은 호랑이로 표상되는 무서운 세상이지만, 이 야기는 이를 회피하여 가정에 편안하게 머무르는 것을 위험 요 소 편에 위치시키고 있다. 타력에 의지하는 객체적 삶으로는 운 명의 제물이 될 따름이라는 인식이다. 이야기는 오히려 호랑이 가 도사린 세상을 기회 요소로 삼는다. 그리로 나아가 험난한 상 황들을 직면해 가면서 세상의 이면적 실체를 오롯이 꿰뚫어보고 이성적 대응하는 주체적이고 자력적인 삶을 통해 마침내 문제를 극복하고 미래적 성장을 이룰 수 있다고 말한다. 서사적으로 구 조화된 의미이자 이 설화의 주제적 의미에 해당한다.

(11-3) 제 운명을 감당한 사람은 어떻게 인생의 성공으로 나아가는가?

위험 요소	높은 곳	**본거지**	**편안**	드러냄	**충동**	**타력**	**고착**	하향	일방	**현재**	단기
기회 요소	낮은 곳	**외지**	**험난**	감춤	**이성**	자력	변신	상향	쌍방	미래	장기

이는 (11-2)에 이어지는 화두에 해당하는데, 역시 성공의 실 현 여부에 작용하는 제 변수를 위험 요소와 기회 요소 간 대립구 도로써 분석할 수 있다. 대립항 가운데 굵게 표시한 것은 (11-2) 의 분석 결과와 긴밀히 연결되는 것들이다. 외지의 험난한 생활 을 감수하는 자력의 삶을 통해 고착을 넘어선 변신과 성장을 이 뤄내는 것이 성공의 요인임을 다시금 확인시켜 준다. 이와 함께 이야기는 높은 곳이 아닌 낮은 곳에서의 감춤의 행보 속에 위를

이야기의 형태론과 통사 의미론

향하여 나아가는 것이, 그 과정에서 생산적인 쌍방 관계를 이루면서 장기적 안목으로 미래를 열어가는 것이 삶의 성공과 행복을 이루는 길임을 강조한다. 대립구조를 형성하는 의미요소의 추출과 층위적 연계만으로 이와 같이 설화의 주제적 의미를 핵심적으로 짚어낼 수 있다.

부분과 전체를 관통하는 의미 해석

하나의 설화는 서사적 화두를 축으로 하여 화소와 순차구조가 유기적으로 결합되면서, 그리고 거기 다양한 의미적 대립항이 구조적으로 통합되면서 특유의 미적·서사적 의미를 발현한다. 그 메커니즘을 종합적이면서도 핵심적·심층적으로 읽어내는 것이 서사 해석의 핵심이 된다. 이때 유의할 것은 그 해석이 지나치게 수렴적인 방향으로 단순화되어서는 곤란하다는 사실이다. 의미적 구심을 확실히 잡는 한편으로 원심적이고 확장적인 해석을 적극 시도할 때 이야기의 의미가 보다 풍부하고 생생하게 살아날 수 있다. 부분과 전체를 관통하는 정합적이면서도 입체적인 해석이 필요하다는 뜻이다.

1) 구조적 의미의 정합적 맥락화
앞서 〈신바닥이〉의 순차단락을 정리하고 단락소를 추출하여 순

스토리텔링 원론

차적 구조를 정리한 바 있다. 편의를 위해 이를 다시 제시해 본다.
순차단락과 단락소를 함께 나타내 보인다.

A. 옛날 어떤 집에 귀한 외아들이 살고 있었다. [미지 상태의 삶]

B. 한 스님이 지나다가 아이를 보고 호식당할 팔자를 지니고 있다고
   말한다. [문제 발생]

C. 아이는 호식 운명을 피하려고 집을 떠나 스님을 함께 각처를 유리
   걸식한다. [해결의 시도]

D. 어느 날 스님 모습을 한 호랑이들이 그를 잡아먹으려고 찾아온다.
   [1차 위기]

E. 그는 법당 부처님 밑에 숨어서 호랑이의 근접을 막는다. [1차적
   문제 해결]

F. 어느 날 예쁜 여자로 변한 호랑이가 그한테 자기 집에서 함께 살자
   고 한다. [2차 위기]

G. 그는 유혹을 물리치고 그 집을 나와서 목숨을 구한다. [2차적 문제
   해결]

(G-1. 그와 동행중이던 소년이 집에 머물렀다가 호랑이한테 잡아
   먹힌다.) [?   ]

H. 스님이 그와 작별하면서 옷 한 벌과 신통한 부채를 준다. [능력
   획득]

I. 그는 부잣집 머슴이 되어 신바닥이로 불리면서 천한 생활을 한다.

J. 어느 날 그는 부채를 이용해 하늘을 날아 내려서 선관 대접을 받는다. **[능력 발휘]**

K. 그는 정체를 눈치 채고 찾아온 주인집 막내딸과 인연을 맺는다.
[존재의 확장]

(K-1 큰딸 둘째딸이 그를 좇아 지붕에 오르다가 떨어져 죽어 버섯이 된다.) [?   ]

L. 그는 막내딸과 함께 본가로 날아와서 부모님과 재회하고 잘 산다.
[성공한 삶]

앞서 설명했듯이 두 시퀀스가 긴밀히 결합된 안정된 구조이지만, 자세히 살펴보면 여러 의문점들을 발견하게 된다. 왜 호랑이에게 먹힐 위기와 그 해결 과정이 D-E와 F-G 등 두 번에 걸쳐 반복되는지 궁금하다. 느닷없이 웬 또래 소년이 주인공과 동행하다가 잡아먹힌 일(G-1)은 무슨 맥락인지도 의아하다. 스님이 갑자기 귀한 보물을 건네주고서 사라진 일(H)과 주인공이 귀한 보물을 얻은 상태에서 집으로 가지 않고 머슴살이를 하는 일(J)도 의미적 맥락이 불투명한 부분이다. 주인집 두 딸이 지붕에 오르다가 떨어져 버섯이 된 일(K-1)도 그 의미맥락이 분명치 않다. 이러한 여러 의문사항들에 대하여 서사적 화두를 축으로 한 종합적 연계분석은 설득적인 답을 제공한다.

먼저 D-E와 F-G에서 위기와 극복 과정이 반복되는 문제다. 얼핏 두 위기는 유사한 상황의 반복으로 여겨지지만 잘 보면 거기에는 질적 차이가 있다. D의 위기가 외적 공격 형태라면 F는 내적 유혹 형태를 띠고 있다. 그 중 더 무서운 것은 F였는바, 이는 '여인'과 '따뜻한 밥'으로 표상된 본능적 충동과 안주적 욕망이 세상살이의 더 큰 함정임을 보여준다. D의 위기가 타인의 도움에 의해 해결된 것과 달리 F의 위기는 오로지 제 자신의 힘으로 감당해야 할 바에 해당하는 것이었다. 주인공은 그 일을 해내며, 그럼으로써 죽을 운명을 결정적으로 극복하게 된다. 요컨대 두 번의 과정은 '타력에 의한 1차적 해결 → 자력에 의한 완전한 해결'로 이어지는 점층적 완결의 구성을 취하고 있다. 그러한 구성을 통해 인간의 험한 운명이란 결국 내적인 문제이며 스스로의 의지와 행동력으로 극복해야 할 바라고 하는 주제적 의미가 효과적으로 구현된다.

이러한 서사적 맥락에서 G-1의 '또래 소년의 죽음' 화소에 담긴 특별한 의미의 추출이 가능하다. 운명은 스스로 감당해서 이겨내야 할 바라고 하는 화두적 의미와 연관하여 볼 때 저 소년은 주인공의 또 다른 모습 곧 '자아의 그림자'로 해석할 수 있다. 본능적 충동 및 안주적 욕망에 포획돼서 절멸하게 돼 있던 주인공의 본래의 운명이 또래 소년의 모습으로 표현됐다는 것이다. 요컨대 이 소년이 호랑이한테 잡아먹힌 일은 주인공의 '호식당할 운명의 소멸'이라고 하는 서사적 의미를 지니게 된다. G 단락과 짝을 이루는 정합적 구성이다.

H에서 갑자기 주어지는 신기한 부채와 새 옷이라는 선물에 얽힌 의문도 일련의 화두적 맥락에서 의미 해명이 가능하다. 그것은 주인공이 운명을 감당함으로써 얻게 된 보상으로서 성격을 지닌다. 운명을 훌륭히 감당해서 높은 곳으로 비상할 능력을 갖추게 되었음을 이렇게 표현했다는 말이다. 이러한 풀이는 이야기 속의 '스님'을 새롭게 해석할 실마리를 열어준다. 스스로의 운명 극복'이라는 화두적 맥락에서 볼 때 스님의 계시와 인도를 '주인공의 내면적 자각과 통찰'로 해석할 수 있다. '표리부동의 무서운 세상에 대한 대처'라는 화두에 대한 서사적 응답에 해당하는 의미요소다.

주인공이 험한 운명을 극복하고 보물까지 얻은 상황에서 왜 머슴살이를 하는지도 이제 그 맥락이 자명해진다. 이를 두고 그가 길을 못 찾았다거나 노자가 없었다는 식으로 설명한다면 완전한 난센스가 될 것이다. 그가 부채를 숨긴 채로 머슴살이에 나서는 것은 화두적 맥락에서 볼 때 자기실현의 기회를 탐색하는 과정으로 해석함이 합당하다. 왜 그 일을 천한 머슴살이 형태로 행하는가 하면 그 답 또한 서사 속에 담겨 있다. 그는 유리걸식으로 세상을 떠도는 가운데 '낮고 험한 곳'에 문제 해결의 길이 있음을 온몸으로 겪은 사람이거니와, 본색을 감추고 천한 이름으로 불리면서 험한 일을 감수하는 것은 그 연장선에서 이루어진 선택이라 할 수 있다. 곧, '기회 탐색을 위한 위장적 잠행'이다. 요컨대 그의 머슴살이는 서사적 모순이 아니라 앞뒤가 딱 들어맞는 정합적 과정에 해당한다.

순차적 전개에서 비껴나 있는 것으로 보이는 K-1 단락에 대해서도 G-1에서와 비슷한 방식의 서사적 맥락화가 가능하다. 얼핏 두 딸은 주인공과 막내딸의 결합을 돋보이게 하는 부수적 인물로 보이는데, 화두적 맥락에서 더 깊은 의미를 읽어낼 수 있다. 두 딸은 표면을 보는 존재이고 외적 욕망에 휘둘리는 존재로서 주인공의 짝이 될 자격이 부족하거니와, 설화에 표현된 그들의 죽음은 '관계의 죽음'이라 할 수 있다. 신바닥이는 밑바닥에서의 잠행을 통해 가치로운 관계맺기 대상과 그렇지 못한 대상을 가려내고 있는 중이다. 두 딸은 자연스럽게 관계맺기 대상에서 제외되는바, 그들이 '버섯'이 됨은 그 상황의 화소적 표현이 된다. 요컨대 이 단락 또한 그 맥락과 의미가 서사적 화두와 긴밀히 맞닿아 있으니, 이야기 전체가 작은 어김도 없이 완벽하게 짜여 있다고 해도 지나치지 않다.

다음은 이상의 내용을 종합하는 가운데 이 설화의 순차구조를 재서술한 것이다.

미지상태의 삶(A) — 험한 운명의 탐지(B) — 운명에 대한 도전(C) —

이야기의 형태론과 통사 의미론

험한 운명과의 대면(D) — 타력에 의한 1차적 해결(E) — 험한 운명과의 재대면(F) — 자력에 의한 완전한 해결(G) — 본래적 운명의 소멸(G-1) — 운명 극복으로 얻은 능력(H) — 관계 확장을 위한 탐색(I) — 기회 포착과 능력 발현(J) — 존재 인정과 관계 확장(K) — 무가치한 관계의 회피(K-1) — 삶의 가치와 행복 실현(L)

보듯이 서사 내용에 깃든 의미요소를 보다 구체적으로 수렴하는 가운데 주제적 의미를 반영한 구조가 된다. 그 구조는 의미적으로 풍부하면서도 앞뒤 맥락이 긴밀하고 정합적이다. 예의 서사적 화두가 형태적·의미적 구심으로서 제반 요소를 아우르고 있는 상황이다. 이런 정도의 정리가 이루어졌다면, 설화의 구조와 의미 분석이 훌륭히 이루어졌다고 보아도 좋을 것이다.

2) 화소의 상징과 주제적 의미 사이

이제 눈을 화소 쪽으로 돌려서 서사적 원심에 해당하는 의미요소들이 어떻게 화두적 맥락 및 주제적 의미와 결합되는지를 보기로 한다. 이야깃거리가 무수히 많지만, 두어 개 화소만 다루기로 한다. 하나의 핵심 화소에 얽힌 의미를 입체적으로 살피고, 이어서 말단적 화소들의 상징적 의미요소가 어떻게 서사적 화두라는 구심과 맞물리는지를 볼 것이다.

먼저 핵심 화소로서 '신통한 부채'에 얽힌 의미맥락이다. 〈신바

스토리텔링 원론

닥이〉에서 부채는 앞뒤 서사를 연결시키는 요소이면서, 후반부의 문제 해결에 큰 역할을 하는 주요 화소에 해당한다. 부채는 바람을 일으킴, 접었다 펼침, 작고 유용함 등의 의미자질을 지니는데, 이는 이 이야기에서 '사람을 하늘로 오르게 함'이라는 자질과 결합되어 다의적 연상을 일으킨다. '바람을 일으킴'과 '하늘로 올라감'의 연결은 꽤 그럴싸해서 프로펠러 같은 것을 연상시키지만, 이 이야기에서 '부채질'에 해당하는 요소를 볼 수 없어서 바람과의 연결은 근거가 약한 쪽이다. 여기서 부채를 펼치는 일은 여러 사람이 훤히 올려다보게끔 모습을 드러내는 일로 연결되고 있어 '존재적 드러냄과 비약'이라는 의미가 두드러진다. '부채를 활짝 펼치는 일'이 '존재를 활짝 펼치는 일'로 연결되는 터이니 기능적 연관보다 이미지적 연관에 해당한다.

해석을 좀 더 진전시키면, 부채의 상징적 의미를 이 설화의 화두적 의미요소로서 '내면적 힘에 의한 문제 해결'과 연결시킬 수 있다. 저 부채를 주인공 정신세계의 표상으로 볼 수 있다는 뜻이다. 일컬어 '마음속의 부채'다. 그러니까 주인공이 부챗살을 펼침으로써 하늘로 오르는 일은 주름진 내면을 활짝 펼침으로써 존재적 도약을 이루는 일로 연결된다. '내면의 힘을 펼침으로써 빛나는 도약을 이룰 수 있다'는 것은 이 설화의 주제적 의미에 해당하는 요소다. 서사의 한 부분으로서의 화소와 전체적 서사가 의미적으로 관통하고 있는 양상이다.

이야기의 형태론과 통사 의미론

서사적 맥락을 보자면 주인공의 내면이 원래 주름진 것이 아니라 짐짓 '접어두었던' 것이라고 볼 수 있다. 주인공이 부채를 간직한 상태에서 그것을 펼칠 날을 기다린 것이 이야기 속 상황이기 때문이다. 여기 부채 화소의 또 다른 묘미가 있다. 부채는 작고 가벼우며 쉽게 접어서 보관할 수 있는 물건이다. 부채가 주인공 내면의 표상이라고 할 때 그는 내면 상태와 능력을 쉽게 노출하지 않는 존재이자 그것을 자유자재로 접었다 펼 수 있는 존재로서 속성을 부여받게 된다. 자기통제의 달인이라 할 만한 능력이다. 실제로 그는 부모라는 보호막을 떠나 호랑이 같은 험한 세상을 헤쳐 나가면서 어떤 위험과 함정도 피할 수 있는 자기 통제 능력을 갖추게 된 터이니, 저 신통한 부채는 어김없이 이 사람의 것이며 이 사람 자체라고 할 수 있다. 이 지점에서 우리는 스님이 그에게 신통한 부채를 준 일이 실은 주인공 내면에 자유자재의 자기 통제와 존재적 발현 능력이 생겨났음을 그렇게 표현한 것임을 깨닫게 된다. 부채의 획득은 엄밀한 서사적 필연이었던 것이다.

지금 부채라는 화소의 상징적 함의가 마치 부챗살이 하나씩 펴지듯 착착 펼쳐지고 있는 중이다. 완연한 원심적 운동이되 그 힘과 방향은 서사적 구심과의 미적 긴장관계를 놓치지 않는다. 부챗살을 좌르르 펼쳐도 부채가 망가지지 않는 것과 같다.[8]

다음으로 이야기 구석에 숨어 있는 화소들을 본다. 순차단락

정리에도 반영이 안 된 말단적 화소들이다. 하나는 J 단락에 포함된 '말 색깔 바꾸기'이고 또 하나는 K-1 단락 한켠에 들어 있는 '구들장 뜯어서 탈출하기'이다. 서사적 맥락과 직접적 관련이 없는 삽화적인 화소들인데, 이러한 화소까지도 예의 서사적 화두와의 관련 속에 주제적 의미를 살리고 있음을 보게 된다.

먼저 말 색깔 바꾸기. 신바닥이는 다른 식구들이 모두 잔칫집에 가고 혼자 남았을 때 자기도 거기 찾아갈 마음을 먹고서 새 옷과 부채를 꺼낸다. 그때 그가 한 가지 더 행한 바가 흰 말에 먹칠을 해서 검은 말로 만든 일이었다. 말을 타고 가야 모양새가 살기에 고육지책을 낸 것이라고 볼 수도 있으나, 그가 자기 주변의 대상을 효과적으로 활용하고 있음을 확인시켜주는 대목으로 봄이 더 적합하다. 예의 적응력 내지 문제 해결력이다. 그는 말 색깔을 바꿈으로써 제 정체를 효과적으로 감출 수 있었으니, 그 일은 자기 통제의 일환이었다고 볼 수 있다. 또 다른 측면에서, 흰 말이 검은 말로 바뀌는 반전은 천한 머슴이 선관으로 탈바꿈하는 변신과 의미적으로 통하는 것이기도 하다. 또는 이 장면에 대해 주인공이 자기 변신을 넘어서서 대상세계를 변화시키는 능력을 발휘하는 것으로 해석할 수 있다. 잔칫집에 도달한 그는 실제로 세상의 판도를 완전히 바꿔놓거니와, 둘 사이의 의미적 연관이 유력하게 성립된다. "제 운명을 감당한 사람은 어떻게 인생의 성공으로 나아가는가?" 하는 물음에 대한 유력한 답이 이 장면 속에

이야기의 형태론과 통사 의미론

함축되어 있다.

다음, 구들장 뜯어서 탈출하기. 이야기에서 주인공과 막내딸의 밀회를 눈치 챈 두 딸은 부모에게 그 사실을 알려서 그들이 있는 방에 불을 지르게 한다. 이때 주인공이 찾은 해법은 방바닥 구들장을 뜯고서 아궁이 쪽으로 기어 나온 일이었다. 기발한 임기응변 정도로 여겨지고 선관의 자질에 맞지 않는 일처럼 보이기도 하지만, 서사적 맥락에서 볼 때 매우 묘미 있는 장면이 된다. 그것은 새로운 비약을 위한 출구 내지 동력을 어둡고 험한 밑바닥에서 찾은 일로 풀이할 수 있다. 서사적 화두와 긴밀히 연결되는 의미요소다. 돌아보면 그가 처음에 집을 나와서 유리걸식을 시작한 것이 곧 밑바닥에서 출구를 찾은 일이었으며, 천한 머슴살이를 자처한 것 또한 세상의 밑바닥에서 새로운 기회를 엿본 일이었다. 그 결과가 곧 빛나는 존재적 비상이었으니, 이 장면에서 주인공이 바닥을 기어 나와서 새 옷을 입은 뒤 하늘로 오르는 모습은 그 자체로 이 설화 전체의 주제적 의미를 함축하고 있다. 한 가지 놀라운 사실은 그렇게 '바닥'을 기어서 하늘로 오르는 저 사람의 이름이 '신바닥이'라는 것이다. 우연으로 돌리기에는 너무나 정교한 설정이다. 설화적 서사의 경이로움을 새삼 실감하게 되는 장면이다.

이 설화에는 이 밖에도 깊은 묘미를 지닌 화소들이 많이 있지만, 추가적 논의는 생략한다. 지금까지 본 바로도 이 설화의 형태적 정합성과 통사 의미론적 역동성을 충분히 확인했을 것으로 믿는다. 어쩌면 그 해석이 '갖다 붙인' 것처럼 생각될 수도 있을 것이다. 실제로 그 의미적 연결에 주관적 판단이 개입된 것이 사실이다. 그것이 해석의 의의를 떨어뜨리는가 하면, 그렇지 않다. 자기 식 연결을 통한 의미 발현은 설화의 본래적 속성에 해당한다. 설화의 서사에는 여백이 있으며, 그 여백은 한 가지 확실한 연결 대신 여러 가지 그럴듯한 연결을 가능하게 한다. 어떻게 여백을 채우는가에 따라서 다양한 의미적 연결과 실현이 가능하다. 설화를 말하고 듣는 사람들이 그러한 정신작용을 수행하면서 서사적 의미를 내면화하는 것이 구술현장에서 펼쳐지는 문학적 소통과 향유의 실상이라 할 수 있다. 그 일련의 과정은 구비전승의 메커니즘에 의거하여, 또는 인간 본연의 스토리적 인지에 의거하여 무의식적인 방식으로 이루어진다. 언어적 소통에서 문법이 무의식중에 자동으로 작동하는 것과 같다. 설화 저 깊숙한 곳에, 인간의 의식보다 훨씬 깊은 곳에 고도의 문법체계가 착착 작동하고 있다는 사실을 언제라도 잊지 않을 일이다.[9]

또 하나의 요소, 서술의 스타일

화소와 구조, 그리고 서사적 화두라는 요소를 중심으로 해서 설화의 서사문법과 의미를 살펴보았다. 그것을 실제적으로 구현하는

이야기의 형태론과 통사 의미론

통로가 무엇인가 하면 바로 '구술'이다. 구체적 말하기 방식에 따라 설화의 문학적 성격과 효과는 크게 달라진다.

설화의 서술방식상의 특징에 대해서는 3장에서 다룬 바 있다. 다시 환기해보면, 설화적 서술은 화소들을 오롯이 살리고 스토리 가닥을 착착 잡아 나가는 서술이며, 세부 묘사에 얽매이지 않고 여백을 남겨놓는 서술이다. 비약에 개의치 않고 빠른 속도로 쭉쭉 나아가는 서술이며, 개방적 다의성을 살리는 전형적이고 표상화된 서술이다. 이러한 서술이 잘 이루어질 때 설화는 그 미적 가치를 오롯이 발현할 수 있다.

이제 설화의 서술이 어떤 식으로 이루어지는지 볼 수 있도록 구비설화 원문을 제시한다.[10] 앞에 분석한 〈신바닥이〉 원문이다. 말 한 마디 한 마디를 음미하면서 이야기하듯 소리 내서 읽다 보면, 설화식 서술이 어떤 것인지 피부로 느낄 수 있을 것이다.

그 전에 참, 한 사람이 저기 뭐야, 아들을 하나 낳았대요. 그 아들을 하나 낳아서 이렇게 이제 키우는데 아마 한 댓살 먹은가 봐요. 저기 중이, 그니까 대사님이 와 가지고, "야, 그 아이 참 잘 생기긴 잘 생겼다만." 이러드래요. 그러고 가드래요.

그래서 걔가 뛰어 들어와서 "아부지 아부지, 대사님이 날 보고 '아, 그 아이 참 잘 생기긴 잘 생겼다만' 이러고 가드라."고. "아, 그럼 그 대사님이 어디 갔느냐?"고 그니까, "아, 절로 가드라."고.

그러니까 그네 아버지가 쫓아가가주고서, "아이 대사님, 대사님 무슨 말씀을 그렇게 하십니까? '아, 잘 생기긴 잘 생겼다만', 그게 무슨 말씀입니까?" 이러니까는, "에이, 더 이상 묻지 마세요, 나한테." 그러드래요. "아이고 이게 무슨 소리냐."고. "도대체 우리는 알아야겠다."고. 막 데리고 와가지고 그 얘길 해니까, "걔가 호랭이에 물려 갈 팔잡니다." 이러드래요. 그래서, "아! 이 어떻게 방법을 좀, 하느냐?"고 그러니까는 "그러믄 걔 아이를 나를 주세요. 그러믄 내가 살릴 수 있으니까는 주세요." 그러드래.

"아이 그럼 좋다."고. "데려가라."고. 이제 걔를 보고 그래서, "너, 이 대사님을 따라갈래?" 그러니까 또 따라간다고 그러드래요. 한 댓살 먹은 걸 데리고선, 그 인제 중이 가는 거야 이제.

아 산골이 어딜 가니까는, 산으로 내 올라가는데, 아무 것도 없었는데 아주 절이 딱 아주 지어지더래요. 그래서 인제 절루 들어갔대요. 이제 절루 들어가서 그 대사님하고 둘이 같이 살면서 날마다 이제…… 그 전에는 쌀을 얻으러 다녔잖아요? 쌀을 얻으러 날마다 이렇게 다니고 그러는데, 하루는 갔다 왔는데, "야, 오늘은 너 여기서 자지 말구 저 부처님 앞에 가서 자거라." 이러드래요.

그래서 그럼 할튼_{하여튼} 중이 시키는 대로 해야 되니까 걔는, 그래 부처님 앞에 가 인제 잤대요. 아, 그랬는데 뭐 아주 뭐 중이 한 댓 사람 들어오드니마는, "에이 오늘 우리가 한 번 먹을 고기를 놓쳤다. 놓쳤다." 그러드래요. 지네끼리. '아 그게 무슨 소린가?' 그러고 인자

이야기의 형태론과 통사 의미론

아주 부처님 앞에 들어가 있는데, 근데 나가는 데 보니까 다섯 사람
이 전부 꼬리가 달렸드래요. 다 호랑이드래.

그래서, '아 그래서 오늘 저녁에 부처님 앞에서……' 부처님 앞에
있으니까 잡아먹질 못했다는 얘기예요. 그래서. "아, 한 번 먹을 고
기를 놓쳤다."고. 놓쳤다고 자기네끼리 다섯이 그러드래요. 그러니
나가드래. 그래서 이제, '아, 이제 살았구나.'

인제 이러구서 있는데. 또, 메칠 또 댕기며 그렇게 또 쌀을 얻고
그랬는데 하루는 또 어딜 가니까…… 그 때는 이제 나이가 꽤 많이
먹었대요. 꽤 많이 먹어서, 아마 거나_{거의} 한 이십 살 가까이 먹었던
가 봐요. 그렇게 먹었는데, 또 고런, 또 고런 쪼꼬만 애를 또 하나 데
리고 왔드래요, 중이. 인제 둘이 같이 댕기지. 그러니까 스이가_{셋이}
다니지.

스이가 같이 다니는데, 어딜 가다가 중이 이러드래요. 인제 쌀을
얻으러 갔는데. "느네들 저기 저 집을 들어가서 쌀을 얻어오는데 할
튼 뭐 먹는 걸 주면은, 뭘 먹는 걸 주면은 먹질 말으라." 그러드래요.
그래서, "그럼 알았다."고

참 거기 쌀을 얻으러 갔는데, 참 먹는 걸 주드래요. 뭐 밥을 채려
서 이렇게 먹으라고 주드래요. 근데 걔, 그 한 사람은, 이제 먼저 그
쫓아간 애, 걔는 인제 벌써 다 그런 경험이 있으니까, 이렇게 들여다
보니까는 국에 손가락이 이렇게 뚝뚝 잘라진 게 있드래요. 근데 그
같이 간 그 학생은 거기서 분명히 들었는데도, 같이 들었는데도 밥

을 먹으면서 그걸 훌훌 마시드래. 그냥 막.

그래서 그 사람은 들여다만 보고 앉았었지, 먹질 않았대. 중이 시키는 대로 하니까. 먹질 않았는데, 아 그러고서 인제 그 사람은 쌀만 얻어가지고 그냥 나왔대요. 이제 그 사람보고 같이 가쟀는데 그 사람 벌써 이미 그걸 먹었기 때문에 안 나오드래는 얘기예요.

근데 그 집이 딸이 스셋이드래, 아주 이쁜 딸이 스이드래, 아주. 그런데 거기 뭐 어머니라는 작자가 나오더니, "아, 우리 사우 노릇 해라."고. 하 이러면서 "가지 말라."고. "이 밥 먹고 여기서 살면서 가지 말라."고. 그렇게 그러드래요.

그러니깐 그 사람은 사우 노릇을 할라고 그 국, 밥을 다 먹는데, 이 사람은 이렇게 보니까 그 손가락 뚝뚝 잘라진 게 있드래요, 국에. 그래서 안 먹고선, "나는 가야 한다."고. "나는 대사님 따라서 가야 한다."고. "쌀만 우선 달라."고. "나 가야 한다."고. 그러니까는 쌀을 주드래요. 그래 그 사람은 가자고 그러니까는 자기는, "난 싫다."고 이러드래. "난 그 사우 노릇 한다."고. "안 간다."고.

그래서 그러니 어쩔 수 있나? 자기 본인이 그러니까. 그래 그 사람은 인제 쌀을 얻어 가지고 막 대사님한테 냅다 뛰었대요. 뛰어가지고 가니까, "아, 걔는 왜 안 오니?" 그러니까, "아이 그 사람은 대사님 시키는 대로 국밥을, 밥을… 아니 음식을 주면 먹지 말라 그랬는데, 먹고 그 집에 사우 노릇 해라 그러니까 거기 있다."고 이러니까. "아, 내가 그럴 줄 알았다." 이러드래요, 벌써.

그러더니만 갈라고, 돌아설라고 하니까는, 그러니까 중 목걸이를 거기다 그러니까 놓고서 그냥 나왔드래. 아유, 이걸 염주를 거기다 놓고 왔드래요. "아, 그럼 빨리 가 그거 가져와라." 아 벌써 가니까는 그게 집이 아니라 바위 굴 속이드래요. 벌써, 바위 굴 속이고, 벌써 그 총각을 잡아서 스이가셋이 뜯어 먹드래요. 그래서 뜯어먹는 걸……. "아유, 나 여기다 염주를 두고 왔으니까 그거 좀 주세요." 그러니까는 벌써 '어흥~' 하고서 호랑이가 확 내치드래요. 아 그걸 들고서 막 중한테로 뛰어왔대요

이제. 그래서, "걔는 어떻게 됐디?" 그러니까는 "아유 벌써 잡혀 멕혔어요." 그러니깐, "내 그럴 줄 알았다." 이러드래. 그러니까는 걔 대신에 간 거야. 그러니까 대신에.

그래서 인제 그렇게 살아가지고서는 이렇게 또 어디야, 얼마간쯤 돌아다니까 보니까는 또 이러드래요. 인제 하루는 인제, "너하고, 너는 이제 다 커서 이거를 다 겪었으니깐, 넌 이제 집에 갈 때가 되고 나는 나대로 갈 때가 되었다." 이러드래요. "아 이게 대사님, 그게 무슨 말씀이냐"고 말이야, "나는 응, 대사님 나는, 쫓아댕기겠다." 그러니까. "아, 그런 게 아니다. 인제는 너 갈 길은 너 가고 나 갈 길은 나 가게 되어 있으니까는 너 갈 길은 널 가거라. 너는 집을 찾아가거라." 이러드래. "아유, 안 된다."고 그러니까 그냥 그 대사님이 그 자리서 없어져 버리드래. 그냥 그 자리서.

그러니 뭐 없어져버리니 쫓아갈 수가 있나? 그래서 이제 그러니

할 수 없이 쫓아갈래니 쫓아갈 수도 없고. 없어졌으니까 또 이미. 그래서 인제 터덜터덜 인제 집에를 찾아오는 거래요. 그러니 뭐 다섯 살 먹어서 갔으니 집엘 찾아오는 것도 그 얼마나 힘들겠어요, 그거? 얼마나 걸어서 또 오고, 또 와서 어디 가서 또 얻어먹고 자고, 또 얼마나 걸어서 오고 또 어디 가서 얻어먹고 자고, 인제 이래면서 인제 집엘 찾아오는데.

하루는 어딜 참 들어가니까는, 참 아주 부잣집에서 인제 밥을 얻어먹구 자갖구서 갈라구 들어갔는데, 참 그 집도 딸이 역시 스이더래요. 스이고, 그렇게 아주 부잣집인데 그 집서_집에서 머슴을 살라고 그러드래요. "우리 집서 머슴을 살으면은 우리가 잘 해주구 그럴 테니까, 할튼 밥도 잘 주구 그럴 테니까는 머슴을 살아."고.

인제 그 집, 그래 인제 (집을) 금방 찾지도 못해고 그러니까 인제 그 집에서 머슴을 살 거 아니에요? 엄마 아부지는 너무 어려서 떨어졌으니 금방 찾지도 못 해죠. 그래갖고 이제 그 집에서 머슴을 살면서 인제 이렇게 있는데.

그 큰 딸이, 큰 딸 둘째 딸은 아주 미워하드래요. 괜히로다 뭐 이렇게 미워하구. 응, 머슴을 미워하고 그리는데 그 막내딸은 아주 안 그르드래요. 뭐 밥도 잘 주고, 뭐 참 머리도 빗겨 주고 뭐 그르드래요 그렇게. 그 머리를 빗겨주는데 이 사람이 얼마나 잘 생겼느냐면 빗겨줬다가도 언니네한테 도로 뺏길까 봐 막 이렇게 휘저어놓고. 인제 그 자기 남편 삼을라고. 막 도로 빗겼다가 도로 막 이렇게 휘저어놓

이야기의 형태론과 통사 의미론

고 이러드래요.

그래서 이제 그렇거니 하고 사는데. 하루는 참……

인제 그러면서, 그 대사님이 참 헤어질 적에 뭘 옷을 한 벌 주드래요. "이거를 너는 필요헐 적에 옷 한 벌 하고선……." 그걸 내가 빼먹었네! 옷 한 벌하고 부채 하나 주드래요. 그러면서, "이 부채를, 이렇게 말을 타고 하나하나 펼치면은 하늘로 올라가고 그걸 탁탁탁탁 내리 펼치면은 내려오고 인제 이런다."면서 옷을 한 벌, 아주 새 걸 한 벌 주면서, 서로 헤어질 때 그렇게 하고 참 헤어졌대요.

인제 그걸 차곡차곡 쌓아다가 이제 옷을 갖다 놔두고. 인제 그 부채도 갖다 놔두고. 이제 그 대사님이 그렇게 참, "이거 하나하나 펼치면은 인제 하늘로 올라가고, 또 그 부채를 하나 하나 하나 접으면은 땅으로 내려오고 인제 이럴 테니깐 니가 이게 필요할 때 써 먹어라." 이렇게 주고선 없어졌대요.

이제 그걸 갖다 잘 싸놓고선 있는데…… 하루는 참 그 집이 친척 뭐 잔치라 그러드래요. 잔치라 그러는 데 뭐 다들 가드래, 뭐 잔치 구경을. 그래서 인제 그런데 그 큰딸은 뭐, "아유, 용용 죽겠니?" 뭐 이러면서 으음, "우리는 잔치 구경 가는데 너는 뭐 잔치……"

그러니깐 그 처녀들이 뭐라고 이름을 지었느냐면 '신바닥이'라고 이름을 지었대, 걔를. 인제 신바닥. 이름이 없으니까. "너 신바닥 같은 놈아, 너는 뭐 그 잔치 구경도 못 가고, 우리는 잔치 구경 가는데 이 신바닥 같은 놈아, 너 오늘 집 봐라." 뭐 이러면서 그러드래. 그래서,

"아이, 알았다."고. "누나들 갔다 오라."고.

이제 그러는데, 근데 지네자기네 엄마 지네 아부지 뭐, 큰딸들 둘 이렇게 다 갔는데, 막내딸은 가면서는, "아유, 신바닥님은 이거 혼자 집을 봐서 어떻게 합니까. 어떻게 합니까." 이러드래요. 아 그래서, "그러면 어떻게 하느냐."구. "그건 가야쥬. 아유 어서 갔다 오시라."구, "아가씨 어서 갔다 오시라."구. 그러니깐, "아유, 혼자 이렇게 집을 봐서 어떻게 하느냐."고 "어떻게 하느냐."고. 이러면서 할튼 가드래요. 그래서 인제 할튼 가더래요.

인제 자기 혼자 가만히 앉아서 생각을 하고 인제 참 찬밥이나 먹고 인제 앉아서 생각을 해서, "에이!" 가만히 생각해보니까 대사님이 고 얘기핸 대로 그 생각나드래. 들여다보니깐 부잣집이니까 말은 있고. "엣다 모르겠다!" 고 놈을 갖다 펼쳐놓고선 옷을 주워입고선, 머리를 참 빗고 참 대사님 시키는 대로 말을 하나, 아주 저 하얀 말이 있드래. 그러니까 아주 먹을 칠해서 껌은 말을 만들어놓고. 인제 주인 몰르라구. 껌은 말을 만들어놓고선 참 이놈이 거길 올라타고 부채를 한 살 한 살 펴니까 이게 하늘로 올라가드래, 이놈이.

아 그래 참, 그거 참, 아주 펼쳐가지고 이렇게 해보니깐 또 주욱 간다고 또 얘기를 해주길래 인제 그거를 타고 또 이렇게 펼치니깐 아주 주욱 그 잔칫집으로 가드래. 또 거길 가서 한 살 한 살 펼치면서 내려오니까는, 또 이렇게 이렇게 땅으로 내려오드래. "아이쿠나, 됐다!" 이러구 들어가지. 들어갔는지. 인제 얻어먹으러 간 거지. 사실

203

이야기의 형태론과 통사 의미론

은 그렇게.

"아! 하늘에 선녀님_{선관님} 왔다."구. 뭐 아주 볶아치고 잔치집에서 뭐, 갖다 채려주고 뭐 아주 야단을 하드래요. 아, 그래서 거기서 아주 잘 얻어먹었대. 그런데 그 막내딸은 뭔가 벌써 눈치를 챘는지 지제 손가락을 깨물어가지구서 등어리에다가 딱 이렇게 점을 찍어 놨드래잖아? 자기도 모르는 사이에.

그래 놓고선, "아, 그럼 나 이제 하도 선녀님이라고 다 먹었으니 간다."고. 그러니까 또 한 보따리 싸 주드래요. "가져가 먹으라."고, "선녀님." "아, 좋다."고. 그럼 또 한 보따리 싸 가지고 이러고선 그놈의 부채를 또 이렇게 이렇게 이렇게 저기 펼치니까 또 하늘로 이렇게 올라가드래. "아, 선녀님 잘 가시라."고 모두.

그 인제 집으로 주욱 타고 와서 도로 또 이렇게 한 살 한 살 펼치니깐 도로 주욱 내려와 떨어지드래요. 아 그래가지고 얼른 옷을 벗어다가 인제 갖다 착착 개서 인제 그 부채하구 갖다 두고, 말은 또 얼른 물에다 막 빨아가지고 하얀 말을 만들어서 인제 도로 갖다가 인제 거기다가 집어넣고.

인제 이래고선 참 집을 보고 앉아 있으니까는, 아 막 오면서 뭐 그러드래. 큰딸들 둘이도 오면서 그러드래. "아유, 신바닥 같은 놈아! 이놈아! 우리는 오늘 하늘 선녀님 봤는데 말이야, 너는 이놈아 말이야 집구석에서 하늘 선녀님도 못 봤지?" 이러면서 그러드래.

그렇거니 인제 그러고서 인제 있는데, 그 막내딸은 싱글싱글 나중에 웃으면서 들어오더니만 자꾸 보고서 싱글싱글 웃더래. 그래더니마는 저녁에 와서 그러드래. "그 옷 좀 보자."고 말이야. "아유, 무슨 옷을 보재느냐."고 "무슨 소리를 하느냐."고 이러니깐, "아이, 그 얘기 말라."고. "난 다 안다."고, "옷 좀 보자." 그러드래. 그래서, "아니라."구. "난 아직 아무 데도 갔다 온 거 없이 오늘 아주 하루 종일 이렇게 집 봤다."고 그러니까, "아니라."고 아주. "나를 속이느냐."고 아주 그냥. 옷 좀 봐주래고보여주라고 그러드래 아주. 나중엔 참, 자꾸 그러다 그러다 인제 할 수 없이 참 옷을 갖다가 벗기니까 꼭 손을 깨물어가지구 이렇게 등어리에다가 찍어났드래잖아? "여 봐라."구. "여기 내가 표시해 논 거 보라."구.

그러면서 인제, 그래니까는 인제 그 사람허구 그 막내딸허군 인제 가까워진 거래요. 서로가 이제 가까워져가지고 인제 저녁으로 들어가가지고 얘기도 같이 해구 뭐 이래. 이래니까는 언니들이 그걸 알구선 엄마 아부지한테다가, "쟤네들 큰났다."구 말이야. "저 신바닥하구 인제 같이 저렇게 있으니 저걸 우리 양반의 집에서 그냥 둘 수 있느냐? 그러니까 저 놈들을 죽여야 한다." 이렇게 그러드래요.

그러니까는 엄마 아부지도 그 양반의 집에서 그거 진짜 아주 안 좋은 거잖아요? 옛날엔 그런 거 아주 엄격하게 따졌으니까. 그래서, "그럼 죽이자."구. 그래 바깥에다가 문을 갖다 딱 걸어매놓고설라매 불을 싸 놓드래요, 거기다가. 둘이 들어가서 얘기를 하는 동안에. 밤에.

이야기의 형태론과 통사 의미론

그래서, "아, 이거 큰났다. 우리가 살아야 하겠는데 불을 싸 놨으니 이제 살 도리가 없지 않느냐?"고. 그러니깐 그 사람이, "우리가 그래도 살 방법은 있다." 자기가 일꾼으로 있었으니깐 인제 호미를 방에다 갖다 놨드래요. 호미를 막 긁고 방바닥을 뜯어가지고 둘이서 굴뚝으로 기어나왔대요. 둘이 그걸 뜯고서 기어나와가지고선, "엣다, 모르겠다!" 그 옷을 얼른 주워입고설라매, "뒤에 타라." 그래가지고 뒤에 타고서 참, 그 부채를 또 한 살 한 살 펼치니깐 하 이렇게 막 올라가거든.

아 그러니깐 저 놈이 인제 보니까는 응, 신바닥인 줄 알았더니 저 놈이 뭐 하늘님, 저 뭐야? 그게 뭐야? 그야말로 저거선관; 선녀라구. 아 두 이 형제가 인제, "하! 그러는 걸 우리 몰랐다."고 말이야. 이러면서 쳐다보드래, 둘이서. 그래 자꾸 올라가니까 아, 지붕에 올라가지고서 응? 아 인제 지붕꼭대기 또 올라가서 더 좀 볼라고 지붕 꼭대기 올라갔다가 그 두 여자는 떨어져서 죽었대요 거기서. 그래서 지붕에 그 뭐야? 버섯 나잖아요? 그게 혼이라고 그러대요.

그래서 그 남자하고 그 둘은 타고선 가가지고 지네 집을 이제 찾아갔대요. 그걸 타고선. 인젠 들어가니까는 두 노인네가 앉아서 울면서 그러드래요. "아유, 남들은 저렇게 장개를 들어가지고 두 부부가 저렇게 처갓집을 가나 지네 집을 가나 저렇게 지내는데 우리 걔는 어딜 가서 안 오고 있나?" 이러면서 둘이 울고 앉았더래요. 두 노인네가.

그래서, 자기가 인제 그 얘기를, 그러고 우는데 들어가서, "어머니,

저 왔습니다." 그러니깐, "아이구, 무슨 소리냐."구 말이야. "나를 보고 어머니라니 그게 무슨 소리냐?"구 그래니, "아니라."고. "내가 아무정께 그 대사님이 데려간 그 누구라."고 그러면서 그러니까, "아이구, 그러냐."구. "나는 그래두 이렇게 죽은 줄 알았드니만 살아왔구나." 이러면서, 그 엄마가, 그 엄마 아부지가 그렇게 좋아서 그러드래요.

그래서 그 둘이 그렇게 해가지구 잘 살았다는 옛날얘기예요.

최고라고 하기는 어려우나 전체적으로 민담에 어울리는 구술이 무난히 잘 수행된 경우다. 편안하고 유쾌하게 즐길 수 있었을 것으로 믿는다. 좀 더 분석적인 읽기를 원한다면, 다시 한 번 찬찬히 재음미해보는 것도 좋겠다. 어떤 화소가 어느 지점에서 어떻게 제시되는지, 기능과 단락소에 해당하는 요소는 무엇인지, 서사단락이 어떻게 연결되어 시퀀스를 이루며 시퀀스는 서로 어떻게 연결되는지, 두루 헤아리면 좋을 것이다. 과연 이 설화의 서사적 화두는 본문에서 설명한 바와 같은지, 서사적 화두가 어떻게 이야기의 심장 내지 맥박 구실을 하면서 제반 요소를 통합하여 주제적 의미를 살려내는지도 관심 깊게 살펴볼 사항이 된다.

그렇게 설화 내용을 충분히 음미하여 자기 것으로 소화한 다음에 할 일은? 이 설화를 오롯한 '나의 이야기'로서 누군가에게 들려주는 일이다. 거듭되는 말이지만, 설화는 구술될 때 본연의 가치를 발현하게 된다.

설화 서사문법의 창작적 적용

설화의 서사문법 내지 원리는 단지 옛이야기 텍스트 분석에만 적용되는 바가 아니다. 그것은 현대 문화예술 작품에도 유효하게 적용할 만한 보편성을 지닌다. 아울러 그것은 스토리 관련 기획과 창작 등에도 유력하게 원용할 수 있다. 만약 누군가가 오롯한 설화적 서사를 훌륭히 창작해낼 수 있다면 아주 대단한 일이 될 것이다. 그것은 최고의 원천 스토리 구실을 할 수 있다. 설화 특유의 서사문법에 현대적인 상상력이 잘 결합될 경우 전통설화보다 더 재미있고 가치 있는 담화가 될 가능성도 열려 있다.

문제는 설화다운 설화의 창작이 그리 쉽지 않다는 사실이다. 설화의 문법에 익숙지 않은 사람들로서는 더욱 그러하다. 하지만 설화의 서사문법을 익혀서 이야기다운 이야기를 창작해내는 것은 불가능한 일이 아니다. 그 가능성은 여러 방면으로 널리 열려 있다. 김정은 같은 연구자가 이미 이 방면에서 유효한 성과를 내고 있는 중이다. 그가 대학생들과 함께 수행한 설화 만들기는 각자의 삶의 이야기를 반영한 창작 작업이었다. 그것을 설화의 서사문법에 맞추어 하나의 이야기로 풀어내는 것이었는데, 완성된 이야기 가운데 흥미롭고 유의미한 것들이 꽤 많았다고 한다.[11]

김정은이 서사문법을 활용해서 이야기 창작 작업을 수행한 프로세스를 소개하면 다음과 같다.[12]

1. 설화서사 이해 단계	• 낯선 상상의 세계를 통한 세상보기 • 핵심화소를 찾아 상징적 의미 짚어내기 • 대립구조 분석을 통한 서사적 화두 찾기 • 순차적으로 구조화된 서사과정 분석하기
2. 설화와 자기서사 연결 단계	• 자기의 핵심문제와 설화의 화소 연결하기 • 설화에 빗대어 자기문제의 대립자질 추출하기 • 설화적 순차구조로 핵심 경험 배치하기
3. 자기서사의 허구적 서사화 단계	• 자기문제를 반영한 핵심 화소 설정하기 • 화두로 상징적이고 대립적인 구조 만들기 • 설화적 짜임새를 가진 순차구조 만들기
4. 구체적 이야기의 서술 단계	• 낯설고 신이한 배경 설정으로 대상화하기 • 특징이 분명한 행동하는 인물로 표현하기 • 꼭 필요한 사건으로 속도감 있게 진행하기 • 들려주기식 문체로 풀어내기
5. 이야기 소통을 통한 성찰 단계	• 피드백을 통한 수정과 발표

도표에서 볼 수 있듯이, 설화의 서사문법에 대한 기초적 이해 과정을 거쳐 각자의 자기서사를 설화와 연결시켜 화소 및

이야기의 형태론과 통사 의미론

구조를 설정하고 그것을 구체적 이야기로 펼쳐나가는 방식의 작업이다. 순연한 허구적 이야기 창작이 아니라는 점에서 전형적 설화와 차이가 있으나, 자기 문제를 반영한다는 점에서 경험적 진실성에 입각한 서사적 무게감을 확보할 수 있다는 장점도 지니고 있다. 완전한 상상의 이야기를 만드는 작업보다 좀 더 쉽게 참여자들의 관심을 이끌어내고 소재와 화두를 찾도록 하는 효과를 낼 수 있었다. 다수의 참여자가 스스로 만든 이야기에 만족스러워했고 기꺼이 그것을 들려주어 호응을 얻어냈다고 하니, 설화 창작이 멀리 있는 일이 아님을 이를 통해 확인할 수 있다.

이에 더하여 창작의 다른 원리나 프로세스를 따로 제시하지는 않는다. 위의 과정을 응용함으로써, 그리고 이 책에서 함께 점검해온 설화의 서사문법을 창조적으로 적용함으로써 유효한 길들을 찾을 수 있을 것으로 믿는다. 강조할 바는, 언제라도 기법보다 본질이 중요하다는 사실이다. 그리고 서사의 핵심 동력과 주제적 의미가 오롯이 살아나서 힘을 발휘해야 한다는 것이다. 화소와 순차구조, 대립구조, 서사적 화두, 서술방식 등에 두루 해당하는 사항이다. 그 출발은 설화의 서사문법을 몸에 익혀 설화라는 특별한 언어를 잘 구사하는 일일 것이다.

스토리텔링 원론

6

사
례
탐
구
∶∶
이것이 이야기다!

짧은 이야기, 큰 울림:
〈고집쟁이 아이〉

———

여기 한 편의 이야기가 있다. 제목은 〈고집쟁이 아이Das eigensinnige Kind〉KHM 117. 그림형제 민담 가운데 가장 짧은 축에 드는 이야기다. 그 전문은 다음과 같다.[1]

옛날에 고집이 아주 세서 엄마가 원하는 일을 절대 안 하는 아이가 있었다. 신은 그 아이한테서 아무 희망을 보지 못하자 병을 내렸다. 어떤 의사도 아이를 도울 수 없었고, 아이는 죽음을 맞이했다. 아이를 무덤 속에 눕히고 흙을 덮을 때였다. 흙 위로 작은 팔이 튀어나와서 뻗쳐올랐다. 팔을 밀어 넣고 흙을 덮으려 했지만 팔은 자꾸 밖으로 튀어나왔다. 아이의 엄마가 무덤으로 다가가서 회초리로 팔을 때

213

려야만 했다. 엄마가 때리니까 팔이 안으로 들어갔다. 아이는 땅속에 조용히 잠들 수 있었다.

꽤나 황당해 보이는 이야기다. 죽어서 묻힌 아이가 흙 속에서 팔을 뻗쳐 올리는 일도 그렇거니와, 그 팔을 엄마가 회초리로 때리는 대목에서 아연실색하게 된다. '엽기적'이라는 표현이 어울리는 상황이다. 그렇게 하자 아이가 땅속에 조용히 잠들었다는 결말은 또 무언지. 그렇게 해서 잘 되었다는 말일까?

아이 키우는 부모들한테 들려주면 누구나 눈이 휘둥그레지는 이 이야기에 대해 나는 "참 좋은 이야기예요. 엄마는 저렇게 해야 해요!" 하고 말한다. 말 그대로다. 부모는 저렇게 해야 한다. 아이의 팔을 사정없이 때려서 무덤 속에서 영원히 잠들도록 해야 한다. 그래야 평화가 찾아온다.

이 민담의 순차구조를 분석 정리하면 다음과 같다.

문제 상황_{고집} → 해결의 계기_{신이 내린 병} → 1차적 해결_{땅에 묻음} → 위기 발생_{땅에서 솟은 팔} → 해결의 시도_{엄마의 매질} → 온전한 해결_{깊이 묻힘}

정리해놓고 보면 그럴듯하지만, 그 결과가 '아이의 죽음'이라는 데 함정이 있다. 아이가 죽어서 묻힌 것을 온전한 해결로 볼 수 있는가의 문제다. 엄마 말을 안 듣는 아이라고 해도 그렇지,

이건 너무한 것 아니냐고 생각할 수 있다. 그것은 기성세대의 억압적이고 폭력적인 이데올로기를 연상시키기도 한다. 윤리도 좋다지만 아이가 죽어버린다면 그게 다 무슨 소용이란 말인가.

이 설화 해석의 관건은 '아이 묻기' 화소의 서사적 상징을 읽어내는 데 있다. 지금 사람들이 땅에 묻고 있는 것이 누구인가 하면 그냥 아이가 아니라 '고집쟁이' 아이다. 저 아이는 완전한 고집의 존재다. 신이 포기했다는 표현에 그 상황이 함축돼 있다. 세상 어느 누구의 말도 안 듣고 제 고집대로만 하려는 아이. 이거 어떻게 해야 할까? 그대로 두는 것이 답? 그렇지 않다. 그 고집을, 몸에 밴 잘못된 습벽을 잡아야 한다. 그래야만 평화로운 삶이 가능하다. 가족도, 세상도, 그리고 저 아이 자신도! 사람들은 지금 그 일을 하고 있는 중이다. 요컨대 이 설화의 핵심 대립항은 아이 자체에 있다. 일컬어 아이의 두 얼굴. 그 의미적 대립항을 도표로 나타내면 다음과 같다.

고집에 포획된 아이 (존재 A)	독단의 존재	현상 (현재적 습성)	사회악	병리	현실 (극복 대상)
고집을 벗어난 아이 (존재 B)	공생의 존재	본질 (본래적 자질)	공동선	치유	이상 (추구 대상)

보는 바와 같다. 지금 이야기 속에서 사람들은 독단적·병리적 존재(A)를 묻고 있는 중이다. 그들이 본래적 자질이라고 믿고 있는 공생의 존재(B)로 나아가기 위해서다. 그것은 곧 아이를 위하

는 일이며 사회의 공동선을 구현하는 일이다. 모순적 현실을 변혁하는 길이다. 요컨대 이 설화는 다음의 화두에 대한 서사적 응답이라 할 수 있다.

몸에 밴 병리적 습성은 어떻게 처치해야 치유될 수 있는가?

한 존재를 포획한 신체화된 습벽이란 얼마나 고치기 어려운 것인지. 그것은 땅속에 묻혀서도 팔을 내민다. 이때가 분수령이다. 마음이 약해져서 그 팔을 잡아주는 순간 게임은 끝난다. 그렇게 살아난 존재 A, 더욱 강력해져서 수습 불가한 상태가 된다. 눈 딱 감고 모질게 내리쳐야 한다. 그가 가장 믿고 있을 존재인 '엄마'가 나서야 한다. 그래야만 병리는 치유되고 정의와 이상은 실현될 수 있다. 이야기 속의 엄마, 그 일을 해낸다. 그리하여 문제의 온전한 해결을 이룬다. 훌륭하지 않은가!

이 이야기가 구체적으로 문제 삼는 것은 한 명의 고집쟁이 아이다. 하지만 그 자리에는 다른 대상이 폭넓게 들어갈 수 있다. 독단이나 습벽, 병리, 사회악 등의 의미자질을 지닌 모든 것들이 두루 어울린다. 알콜중독이나 도박중독, 체화된 폭력 등이 들어갈 수 있으며, 고착화된 사회적 적폐 같은 것을 거기 넣어도 딱 들어맞는다. 적폐를 청산하는 데 주저함이 있어선 안 된다. 제대로 단죄해서 땅속에 완전히 파묻어야 한다. 다시는 검은 손을 내밀지 못하도록 말이다.

의미 심장! 짧은 이야기가 주는 크고 긴 울림이다.

텍스트의 안과 밖 사이: 〈아기장수〉

한국에서 가장 많은 자료가 보고된 이야기는 무엇일까? 아마도 그건 〈아기장수〉일 것이다. 〈아기장수〉는 전국 각지에서 수백 편의 자료가 보고돼 있다. 지난 시절 시골 사람들 가운데 이 전설을 모르는 사람은 거의 없었다고 봐도 좋다. 이야기를 보자면 내용은 무척 단순하다. 그 서사를 핵심적으로 정리하면 다음과 같다.

A. 예전 한 마을에 가난한 사람이 살았다. **[문제적 상황]**

B. 그 집에서 아기가 태어났는데 알고 보니 겨드랑이에 달린 날개 장수였다. **[변혁의 계기]**

C. 부모는 후환이 두려워 무거운 물건으로 아기를 눌러 죽였다. **[변혁 가능성 말살]**

D. 용마가 나타나서 슬피 울다가 물에 빠져 죽었다또는 울다가 사라졌다. **[모순의 확인]**

E. 마을에 지금도 그 연못또는 장수바위 등이 남아 있다. **[아픈 역사의 증거]**

이야기는 앞의 〈고집쟁이 아이〉와 비슷하게 자식을 죽여서 밀친 부모에 대해 말하지만, 그 맥락과 함의는 전혀 다르다. 이 아이는 밀쳐서 묻어야 할 대상이 아니라 감싸서 키워야 할 대상이었다. 이야기 속의 장수는 하늘이 낸 신령한 구원자로서 속성을 지닌다. 세상을 변혁할 소명을 지니고 태어난 무한 능력을 품수받고서 태어난 존재가 저 아기장수다. '변혁'과 '모순', '역사' 등을 단락소로 뽑은 것은 그 때문이다.

이야기는 하늘이 낸 그 신령한 구원자를 사람들이 죽였다고 한다. 다른 사람도 아닌 그를 낳은 부모가 말이다. 가장 가까이에서 지켜줘야 할 사람이 나서서 그를 살해한 상황이다. 이 극단적 모순에 얽힌 의미적 대립항은 다음과 같이 정리할 수 있다.

부모	일상적 존재	피구원자 (어둠)	보호 의무자	과거 (구세대)	포기
아기장수	신령한 존재	구원자 (빛, 희망)	보호받을 사람	미래 (신세대)	좌절

부모가 장수를 죽인 것은 일상적 존재가 신령한 존재를 범한 일이고, 피구원자가 구원자를 배반한 일이며, 어둠이 빛을 덮은 일이다. 보호 의무자가 보호받을 사람을 해치고, 과거가 미래를 말살한 상황이다. 그 결과가 어떠한 것일지는 너무나 명확하다. 무참한 좌절이 있을 따름이다. 그렇게 하나의 '흑역사黑歷史'는 한 집안을 넘어서 한 세상으로 확장되어 결정적으로 완성된다. 용마

의 울음으로 표상되는 쓰라린 회한과 자책을 남긴 채로.

이것이 이 설화에 서사화된 민중의 역사다. 나서서 지켜주지 못할망정 스스로 희망의 싹을 짓밟은 굴종과 좌절의 역사. 전설 특유의 비극적 세계인식을 반영한 의미요소다. 이에 대하여 다수 연구자들은 이 설화가 무력한 패배감을 확인하는 것이라고 말하지만, 나의 생각은 좀 다르다. 사람들이 저 쓰라린 패배를 말하는 것은 우리는 어쩔 수 없는 존재라고 하는 자기비하를 위해서라고 생각하지 않는다. 그 아픈 과거를 되새기면서 스스로 거듭나기 위해서라고 생각한다. 다시 그렇게 좌절하지 않기 위해서 슬픈 좌절을 이야기한다는 것이다. 요컨대 이 전설의 궁극적 의미는 텍스트 안이 아니라 텍스트 밖에 있다는 것이 나의 해석이다.[2]

전설 (텍스트 안)	과거	눈앞의 안위	무력한 포기	쓰라린 좌절
현실 (텍스트 밖)	현재-미래	? (미래적 희망)	? (장렬한 저항)	? (구원의 실현)

이야기 텍스트는 과거의 역사를 말한다. 그 속에서 사람들은 눈앞의 안위에 연연한 결과로 쓰라린 좌절을 겪는다. 자기 안의 두려움과 패배감이 무력한 포기로 이어져 희망을 무너뜨린 상황이다. 그 상황을 내보이면서 이야기는 텍스트 밖의 사람들한테 묻는다. 만약 비슷한 상황이 현실로서 닥쳐오면 어찌하겠느냐고,

사례 탐구: 이것이 이야기다!

너희 집에 장수가 태어난다면 어찌하겠느냐고 묻는다. 다음과 같은 화두다.

과연 우리는 쓰라린 과오를 되풀이하는 대신 모든 것을 걸고서 변혁의 희망을 지킬 수 있는가?

〈아기장수〉 텍스트는 이 질문에 대한 답을 드러내 말하지 않는다. 도표에 물음표로 표기한 것은 그 때문이다. 하지만 사람들은 이야기가 무거운 침묵 속에서 천둥처럼 답을 말하고 있음을 알고 있다. 이야기는 말한다. 우리가 돌봐야 할 것은 눈앞의 안위가 아닌 미래적 희망이라고. 무력한 포기가 아닌 장렬한 저항이 우리의 길이라고. 그렇게 하면 그 어느 날 거짓말처럼 세상은 훌쩍 바뀌고 마침내 구원은 실현될 것이라고. 사람들은 아기장수를 가슴에 품은 채, 그 희망 그 신념으로 엄혹한 세상을 관통해 온 것이었다.

파멸과 부활의 기로에서 1:
〈장자못〉

한국에서 가장 많은 자료가 보고된 설화가 〈아기장수〉라면 두 번째는 무엇일까? 내가 알기로는 〈장자못〉이다. 한 부자가 스님을 박대했다가 망해서 그 집이 연못이 됐다는 이야기. 한국은 물론 세계적으로 비슷한 사연이 널리 전해오는 전설이다.

A. 어떤 마을에 인색한 장자와 착한 며느리가 살았다.
B. 스님이 찾아와 시주를 청하자 장자는 바랑에 두엄을 퍼부으면서 내쫓았다.
C. 장자의 며느리가 몰래 쌀을 퍼다가 스님한테 바치면서 사죄했다.
D. 스님은 며느리한테 곧바로 집을 나와서 길을 떠나라고 했다.
E. 가는 길에 어떤 일이 있어도 뒤를 돌아보면 안 된다고 했다.
F. 며느리는 산마루를 올라가다가 요란한 소리가 나자 뒤를 돌아봤다.
G. 장자의 집이 벼락에 함몰하여 물바다가 되고 있었다.
H. 뒤를 돌아본 며느리는 그 자리에서 돌바위이 되었다.
I. 그때 생겨난 연못과 바위이 지금까지 마을에 남아 있다.

얼핏 이 이야기는 그리 특별할 것이 없어 보인다. 악행을 저지르던 부자가 천벌을 받아 망했다는 인과응보식 결말이 윤리적 교훈을 주는 이야기다. 하지만 이 이야기 속에는 '장자의 서사'만 있는 것이 아니다. '며느리의 서사'가 또 한 축을 이루고 있다. 두 서사가 복합적으로 맞물린 구도다.

사례 탐구: 이것이 이야기다!

장자의 서사: 모순 잠복 상황[A] — 모순의 노출[B] — 징벌과 파멸[G]
— 흑역사의 증거[I]

+

며느리의 서사: 모순 잠복 상황[A] — 극복의 시도[C] — 극복 방법
인지[D] — 금기[E] — 위반[F] — 극복 실패[H] —
흑역사의 증거[I]

정리한 바에서 잘 드러나듯 둘 가운데 더 복잡하고 문제적인
것은 며느리의 서사다. 그는 착한 인물로 말해지지만, 인색한 장
자와 결부된 존재라는 점에서 모순이 잠복된 상황이다. 그는 적
극적 사죄와 선행을 통해 모순 탈피를 통한 극복 가능성을 얻었
으나, 금기로 제시된 조건을 충족하지 못해 좌절하고 만다. 며느
리바위는 장자못과 저만치 떨어져 있지만, 그 또한 연못과 더불
어 비극적 역사의 한 증거로 기능하고 있다.

이야기 속의 며느리는 두 개의 세계 사이에 놓여 있다. 장자의
권세가 지배하는 공간으로서의 집안과 스님의 법도가 통용되는
공간으로서의 산밖이다. 그 의미적 대립항은 다음과 같다.

장자/집(안)	세속	문명	말단	타락	익숙	퇴영	편안	과거	죽음/파멸
며느리									
스님/산(밖)	신성	자연	본원	순수	낯섦	변혁	불안	미래	생명/부활

이야기 속에서 장자와 스님은, 그리고 그들이 속한 집과 산이라는 공간은 속성이 뚜렷이 대비된다. 장자가 살고 있는 세속적 문명 공간으로서의 집은 늘 그렇듯 익숙하고 편안하지만 이기적 욕망이 지배하는 말단적 타락의 공간이다. 거기 머무르면 죽음과 파멸을 면할 수 없다. 장자는 그 늪에 완전히 함몰된 자이거니와, 며느리는 거기 반쯤 발을 담근 자에 해당한다. 그녀는 스님과의 접속을 통해 그곳을 탈피하여 자연적이고 본원적인 신성 세계로서의 산으로 갈 기회를 부여받는다. 그리 나아가는 길은 생명과 부활이 기약된 변혁의 길이었다. 하지만 그것은 낯설고 두려운 길이기도 했다. 어떤 곳일지 바이 알 수 없는 미지의 길. 그리고 나아갈 수 있는 이는 저 혼자뿐. 이야기는 저 며느리에게, 그리고 사람들에게 이런 질문을 던지고 있는 중이다.

부조리의 늪에 포획된 상황, 그대는 익숙한 모든 것을 내려놓고 그로부터 탈피할 수 있는가?

이 질문을 더 일반적·적극적으로 표현하면 다음과 같다. 내가 생각하는 〈장자못〉 설화의 서사적 화두다.

모순된 과거적 삶을 벗어나 존재적 변혁을 이루려면 우리는 어떻게 해야 하는가?

사례 탐구: 이것이 이야기다!

이 화두에 대한 서사적 답은 텍스트에 구체적으로 나오지 않는다. 과거적 삶을 벗어날 수 있는 기회에서 뒤를 돌아보아 주저앉은 연약한 여인의 슬픈 모습을 보여줄 따름이다. 하지만 그 여인은, 어쩌면 벗어남에 성공한 사람보다 더 크고 무거운 울림으로써 우리에게 말한다. 돌아보면 안 된다고. 과거에 연연해서는 안 된다고. 그런 돌아봄의 귀결이란 존재의 절멸일 따름이라고.[3] 그리하여 나는 이 설화 속의 '돌아보지 말라'는 금기가 곧 '신神의 계시'라고 믿는다. 우리를 구원하기 위해 부여된.

최근에 〈장자못〉에 대해서 학생들과 얘기를 나누다가, 거기 담긴 놀라운 의미요소 하나를 새로 발견했다. 장자의 집이 변해 생긴 연못과 관련한 것이다. 일부 자료는 그 연못에 지금껏 맑은 물이 흘러넘쳐 사람들이 그 물을 쓰고 있다고 말하고 있거니와, 이는 증거물 차원의 의례적 서술이라고 할 바가 아니었다. '장자의 집'과 '연못' 사이에 심장한 의미적 대립이 작용하고 있는 터다.[4]

장자의 집	문명	말단	타락	소유	개인	잠정	구속	갈등	죽음/파멸
인간/인류									
연못	자연	본원	순수	존재	공동	영속	자유	평화	생명/부활

보는 바와 같다. 인간/인류는 저 두 개의 공간 사이에 서 있다. 지금 그들이 어느 편에 발을 담그고 있는가 하면 아마도 9할 이상 장자의 집 쪽일 것이다. 땅에 금을 그어 울타리를 친 뒤 배타적

소유물로 삼아서 외부인의 작은 근접조차 불허하는 세상. 수단방법을 가리지 않고 소유를 늘려서 남들 위에 군림하려는 사람들. 이야기가 말하는 그 필연적 도달점은 무엇인가 하면 구속과 갈등이고 파멸과 죽음이다. 그 부귀 영화, 영원할 것 같지만 잠깐일 따름이다. 파멸은 한순간에, 거짓말처럼 온다. 저 장자에게 그랬던 것처럼. 온 존재가 늪에 빠져들기 전에 울타리를 허물고서 본연의 자리로 돌아와야 한다. 신이 부여한 본원적 자연과 순수의 세계로. 나누어 함께 누리는 진정한 자유와 평화의 세상으로.

〈장자못〉이 놀라운 영감과 계시의 서사임은 짐작했었지만, 거기 자본주의적 삶의 모순성을 근원적으로 돌아보게 하는 계시가 깃들어 있음은 미처 예상치 못했던 바였다. 그것은 오롯한 현재의 이야기이고 미래를 위한 스토리였다. 원형적이고 계시적인 스토리! 과연 우리 인류는 존재적 변혁을 이루어 생명과 부활의 길을 향해 나아갈 수 있을까?

파멸과 부활의 기로에서 2:
〈소돔성의 멸망〉

10여 년 전 신약성서에 들어 있는 계시적인 이야기들을 보면서 언제 한번 그에 대한 서사적 상징 분석을 해보리라 생각했었다. 이제 신약이 아닌 구약의 이야기를 대상으로 하나의 시험적 분석

225

을 해본다. 〈장자못〉과 무척 비슷한 구조를 지닌 〈소돔성의 멸망〉
이 그것이다. 「창세기」 18~19장에 걸쳐 있는 이야기다. 설화식으
로 스토리를 정리하면 다음과 같다.

어느 뜨거운 날 아브라함이 장막 문에 앉아 있다가 눈을 들어 보니
맞은편에 사람 셋이 서 있었다. 그는 그들이 천사임을 알고 급히 영
접하여 나무 아래서 쉬도록 하고 떡을 만들어서 우유와 함께 바쳤다.
세 사람은 떡을 먹은 뒤 아브라함의 노쇠한 아내 사라에게 아들이
생길 것임을 예언했다.

그들이 소돔으로 떠난 뒤 여호와는 소돔과 고모라의 죄악이 무거
워 그것을 멸망시킬 것임을 알려주었다. 아브라함이 거기 사는 의인
들을 함께 멸함이 부당하다고 하자 여호와는 만약 의인 50명이 있으
면 성읍을 멸하지 않으리라고 했다. 아브라함은 여호와에게 간청하
여 의인이 열 명만 돼도 그곳을 멸하지 않겠다는 약속을 받았다.

저녁 때 두 천사가 소돔에 이르자 롯이 성문에 앉아 있다가 그들
을 집으로 영접하여 음식을 대접했다. 그들이 눕기 전에 소돔 백성
들이 집을 에워싸고 롯에게 나그네들을 내보내 자기들과 상관할 수
있게 하라고 했다. 롯이 자기 두 딸을 대신 내줄테니 그들을 범하지
말라고 했으나 사람들은 롯을 밀치며 문을 부수려 했다. 천사들은
롯을 안으로 들인 뒤 문밖 사람들의 눈이 멀도록 했다.

천사들은 롯에게 곧 성을 멸할 계획을 알리며, 자녀 등을 성 밖

으로 데리고 가라 했다. 롯이 두 딸과 사윗감에게 그 말을 하자 사위들은 허언으로 여기며 무시했다. 천사는 롯을 재촉하여 아내와 두 딸과 함께 성 밖으로 내보낸 뒤 뒤를 돌아보지 말고 산으로 떠나라 했다. 롯이 산으로 가기 어려운 사정을 말하자 뒤에 소알성으로 불리게 된 작은 성읍으로 들어가게 했다. 롯이 소알에 들어갈 무렵에 해가 떠오르자 여호와는 유황과 불을 소돔과 고모라에 비같이 내려서 거기 사는 모든 백성과 땅에 난 것들을 멸했다. 그때 롯의 아내는 뒤를 돌아보았으므로 소금 기둥이 되었다.

아브라함이 아침에 일어나 살펴보니 소돔과 고모라에 온통 연기가 치솟고 있었다. 여호와가 그곳을 멸할 때 아브라함을 생각하여 롯을 내보내 살아나게 한 것이었다.

여호와와 천사가 등장하고 신의 지엄한 징벌이 부각되는 등 보통의 설화와 느낌이 사뭇 다른 면이 있지만, 그 서사적 상징은 질적으로 다르지 않다. 우리는 이 이야기를 〈장자못〉과 마찬가지로 두 개의 질적으로 다른 세계 사이에 놓인 인간에 대한 서사로 읽을 수 있다. 다음과 같은 구도가 된다.

소돔성	문명	말단	타락	소유	개인	잠정	구속	갈등	죽음/파멸
인간/인류									
산/소을성	자연/새문명	본원	순수	존재	공동	영속	자유	평화	생명/부활

보는 바와 같이 구체적 지명이 다를 뿐, 의미적 대립항은 거의 정확히 일치한다. 〈소돔성의 멸망〉에서 자연으로서의 산을 대신하는 대안적 공간으로 소을성이라는 또 다른 문명적 공간이 제시되고 있다는 점이 다를 뿐이다(실은 〈장자못〉에서도 '산' 대신 '절'이 제시되기도 한다. 그리고 롯과 두 딸은 뒤에 산으로 올라갔다고 되어 있다).

〈소돔성의 멸망〉은 그 두 개의 세상 사이에 선 인간의 모습을 크게 세 부류로 나누어 서사화한다. 〈장자못〉에서 장자와 며느리 등 두 종류의 인간형이 제시됐던 것과 구별되는 지점이다.

타락과 죄악에 갇힌 삶	소돔성 주민들	롯의 사윗감
두 세계의 경계에서 방황하다 주저앉는 삶		롯의 아내
타락과 죄악을 벗어난 삶	롯	롯의 두 딸

이야기 속에서 소돔성 주민들과 롯은 선명한 대비적 관계에 있다. 롯이 신의 뜻을 따르고 진실을 알아보는 존재로서 본연의 신성을 지키는 가운데 타인과의 공존을 추구하는 데 비해, 주민들은 신을 외면하고 진실에 눈먼 채로 이기적 욕망에 휩싸여 폭력으로 타인을 범하려 한다. 타락과 죄악에 갇힌 삶이다. 그 결과는 유황불에 의한 한순간의 파멸이었거니와, 서사적 논리로 보면 그것은 신이 내린 징벌이기에 앞서 그들이 자초한 것이라 할 수 있다. 그들 안에 깃든 욕망과 폭력의 유황불이 존재를 삼켜버렸다는 뜻이다. 자기의 가장 소중한 딸들을 희생해서라도 그들을

막아보려 했던 롯만이 그 유황불을 모면할 수 있었던 터다. 롯은 〈장자못〉 속의 며느리가 나아가 도달하지 못한 그 길을 서사적으로 보여주는 존재가 된다.

이야기는 그 두 개의 길과 함께 또 하나의 길, 곧 두 세계의 경계에서 방황하다 주저앉는 삶의 길을 제시한다. 〈장자못〉 속의 며느리의 길과 의미상 통하는 길이다. 그 길에 처한 인물은 '롯의 아내'다. 그는 뒤를 돌아본 결과로 소금기둥이 되거니와, 이는 그가 믿음과 의지를 발휘하지 못하고 두 개의 세계 사이에서 엉거주춤 머물렀기 때문이다. 맥락상으로 보자면, 그녀가 '롯에도 속하고 소돔성에도 속한 존재', 또는 '롯과 소돔성 어느 쪽에도 속하지 않은 존재'라는 것과 관련이 있다. 그의 선택은 자발적 떠남이 아닌 '이끌려간 떠남'이었고, 뒤돌아봄에 이은 주저앉음이었다. 결국 진정한 존재의 변혁이란 스스로의 각성에 의한 것이어야 함을 상기시키는 설정이 된다.

그렇다면 롯의 사윗감들과 두 딸은 어떠한가? 사윗감들은 소돔성의 세계에 발붙인 자들이고 롯과는 작은 고리가 연결돼 있었을 따름이니 파멸의 길로 나아감이 자연스러운 귀결이다. 문제는 롯의 두 딸이다. 그들은 어떻게 극복의 길로 나아갔는가 하면, 오롯이 롯의 세계에 속한 존재였기 때문이라고 할 수 있다. '딸'이라는 사실을 두고 하는 말이 아니다. 그보다는 그들이 천사/이방인을 구하기 위해 주민들에게 스스로를 내어주는 일을 감수하려고 한 존재라는 사실이 더 중요하다. 그러한 희생적 신성이 그들을 소돔성의 유황불에서 벗어날 수 있도록 한 것이다.[5]

〈장자못〉이 그러했던 것처럼 〈소돔성의 멸망〉 이야기가 전해 주는 계시는 무게감이 막중하다. 욕망과 타락의 삶으로 치닫고 있는 지금, 우리는 과연 어떤 길로 가고 있는 것일지. 이야기는 단열 명의 의인만 있어도 멸망을 면한다고 말하는바, 너그러워서 더무시무시한 계시다. 저 소돔성에 단 세 사람의 의인이 있었거니와 지금 우리 사는 세상에는 얼마만큼의 의인이 있는 것일지…….

타락과 순수, 선의와 악의 사이: 〈나무도령〉

———

신화나 전설 가운데는 타락한 세상에 대한 신적 징벌을 주요 화소로 삼는 것들이 많다. 이때 징벌 수단으로 많이 나타나는 것이 물과 불이다. 앞의 이야기들 중 〈장자못〉은 벼락에 이은 물로, 〈소돔성의 멸망〉은 불로 징치가 이루어진 경우다. 그 내포적 의미는 좀 달라서 불은 '태워 없앰'의 성격을 지니고 물은 '씻어 내림'의 의미가 짙다.

물에 의한 갱신을 서사화한 이야기 가운데 가장 유명하기로는 〈노아의 방주〉일 것이다. 실은 그 말고도 다른 많은 이야기가 있다. 구약에 앞서 메소포타미아의 〈길가메시〉 서사시에 비슷한 홍수 신화가 들어 있었던 터다. 그리스 신화에는 제우스가 내린 대홍수에서 단 둘이 살아남은 데우칼리온과 며느리 피라가 등 뒤로 돌멩이를 던져 사람을 만들어냈다는 이야기가 있으며, 중국에는 뇌공이 내린 큰비로 온 세상이 잠겼을 때 호리병 속으로 들어간 복희와 여와가 살아남아 인류의 대를 이었다는 신화가 있다. 한국에도 이런 성격의 이야기들이 꽤 있거니와, 민담에 전형적인 사례가 있어서 눈길을 끈다. 〈나무도령〉이 그것이다. 다음은 손진태가 이른 시기에 조사 정리한 〈홍수와 목도령〉의 서사 내용을 정리한 것이다.

A. 옛날 한 곳에 커다란 나무 하나가 있었다.

B. 하늘나라 선녀 한 명이 내려와 놀다가 목신木神의 정기로 임신을 했다.

C. 아이는 나무를 아버지로 삼아 그 품안에서 놀면서 자라났다.

D. 선녀가 승천하고 목도령 홀로 남았을 때 큰 비가 계속 내려 세상을 물바다로 만들었다.

E. 비바람에 넘어진 나무는 목도령을 등에 태워서 흘러 내려갔다.

F. 개미떼가 살려달라고 하자 목도령은 아버지 허락을 얻어 나무에 태웠다.

G. 모기떼가 살려달라고 하자 목도령은 아버지 허락을 얻어 나무에 태웠다.

사례 탐구: 이것이 이야기다!

H. 한 소년이 살려달라고 하자 목도령은 아버지 만류를 무릅쓰고 나무에 태웠다.

I. 목도령과 소년은 섬처럼 남은 높은 땅에 내려서 정착했다.

J. 섬에 두 딸을 가진 노파가 있었는데 두 사람 다 예쁘고 착한 친딸을 좋아했다.

K. 소년은 노파한테 목도령을 모함하여 모래밭에 흩은 좁쌀을 거두게 했다.

L. 목도령은 개미떼의 도움으로 좁쌀을 훌륭히 거둬들인다.

M. 두 사람이 계속 친딸을 원하자 노파는 딸들을 다른 방에 들이고 방을 고르게 했다.

N. 목도령은 모기의 도움으로 친딸이 있는 방을 골라 그녀와 결혼했다.

O. 이 세상 사람들은 목도령 부부와 소년 부부한테서 생겨난 후손들이다.

이 이야기에서 세상을 뒤덮은 홍수는 타락한 세상을 씻는 구실을 한다고 볼 수 있다. 자연신적 존재인 나무가 소년을 나무에 올리지 말라고 하는 데서 이를 알 수 있다. 그를 포함한 세속의 사람들은 '신의 계획'에 의하면 물에 휩쓸려 사라져야 할 존재에 해당한다. 나무와 하늘 사이에서 태어난 자연적 존재로서의 나무 도령만이 살아서 새로운 인류를 창조해야 하는 바였다.

이야기 속에서 대립관계에 있는 목도령과 소년의 의미자질은 다음과 같이 정리할 수 있다.

목도령	자연	신성	순수	원조	선의	진실	순리	방어	(반)승리
소년	문명	세속	타락	배반	악의	속임	역리	공격	(반)패배

표면만 놓고 보면 한 나쁜 소년의 못된 행실에 관한 이야기이 겠으나, 내포된 의미자질을 놓고 보면 그 이상이다. 심중한 세계 관적 의미가 거기 깃들어 있다. 신/자연은 인간/문명에 생명을 허여하고 그를 동반자로 포용하지만, 그에 대한 응답은 악의적 배반이었다. 그 역리적 문명을 완전히 갱신하는 것이 신의 뜻이 었는데, 그것은 보란 듯 살아남아서 오히려 자연적 순수를 공격 한다. 이야기는 신/자연과 통하는 존재로서의 목도령이 그 공격 을 이겨냈다고 하지만, 완전한 승리라고 하기 어렵다. 세상의 순 리를 겨우 세운 힘겨운 승리일 따름이다. 그리고 저 소년의 후손 이 여전히 인류의 반을 이루고 있는 상황이다. 그들이 계속 타락 과 역리의 길을 걸어간다면 세상에는 다시 재앙이 내릴 것이다. 밖이 아닌 안으로부터.

이 설화의 서사와 접속함에 있어 사람들은 대개 나무도령의 편에 서게 된다. 소년이 그를 배반하여 공격할 때 분노하며, 나 무도령이 개미와 모기의 도움으로 승리할 때 쾌재를 부른다. 결 국 그렇게 자연적 본성의 길이 이기고 선의와 순리가 승리하게 된다는 믿음을 내면화한다. 그 일련의 서사에서 잊지 말아야 할 무거운 의미요소가 있으니 그것은 바로 '고난'과 '시련'이다. 모래밭에 흩어진 좁쌀을 홀로 주워 모아야 하는 그 장면 말이다. 다른 자료에서는 홀로 거친 산을 일궈야 하는 과업으로 제시되기도 한다. 그것이 원형적 설화가 말하는 진실이다. 순수와 선의의 삶은 '해피엔딩'으로 손쉽게 이어지지 않으며, 큰 시험에 직면하게 돼 있다. 그리하여 그 편에 선다는 것은, 엄중한 선택이다. 드넓은 모래밭에서 좁쌀을 찾아서 모을 능력이 있어야, 맨손으로 거친 산을 일궈야 할 각오와 내력이 있어야 그 일을 감당할 수 있다. 만약 〈나무도령〉 류의 서사를 적용한 스토리텔링에서 그 '고난'을 제대로 살려내지 못한다면, 그것은 허망한 판타지가 되고 말 것이다. 저 앞에서 말했던 〈벅스 라이프〉가 그러했던 것처럼 말이다.

말하다 보니 다시 무거워지는 듯하지만, 저 이야기 속에는 한편으로 큰 '축복'이 깃들어 있다. 나무도령은 혼자지만 혼자가 아니다. 그 옆에는 신이 있다. 왜냐하면 신의 길을 가고 있으므로. 그리고 그의 곁에는 수많은 좋은 친구가 함께 한다. 나무와 개미와 모기 등등. 설화식 용어로 '원조자'라 일컬을 존재들이다. 나무는 본원적 원조자에 해당하고, 개미와 모기는 삶의 과정에서 만난 상호적 원조자가 된다. 모두 자연적 본성을 따르는 존재들이다. 개미와 모기가 그러하듯, 그들은 보이지 않는 곳에서 표나지

스토리텔링 원론

않게 목도령을 돕는다. 스스로 돕는 저 존재를. 티끌만큼. 실은 태산만큼!

순수와 긍정으로 살아가는 일이란: 〈백설공주〉

순수와 선의로 살아가는 일이 필연적으로 고난을 수반한다고 했다. 한편으로 그 곁에는 원조자가 있기 마련이라고 했다. 이런 이치를 생생한 서사로 살려낸 하나의 이야기가 있다. 세상에서 가장 유명한 이야기를 말할 때 빠질 수 없는 이야기, 바로 〈백설공주Schneewittchen〉KHM 53다. 잘 아는 이야기라고 여길지 모르지만 다시 보면 새롭게 여겨지는 부분들이 있을 것이다. 그림형제 민담집 원전의 내용을 보면 말이다.

옛날 어떤 왕비가 겨울에 바느질을 하면서 창밖을 보다 손가락을 찔려 눈 위에 붉은 피 세 방울을 흘렸다. 왕비는 그것을 보고서 눈처럼 희고 피처럼 붉으며 흑단처럼 검은 아이가 생기면 좋겠다고 생각했다. 그 후 왕비는 소망대로 그런 딸을 낳아서 백설공주라고 불렀다.

얼마 뒤 왕비가 세상을 떠나자 왕은 다른 여자와 결혼했다. 아름답지만 오만한 여자였다. 여자는 마법의 거울을 보면서 세상에서 누가 제일 예쁜지 묻곤 했다. 거울은 늘 왕비가 제일 예쁘다고 답했다.

사례 탐구: 이것이 이야기다!

하지만 백설공주가 일곱 살이 되자 거울은 백설공주가 왕비보다 천
배나 예쁘다고 답하기 시작했다. 질투에 휩싸인 왕비는 한 사냥꾼을
시켜 공주를 숲으로 데려가 죽이고 허파와 간을 꺼내오라고 했다.
공주가 울면서 살려달라고 하자 사냥꾼은 공주를 살려주고 멧돼지
의 허파와 간을 꺼내서 왕비에게 가져다주었다.

숲속에 혼자 남겨진 공주는 어쩔 줄 모르고 있다가 달리고 또 달
리기 시작했다. 뾰족한 돌과 가시덤불을 헤치고 사나운 짐승들 옆
을 지나갔으나 아무도 공주를 해치지 않았다. 한없이 달리던 공주는
날이 어두워질 무렵 작은 집을 발견하고 안으로 들어갔다. 깨끗하게
정돈된 집안에는 일곱 개의 작은 침대가 놓여 있고 일곱 벌의 작은
식기들이 갖추어져 있었다. 백설공주는 그릇에 담긴 음식을 골고루
꺼내 먹은 뒤 이 침대 저 침대에 누워보고는 일곱번째 침대에 누워
잠에 빠져들었다.

그 오두막은 일곱 난쟁이의 집이었다. 집에 돌아온 난쟁이들은
웬 예쁜 소녀가 집안을 흩트리고 음식을 꺼내먹은 뒤 침대에서 자고
있는 것을 발견했다. 잠에서 깬 백설공주한테서 사연을 전해들은 난
쟁이들은 공주가 집안일과 요리를 하는 조건으로 함께 살게 해주었
다. 난쟁이들은 일을 나가면서 공주에게 계모를 조심해야 한다고 하
고 아무도 집에 들이지 말라고 당부했다.

마법의 거울을 통해 백설공주가 살아있음을 알아차린 왕비는 공
주를 죽이려고 길을 나섰다. 방물장수 할멈으로 변장한 왕비는 공주

를 꼬여낸 뒤 코르셋 끈으로 그녀를 졸라매서 쓰러뜨렸다. 난쟁이들이 공주를 살려내자 왕비는 다시 할멈으로 변장하고 찾아와서 독 빗으로 공주를 쓰러뜨렸다. 난쟁이들이 공주를 살려내자 왕비는 다시 오두막으로 찾아와서 공주를 꼬여낸 뒤 독 사과를 먹여서 공주를 쓰러뜨렸다. 이번에는 난쟁이들도 공주를 살릴 수가 없었다.

난쟁이들은 죽은 백설공주를 유리로 만든 관에 넣어서 산꼭대기에 올려놓은 뒤 교대로 관을 지켰다. 공주는 잠자는 것처럼 관 속에 누워 있었다. 어느 날 한 왕자가 숲속 난쟁이 집에 왔다가 공주가 누워 있는 관을 발견했다. 공주를 사랑하게 된 왕자는 관을 달라고 진심으로 빌었고, 난쟁이들은 관을 넘겨주었다. 관을 옮기던 중에 목에 걸렸던 사과 조각이 튀어나오자 공주는 눈을 뜨고 살아났다. 왕자는 기뻐하며 백설공주와 성대한 결혼식을 열었다.

결혼식에 초대받은 왕비는 백설공주를 보자 가슴이 철렁하며 발이 얼어붙었다. 그때 누가 왕비 앞에 뜨겁게 달군 쇠 신발을 가져다 놓았다. 왕비는 그 신발을 신고 죽어 넘어질 때까지 춤을 추어야 했다.[6]

다른 말이 필요 없는 세계 최고 인기 동화지만, 내용을 살펴보자면 거북하고 의아한 부분이 많다. 비록 계모라지만, 엄마와 딸이 다른 것도 아닌 '미모'를 놓고서 경쟁하는 상황을 이해하기 어렵다. 선과 악의 극단적 대비를 통해 권선징악의 주제를 부각하는 서사 전개도 꽤나 상투적으로 보인다. 왕자가 훌쩍 나타나서 죽은 공주를 살려낸다는 결말도 그리 기꺼운 바가 아니다. 처음부터 사랑스러운 공주로 태어나 종국에 화려한 영광과 행복을 얻는 특별한 주인공에 관한 이야기. 어떻게 이런 이야기가 세상에서 가장 사랑받는 이야기가 된 것인지.

하지만 우리는 이제 알고 있다. 사람들이 좋아하는 이야기에는 이유가 있다는 사실을. 그리고, 설화는 설화답게 읽어야 한다는 사실을. 표면적 언술이 아니라 이면적 구조를 보고 원형적 상징과 접속하는 것이 우리가 할 일이다. 〈백설공주〉에서 그 단서는 이야기 첫머리에서부터 주어진다. 하얀 눈 위에 떨어진 빨간 핏방울이라는 화소로써.

이름조차 '백설白雪; Schneewittchen; Snowwhite'인 저 아이는 순수의 표상이다. 티 없이 맑고 순수한 아이. 백설공주는 순수한 선의와 긍정, 그리고 믿음의 존재다. 어떤 구김도 가식도 없이 마음 그대로 행동하는 존재. 숲속 난쟁이의 오두막에 들어섰을 때 그는 어찌했던가. 자그마한 살림살이를 보고 활짝 웃으면서 그릇에 담긴 음식을 하나하나 맛보고, 이 침대 저 침대 차례로 누워본 다음 콜콜 잠이 든다. 너무 티가 없어 가여울 정도로 아름답고 사랑스러운 모습이다.

그 아이가 살아갈 세상은 어떠한 것일까? 세상에서 그는 어떤 일들을 겪게 될까? 이야기는 그것을 '세 방울의 피'로 말한다.

날카로운 바늘에 찔려서 흘린 피. 저 순수한 선의의 존재가 흘려야 할 핏방울이다. 해맑은 순수와 긍정의 존재가 가로질러 나아가기에 이 세상은 너무나도 험하고 간악하다. 자기보다 아름답다는 이유로 공주를 죽여 없애려 하는 왕비는 간악한 세상의 단적 표상이다. 그 공격은 어찌 그리도 집요하고 흉포한지! 거기 맞서기에 저 순수의 존재는 너무나 순진하고 연약했다. 그는 속절없이 쓰러진다. 세 번의 죽음. 그 붉은 핏방울.

나는 이 설화의 스토리적 심장과 맥박을 이루는 서사적 화두가 다음과 같은 것이라고 보고 있다.

간악한 폭력이 횡행하는 세상에서 변함없는 순수와 긍정으로 살아간다는 것은 어떤 일이며, 마침내 어떠한 결과를 가져오는가?

이 설화의 일련의 전개는 이 인생론적 화두에 대한 서사적 답변으로서 의의를 지닌다. 상황을 보자면, 서로 상반되는 답이 양보 없이 첨예하게 맞부딪쳐 나간다. 다음과 같은 식이다.

A. 현실론: 거칠고 무자비한 폭력 앞에 무력한 선의와 긍정은 속절없이 좌절할 것이다.
B. 이상론: 악의는 선의를 이길 수 없으므로 순수와 긍정의 삶은 큰 영광을 이룰 것이다.

독자들의 의견은 어느 쪽일지 모르겠으나, 나의 선택은 B의 이상론 쪽이다. 왜냐하면 저 이야기가 그렇게 말하고 있으므로. 이야기는 말한다. 거짓이 진실을, 타락이 순수를, 억압이 자유를, 폭력이 평화를 마침내 이길 수 없다고. 일시적으로 이긴 것처럼 보일지 모르지만, 끝내 모든 것은 제 자리로 돌아가게 돼 있다고. 저 왕비는 백설공주를 한 동안 쓰러뜨릴 수 있지만, 마침내 그를 죽일 수는 없다. 그는 다시 살아나 화려한 영광을 누리게 되어 있다. 오래 흘러온 '진짜 옛이야기'가 전해주는 답이다. 거짓과 폭력에 당하고 쓰러지면서 다시 일어나 존재를 지켜온 '진짜 인생' 속에서 우러난 삶의 철학이다.

여기서 우리는 이 설화 속의 '미모' 경쟁에 대한 새로운 서사적 해석을 얻을 수 있다. 이 설화에서 말하는 미모란 이목구비가 완벽하게 갖춰지고 피부에서 몸매까지 무엇 하나 빠지지 않는 식의 아름다움이 아니다. 왕비가 추구한 아름다움은 그러한 쪽이었겠지만, 백설공주는 전혀 다르다. 어떤 환경 어떤 상황에서도 순수와 믿음을 잃지 않고 해맑은 자유와 긍정으로 움직이는 것. 거친 난쟁이를 기꺼이 친구로 삼아 더불어 살아가고, 악의 가득한 노파에게 활짝 문을 열어주는 것. 그것이 백설공주의 아름다움이다. 안에서 우러나오는, 존재 그 자체인 아름다움. 늘 누군가와 비교하면서 최고이고자 하는 저 왕비는 있는 대로의 자기 삶을 사는 백설공주를 절대로 이길 수 없다. 늘 사실만을 말하는

'마법의 거울'이 비춰주는 존재의 진실이다.

저 왕비는 거의 모든 것을 가진 존재였다. 더할 바 없는 권력과 부와 미모. '마법의 거울'이 최고로 인정할 정도였으니 더 바랄 게 없을 정도다. 하지만 가진 게 너무 많아서 탈이었다. 그가 가진 마법의 거울은 보물인 동시에 요물이었다. 누군가와 자기를 비교하는 수단으로 쓰는 순간, 거울은 요물이 된다. 그 거울이 백설공주가 살아있음을 알려주었을 때 저 왕비는 어떻게 했던가? 가난한 거지 노파로 변장해서 공주를 찾아간다. 그리고 그 모습으로 공주를 만난다. 쭈그러진 얼굴 속에 악의와 살기를 숨긴 채로 간사한 미소로 쉿소리를 내는 노파, 또는 왕비.

A. 부와 권력, 젊음과 미모를 갖춘 왕비

B. 음흉한 웃음을 짓는 가난하고 흉측한 노파

이 두 모습 가운데 어느 쪽이 진짜이고 어느 쪽이 가짜일까? 표면상으로 보면 A가 진짜이고 B가 가짜일 것이나, 이면적 의미상으로는 그 반대다. B가 왕비의 참모습이고 A는 포장된 가짜일 따름이다. 모든 것을 가진 것처럼 보였으나 실은 아무것도 안 가진 존재가 저 왕비였다. 왜냐하면 '자기 자신'을 가지지 않았으므로. 어떤 참담하고 절망적인 상황 속에서도 자기 자신을 지니고 있었기에 늘 모든 것을 가진 존재였던 백설공주와 정확히 대비

사례 탐구: 이것이 이야기다!

되는 면모다. 이야기는 백설공주가 죽어서 관 속에 누워있는 상태에서도 여전히 아름다웠다고 한다. 그것이 존재의 참모습이다. 살아서 이미 강시이고 좀비였던 그대, 못난 왕비여!

쓰다 보니 완연한 이상론이다. 그 이상론이 맞는다고 해도 현실은 쓰디쓰다. 백설공주는 왕비한테 걸려서 쓰러지고 쓰러지고 또 쓰러져야 했다. 다시는 살아나지 못할 만큼 결정적으로. 결국 우리가 대면하게 될 것은 그러한 현실이 아니겠는가고 반문할 수 있겠다. 말하자면 현실은 '민담'이 아닌 '소설'인 것이라고.

이에 대한 이야기의 답을 대신 전한다면, '덕은 외롭지 않으니 반드시 이웃이 있다'德不孤 必有隣는 것이다. 저 백설공주는 순진하고 연약하지만, 그 곁에는 이웃이 있다. 그 빛에 이끌리어 움직이는 원조자들이. 왕비한테 살해를 명받은 사냥꾼은 표면상 왕비의 사람이지만 결국은 백설공주를 살려준다. 그리고 (본래 사납고 거칠기로 악명 높았다는) 숲속의 난쟁이들이 백설공주의 동반자가 되고 수호자가 되어준다. 죽어서 관속에 누운 백설공주에게서 아름다움을 발견하고 그의 진정한 동반자가 되고자 한 왕자를 또한 빼놓을 수 없다. 목도령이 개미와 모기의 도움으로 곤경을 헤쳐 나갔듯이, 이들 원조자들은 백설공주에게 태산 같은 힘이 된다.

덧붙여, 이야기가 전하는 또 하나의 답이 있다. '시간은 진실의 편'이라는 것이다. 악의에 의해 배반당한 선의는, 타락에 의해 훼손된 순수는, 부정에 의해 짓밟힌 긍정은 시간이라는 섭리 속에서 마침내 다시 살아나서 힘을 내게 된다. 백설공주가 세 번째로 쓰러졌을 때 끝내 일어나지 못한 것과 같이 때로 그 시간은 한없이 길어지기도 하지만, 결국 진실은 밝혀지고 모든 일은 제자리로 돌아오도록 되어 있다. 극단적으로는 그 당사자가 죽어서 떠난 뒤에라도. 그 시간 속에 무엇이 있는가 하면, 누가 그 시간을 움직이는가 하면, 나는 그것을 '신神'이라고 부른다.

따뜻한 말 한마디의 힘: 〈레몬 처녀〉

세상을 살아가는데 옆에 나를 도와주는 누군가가 있다는 것은 얼마나 고맙고 든든한 일인지. 백설공주는 옆에 일곱 난쟁이들이 있음으로 해서 그만큼 행복할 수 있었을 것이다. 하지만 외롭고 힘들 때에 꼭 필요한 도움을 받기란 그리 쉬운 일이 아니다. '개똥도 약에 쓰려면 없다'고 하지 않던가. 더군다나 나의 존재를 지키고 일으켜줄 그런 원조자임에랴.

누군가에게 도움을 청하고 또 얻어내는 일이란 참 쉽지가 않다. 그 상대방이 나일 수 없으므로. 그렇다면 이런 쪽은 어떠할까? 내가 남을 돕는 쪽은? 누군가 도움을 필요로 할 때 나서서 돕는 일은 언제 어느 때라도 나의 뜻대로 할 수 있는 바이지 않는가

사례 탐구: 이것이 이야기다!

말이다. 나의 그러한 손길이 누군가에게 큰 힘이 된다고 할 때, 그것은 얼마나 가슴 뿌듯한 일일까.

설화에는 타인을 돕는 일에 관한 수많은 이야기들이 있다. 위험을 무릅쓰고 열과 성을 다해 힘써서 타인을 돕는 희생적인 존재도 많다. 여기서 이야기하고자 하는 것은 그런 거창한 도움이 아닌 '쉬운 도움'이다. 큰 변화를 가져올 수 있는 작고 가깝고 손쉬운 도움. 옛이야기들은 말한다. '따뜻한 말 한마디'만으로도 상황을 완전히 바꾸어낼 수 있다고.

먼저 작은 사례 하나. 한국의 〈유그미들〉 전설. '용이라 불러주자 승천한 이무기'라고도 일컬어지는 설화다. 말 그대로다. 이무기한테 용이라고 불러주니까 정말로 용이 됐다는 것이다.

그게 참 예용이 득천해가 하늘에 올라 갈라꼬, 암만 몸띠기를몸부림을 써도 잘 안 되고. 그래, 이랬는데. 그래 다른 사람 다 보고,

"저 구리 봐래이 구리 봐래이!"

내늘 이래. 이놈의 득천할라 카이, "구리 봐라." 크이, 마 득천을 몬하고 깡철이가 돼 나갔부고, 마 깡철이가 돼 나갔부고.

그래 하릿날에는 그래 어떤 얼라아기가 지거 할매가 간얼라갓난아기를 업고 니 살 먹은 얼라를 앞세워가 가이까네. 그래 참 요이 득천할라꼬 하늘에 올라 갈라꼬 득천할라꼬 이래 꾸불텅 거린께. 그래 니 살 먹은 얼라가.

"할매, 용 봐래이 용 봐래이!"

크그턴. 그라이까네, 이넘의 요이 마 득천을 해가 하늘로 올라 갔다.

(······)

"할매야, 용이다 용이다. 용 봐래이 용 봐래이!"

크이까네, 마[큰 소리로] 이기 마 득천을 해가 하늘로 올라 가. 그 걸음에 올라 가가, 비를 마이_{많이} 내라가 인자, 이 근래_{근년}에 어디 숭년_{흉년} 지나, 만날 풍녀이지.[7]

이무기는 양면적 존재다. 어찌 보면 뱀이고 어찌 보면 용이다. 그를 뱀이라고 부르면 그는 뱀이 된다. 울화와 분노의 존재가 되어 상대를 해친다. 그를 용이라고 믿고 용이라고 부르면 그는 정말 용이 된다. 고귀한 성취의 존재가 되어 상대를 돕는다. 편견과 의심으로 보면, 세상 만유는 적이 되고 흉한 존재가 된다. 저 네 살 먹은 어린이로 돌아가 순수한 영혼으로써 세상을 보면, 만유는 그 안에 담고 있는 밝은 빛을 발한다. 징그러운 뱀은 용이 되고 세상은 만날 '풍년'이 든다.

다음으로 본격적인 민담 하나. 오랜 만에 독일이 아닌 터키 민담이다. 제목은 〈레몬 처녀〉.[8]

A. 옛날에 백성을 사랑하는 왕한테 심술쟁이 아들이 있었다.

245

B. 어느 날 한 노파가 기름을 담는데 왕자가 화살을 쏴서 그릇을 깨뜨렸다.

C. 노파는 왕자가 레몬 처녀와 사랑에 빠지되 그녀를 못 보게 해달라고 신에게 기원했다.

D. 레몬 처녀가 보고 싶었던 왕자는 그녀를 찾아서 길을 떠났다.

E. 왕자가 길에서 만난 노인한테 공손히 인사를 하고 손등에 입을 맞추었다.

F. 노인은 왕자에게 레몬 처녀가 있는 곳과 그녀를 데려올 방법을 말해주었다.

G. 장미 정원에 이른 왕자는 가시에 찔리며 꽃을 꺾어서 "정말 아름답구나!" 하며 향기를 맡았다.

H. 피처럼 빨간 물이 흐르는 시내에 이르자 "정말 깨끗한 물이야!" 하면서 물을 마셨다.

I. 사슬에 묶인 개와 말에게 다가가 개 앞의 풀과 말 앞의 고기를 바꿔주었다.

J. 두 개의 문 가운데 열린 문을 닫고 닫혀 있던 문을 열고서 거인의 정원으로 들어갔다.

K. 정원에서 레몬을 딴 왕자는 거인에게 들켜서 쫓기는 상황이 되었다.

L. 거인이 열린 문한테 닫으라고 소리쳤으나 몇 년 만에 열린 문은 왕자에게 길을 터주었다.

M. 거인이 개와 말한테 왕자를 잡으라 했으나 왕자를 그냥 놓아보 냈다.

N. 피의 시내 또한 자기를 깨끗하다고 말해준 왕자를 무사히 건네주 었다.

O. 가시 장미도 자기를 아름답다고 말해준 왕자를 고이 통과시켜 주 었다.

P. 화를 내며 쫓아오던 거인은 피의 시내에 들어갔다가 붉은 물에 휩쓸려 사라졌다.

Q. 왕자는 레몬 속에서 나온 아름다운 처녀와 결혼해서 행복하게 잘 살았다.

원래의 이야기는 이보다 복잡해서 왕자가 레몬 처녀를 잃어버 렸다가 우여곡절 끝에 되찾는 과정이 더 있는데 이는 생략했다. 나의 생각에 이 이야기는 위의 내용만으로도 충분히 감동적이다.

이야기 구성을 보면, 왕자가 레몬 처녀를 찾아가게 된 계기가 된 A~C 단락에 이어서 그녀가 있는 곳까지 가는 과정(D~J)과 그 녀를 얻어서 돌아오는 과정(K~Q)이 서로 다른 시퀀스로서 짝을 이루고 있다. 왕자에게서 레몬 처녀에 대한 정보는 본래 불행한 저주로 주어진 것이었는데, 일련의 과정을 거쳐 그것이 행복으 로 바뀌는 역전이 일어나는 것이 특징이다. 좀 엉뚱한 전개처럼 보이지만, 거기에는 그럴 만한 반전 포인트가 있다. 길에서 노인

사례 탐구: 이것이 이야기다!

을 만난 장면(E~F)이 그것이다. 노파에 얽힌 장면(B~C)과 의미상 짝을 이루는 부분이다.

노파와의 관계(B~C)	장난 불손 독단 밀침 무책임 유치 위기 고난 과거
노인와의 관계(E~F)	진지 공손 소통 감쌈 책임 성숙 기회 행복 현재

처음에 노파를 대할 때의 왕자는 가볍고 불손하며 무책임하다. 악의는 아니더라도 그러한 밀침이 상대에게 큰 상처가 됨을 깨닫지 못했던 상황이다. 그러한 유아적 행동의 결과로 그는 위기를 맞아서 함정이 도사린 험난한 여정에 나서게 된다. 이에 대하여 노인과의 관계에서 왕자가 보인 태도는 완전히 달랐다. 그는 진지하고 공손하게 행동하며 상대를 존중하여 소통을 이룬다. 책임감 있는 성숙한 모습이다. 어찌 보면 작은 변화일지 모르지만, 그것이 가져온 변화는 큰 것이었다. 위기가 기회로 바뀌고 고난은 행복으로 바뀐다. 둘 가운데 노인과의 관계에서 나타나는 모습이 '현재'의 것이니, 그의 행보가 성공과 행복으로 귀결되는 것이 이상하지 않다. 미래는 현재의 연장선상에 있는 것이니 말이다. 노인과 만난 뒤 왕자의 행보가 그 변화의 진실성을 보증해 주고 있기도 하다.

이 설화에서 특별히 나의 마음을 끈 것은 G~O에 해당하는 시퀀스다. 앞서 말한바 '따뜻한 말 한마디의 힘'을 웅변으로 보여주는 과정이다. 장미에게 전해준 "정말 아름답구나!" 하는 한마디가,

피의 시내에게 전해준 "정말 깨끗한 물이야!" 하는 한마디가, 상황을 훌쩍 바꾼다. 닫힌 길을 활짝 열어낸다. 단지 말만은 아니었다. 가시에 찔리며 장미를 꺾어서 향기를 맡고 시냇물을 떠서 마시는 '몸짓'이 뒤따랐으니 말이다. 왕자가 개와 말에게, 또 닫힌 문에게 해준 일도 마찬가지였다. 그 작은 몸짓이 불가능할 것 같았던 일을 가능케 했으니 따뜻한 작은 몸짓이 이뤄낸 큰 기적이라 할 만하다.

강조하고 싶은 것은 그 따뜻한 말과 몸짓으로써 '나 자신이 잘된 일'보다 그를 통해 상대에게 일어난 크나큰 변화다. 몸의 가시 때문에 늘 괴로워하던 장미는 왕자의 따뜻한 손 내밂에 아름답고 행복한 존재로 탈바꿈한다. 피의 시내는 불길하던 존재에서 멋지고 귀한 존재로 바뀌고, 개와 말은 무기력하던 존재에서 힘찬 존재로, 문은 길을 막는 닫힌 존재에서 길을 터주는 존재로 탈바꿈한다. 한 사람의 작은 몸짓 하나가, 누구라도 마음만 먹으면 언제라도 손쉽게 할 수 있는 언행 하나가 세상에 이렇게 큰 변화를 가져온 상황이다.

내 작은 손길의 크나큰 힘. 이것이야말로 최고의 축복이 아닐까? 나의 따뜻한 말 한마디 따뜻한 몸짓 하나가 필요한 곳이 없는지 늘 눈여겨볼 일이다. 그런 삶이 일상이 되어 있다면, 어느새 우리는 '왕자'가 되어 있을지도 모른다.

사례 탐구: 이것이 이야기다!

쏘핫 쏘쿨, 최고의 서사:
〈흰눈이와 빨간장미〉

다시 또 그림형제 민담이다. 이번 이야기는 〈흰눈이와 빨간장미 Schneeweisschen und Rosenrot〉KHM 161. 인생길을 어떻게 나아갈 것인가 하는 문제에 대하여 명답을 전해주는 최고의 이야기다. 길을 가는 주인공은 흰눈이와 빨간장미라는 이름의 두 소녀다. 늘 단짝으로 움직이는 쌍둥이 자매다. 내용을 보면 알겠지만, 그들이 헤쳐갈 세상은 그리 만만치 않은 것이었다. 좋은 친구도 있지만 완악한 방해자도 있다. 내가 생각하는 이 이야기의 서사적 화두를 미리 제시하면 다음과 같다.

빛과 그림자, 우의와 적의가 공존하는 이 세상을 현명하게 살아 나가는 방법은 무엇인가?

무척 포괄적인 화두다. 하지만 이 설화가 환기하는 문젯거리가 워낙 일반적이며 의미적 반경이 넓다. 언제 어디서든 인생의 지표로 삼을 수 있을 정도로.

옛날에 두 자매가 살았다. 정원의 하얀 장미와 빨간 장미를 닮은 아이들이었다. 그래서 한 명은 '흰눈이'였고 또 한 명은 '빨간장미'였다.

둘은 믿음이 깊고 착하고 부지런하며 끈기가 있었다. 성격은 서로 달랐다. 빨간장미는 들판을 뛰어다니며 꽃과 나비를 잡았고, 흰눈이는 집에서 엄마를 돕고 책을 읽었다. 둘은 늘 손을 잡고 다녔다. "우리 서로 헤어지지 말자." 이렇게 다짐하면서.

이야기는 처음부터 상징으로 가득하다. 하얗고 차분한 아이와 붉고 발랄한 아이. 두 아이에게서 떠올리게 되는 것은 '순수와 열정' 또는 '이성과 감성'이다. 하양과 빨강의 차이만큼 이질적인 두 요소가 쌍둥이처럼 늘 함께 한다는 것은 놀랍고 대단한 일이다. 둘 가운데 흰눈이만 놓고 보면 백설공주와 비슷한 면이 있는데, 그 옆에 빨간장미가 더 있어서 질적으로 다른 서사가 된다.

흰눈이와 빨간장미는 숲속을 돌아다니며 딸기를 땄다. 그들을 해치는 짐승은 없었다. 다들 다정히 모여들었다. 토끼가 먹이를 받아먹고 노루 사슴이 옆에서 노닐며 새가 위에서 노래 불렀다. 밤에도 걱정이 없었다. 둘은 이끼 위에 누워 평안하게 잠을 잤다. 어느 날은 절벽 옆에 잠들었지만 아무 문제가 없었다. 아기천사가 그들을 안전하게 지켜주었기 때문이다.

보기 드물 정도로 평화로운 서사다. 원래 숲속은 위험으로 가득한 곳이다. 사나운 짐승들이 가득하며 곳곳에 장애물과 함정

사례 탐구: 이것이 이야기다!

이 도사리고 있다. 앞이 안 보이는 밤에는 더 말할 것도 없다. 그런데 저 두 아이한테는 아무런 문제가 없다. 온 세상이 나서서 그들을 도와준다.

뜻밖으로 보일 정도의 순조로운 전개는 두 미덕의 조화로운 결합에 따른 것이라 할 수 있다. 앞서 말한바 순수와 열정, 이성과 감성의 조화이며, 침착한 돌아봄과 활발한 행동력의 조화다. 두 개의 미덕이 한데 어울리자 두 배가 아닌 열 배 백 배의 힘이 우러난다. 둘이 펼쳐내는 기운이 워낙 밝고 강하다 보니 주위 존재들이 두루 거기 이끌려 들어와 평화를 누리고 있는 중이다. 아기천사가 함정으로부터 소녀들을 지켜주었다는 것도 사실은 그들 스스로가 발휘한 힘이었다고 할 수 있다.

자매의 집은 안을 들여다보면 절로 기쁨이 우러날 정도였다. 여름에는 빨간장미가 꽃다발로 집을 장식하고 겨울에는 흰눈이가 집에 불을 지폈다. 불 위에 걸린 놋쇠 솥은 늘 반짝반짝 빛났다. 어느 겨울 저녁, 누가 그 집 문을 두드렸다. 빨간장미가 빗장을 열자 곰이 두툼한 고개를 들이밀었다. 빨간장미와 흰눈이는 놀라서 물러나 숨었다.

어찌 늘 평화로울 수 있을까. 아름답고 강력한 조화라지만 모든 도전과 시험으로부터 자유로울 수는 없다. 갑자기 찾아온 곰은 그 시험의 표상이 된다. 곰은 순치되지 않은 거친 야성을 상징하거니와, 그와의 맞닥뜨림은 위험한 일이 된다. 그가 거친 발을 휘두르면 두 소녀는 한방에 나가떨어질 것이다. 소박한 미덕에 기초한 평화와 행복이란 야만적 물리력 앞에 얼마나 미약한 것인지. 〈백설공주〉에서 생생히 본 바와 같다.

여기서 작은 반전이 일어난다. 크고 거친 곰은 실상 꽤나 온순한 존재였다. 흰눈이와 빨간장미가 그를 공격해서 내쫓는 대신 다가가서 눈을 털어주고 불을 쬐게 하자 곰은 금세 좋은 친구가 된다. 어느 정도냐면 오히려 두 아이가 곰한테 짓궂은 장난을 치게 될 정도로. 그 장난에는 충만한 자신감이 우러난다. 세상 어떤 존재하고도 다 잘 어울려 살아갈 수 있다고 하는 긍정의 믿음이다.

하지만 진짜 무서운 적은 따로 있었다. 크고 거친 곰이 아니라 눈에도 잘 띄지 않는 난쟁이가 그였다. 세상 어떤 빛도 스며들 틈이 안 보이는 깐깐하고 사나운 존재다. 두 소녀는 그를 감당해낼 수 있을까.

흰눈이와 빨간장미가 땔나무를 줍는데 수풀 사이에서 무언가 폴짝폴짝 뛰는 것이 보였다. 다가가 보니 난쟁이가 나무 틈에 수염이 끼여 끙끙거리고 있었다. 난쟁이는 빨리 자기를 도우라고 호통을 쳤다. 둘이 아무리 애를 써도 수염이 안 빠지자 흰눈이가 가위를 꺼내 수염 끝을 잘랐다. 난쟁이는 고맙다는 말 대신 귀한 수염을 잘랐다고 화를 내면서 숨겨뒀던 금 자루를 움켜쥐고 사라졌다.

253

완전한 배은망덕이다. 물에서 건져줬더니 보따리 내놓으라는 격. 그런 일은 얼마 뒤에 또 일어난다. 이번에는 정말로 물에 빠질 뻔한 상황이다. 두 아이가 보니 난쟁이는 낚시를 하다가 수염이 낚싯줄에 얽혀서 물속에 끌려들어가기 직전이었다. 수염을 풀려고 애쓰던 자매는 다시 가위로 수염을 잘랐다. 난쟁이는 다시 화를 내면서 욕을 하고는 진주가 든 자루를 끌고서 사라졌다. 거듭되는 배은망덕.

그 후 도시로 가는 길에 두 아이는 황야에서 다시 난쟁이를 만났다. 난쟁이는 막 독수리에게 붙잡혀 올라가기 직전이었다. 그 광경을 본 자매는 난쟁이를 붙들고서 힘껏 독수리와 싸워서 난쟁이를 구해냈다. 겨우 살아난 난쟁이는 째지는 목소리로 화를 내며 말했다. "그렇게밖에 못하겠어? 너희들이 잡아당기는 바람에 옷이 다 상했잖아. 망할 녀석들 같으니라구!" 마구 욕을 퍼부은 뒤 난쟁이는 보석 자루를 들고 동굴로 들어갔다.

적반하장도 유분수다. 꼼짝없이 죽을 처지에 있는 자기를 살려준 은인한테 저런 식으로 행동하다니 기막힐 정도다. 한 번도 아니고 삼세번이나 말이다. 선의라고는 눈곱만큼도 찾아볼 수 없는, 어떻게 해도 화를 내면서 물어뜯으려고만 하는 막히고 뒤틀린 존재다. 세상에 오직 자기 자신만 있는, 적의敵意로 가득한 존재!

무엇이 저 난쟁이를 저렇게 만들었는지 이야기 속에 답이 있다. 그가 목숨처럼 챙기는 '자루'가 그것이다. 자루에는 금과 진주 같은 보석이 들어 있었다고 한다. 귀하고 아름다운 것들이지만, 난쟁이한테 그것은 추한 탐욕의 대상일 따름이었다. 보석을 하나라도 더 가지려고 버둥댔을 저 난쟁이는 물질에 사로잡힌 노예였다. 흰눈이와 빨간장미가 펼쳐내는 빛은 그에게 짜증의 대상이었을 따름이다. 두 아이가 자기보다 밝고 평안해 보이는 것이 오히려 화를 돋운 상황이다. 그가 두 자매에게 자꾸 욕을 하는 것은 그 평화를 흔들어 깨뜨리려는 몸짓이었다고 볼 수 있다.

이는 흰눈이와 빨간장미한테 뜻밖의 경험이었을 것이다. 누구든지 자기를 보면 기꺼이 사랑해 마지않는 것이 그들이 지나온 길이었다. 그들이 특유의 순수함과 발랄함으로 활짝 웃으면 누구라도 마음이 활짝 열리는 터였다. 그런데 온 힘을 다해서 구해준 상대방한테서 저런 차갑고 쓰디쓴 반응이라니! 단 한번 만으로도 마음이 상하고 풀이 죽어서 화기和氣가 사라질 만한 상황이다. 하지만 저 아이들, 대단하다. 그런 상황을 두 번이나 겪고서도 위험을 무릅쓰고 다시 난쟁이를 돕는다. 쏘핫So Hot!

흰눈이와 빨간장미가 왜 그리하는가 하면 그것이 그들의 본성이기 때문이다. 둘은 그저 늘 하던 대로, 몸에 배어 있는 대로 자기네 할 일을 하고 있을 따름이다. 상대방이 어떻게 반응하는가는 그녀들의 일이 아니다. 당사자 자신의 문제일 따름이다. 이야기는

사례 탐구: 이것이 이야기다!

자매가 세 번째로 난쟁이한테 욕을 들은 뒤에 한 행동을 다음과 같이 서술하고 있다.

소녀들은 그의 배은망덕한 행동에 익숙해 있던 터라, 그냥 그곳을 떠나 시내에서 자기들 볼일을 보았다.

쏘 쿨So Cool! 더할 바 없이 쿨한 대처다. "우리는 할 일을 했으니 그걸로 끝. 괜히 이런 일로 상처받을 필요 없지. 우리 할 일은 따로 있는걸!" 이거 정말로 멋지지 않는가. 이런 식이라면 어떤 마법 어떤 저주에도 걸릴 이유가 없다. 실제로 저 둘은 난쟁이가 거듭 저주를 건 상황에서 아무 일도 당하지 않고서 제 길로 나아간 것이라고 할 수 있다.

흰눈이와 빨간장미는 시내에서 일을 보고 돌아가는 길에 다시 난쟁이를 만났다. 난쟁이는 동굴에서 나와 보석을 쏟아놓고 살펴보는 중이었다. 두 소녀가 보석을 지켜보자 난쟁이가 화를 내면서 꺼지라고 욕했다. 그때 으르렁거리는 소리와 함께 검은 곰이 나타났다. 미처 피하지 못한 난쟁이는 보석을 줄테니 자기를 살려주고 소녀들을 잡아먹으라 했다. 곰은 그 말에 아랑곳없이 앞발로 난쟁이를 쳐서 죽였다. 난쟁이가 죽자 곰은 멋진 왕자로 변했다. 난쟁이의 마법에 걸려 있다가 본 모습으로 돌아온 것이었다.

난쟁이는 애지중지 감추던 보물을 왜 저때에 펼쳐놓았을까? 자기의 필살기에도 전혀 상처를 받지 않고 제 갈 길을 가는 자매를 보면서 제풀에 성이 났기 때문이었을 것이다. 그 뒷모습을 보면서 난쟁이는 이렇게 씩씩거렸을 것 같다. "흥! 지들이 잘나면 얼마나 잘났다고! 니들한테 이런 보석 있어? 있냐고!"

하지만 그것이 끝이었다. 빛나는 보석 옆에서 더 볼품없었을 저 난쟁이는 맥없이 쓰러지고 만다. 그가 펼쳐낸 탐욕과 적의라는 마법은 아주 강력해서 잘 나가던 왕자를 곰으로 바꾸는 힘을 냈지만, 그것은 실상 자기를 가둔 감옥이었고 심신의 온기를 쥐어짜낸 고문 도구였다. 이미 쪼그라들 대로 쪼그라들어 적의만 남은 그는 죽은 것과 다름없는 존재였다. 최후의 순간까지 보석을 내밀며 아이들을 팔아먹는 그 모습은 어찌나 비루한지! 슬픈 일은 그렇게 사는 사람들이 이 세상에 꽤나 많다는 사실이다. 이 도저한 물신物神의 세상에······

난쟁이의 마법에 걸렸던 왕자가 그를 죽이고 가죽에서 벗어나는 일은 어떻게 가능했을까? 그 답 또한 이야기의 맥락 속에 담겨 있다. 그가 흰눈이 빨간장미와 더불어 친구가 되었다는 사실이 그것이다. 자매가 펼쳐내는 구김 없는 순수와 열정의 빛을 받아들여 내면화함으로써 그는 적개심과 분노, 무력감과 절망감이라는 어두운 거죽을 걷어낼 수 있었던 터다. 그 속에 짓눌려 있을 때는 너무나 무겁고 버거운, 하지만 훌쩍 벗어던지고서 돌아보

사례 탐구: 이것이 이야기다!

면 아주 쉽고 간단한 일이다.

이 이야기의 결말이 어떠했을지는 각자의 상상에 맡긴다. 이 놀라운 계시적 서사가 사람들에게 전해주는 궁극적 메시지에 대한 구구한 설명도 따로 붙이지 않는다. 이미 이야기가 스스로 다 말했음에랴.

창작보다 분석을, 변형보다 원형을!

'스토리텔링'의 축자적 의미는 '이야기 말하기'지만, 사람들이 더 많이 떠올리는 것은 '이야기 만들기' 쪽일 것이다. 사람들한테 크게 통할 만한, 반향도 일으키고 돈도 될 만한 멋진 이야기 만들기. 그러나 스토리텔링에서 창작보다 중요한 것이 분석이라고 말하고 싶다. 극단적으로 말하면, 이미 존재하는 이야기들 안에 답이 다 있다고 말할 수 있다. 그 이야기들을 제대로 분석하여 오롯이 이해할 수 있어야 한다. 핵심적 화두와 주제를 꿰뚫고 심층의 미적 가치에 접속할 수 있어야 한다. 그러면 스토리다운 스토리를 말할 수 있게 된다. 이미 있는 이야기의 분석은 물론 전에 없는 스토리의 창작도 마찬가지다. 그런 맥락에서 위의 사례 분석이 그 자체 스토리텔링론이었다고 강변하고 싶다.

아울러서, 변형보다 원형이 답이다. 더 멋있어 보이고 감동적으로 다가올 수 있도록 하기 위한 변형이겠으나, 그것이 본래의 맥락과 함의를 제대로 살리지 못하는 경우 오히려 스토리를 죽이는 길일 수 있다. 외적 디테일이 아무리 그럴싸하더라도, 원형적 서사 특유의 문제적 화두와 철학이 없는 이야기는 더 이상 이야기일 수 없다. 이야기의 미적 구심을 이루는 원형적 요소를 오롯이 살리는 일은 모든 종류의 스토리텔링에서 관건적 과제가 된다.

앞에서 살핀 이야기들과 관련되는 여러 스토리텔링 콘텐츠들이 있다. 〈아기장수〉는 〈옛날 옛적에 훠어이 훠이〉 등의 공연으로 만들어졌고, 〈소돔성의 멸망〉은 영화 〈소돔과 고모라〉로 옮겨져 큰 화제를 일으켰었다. 홍수 설화의 서사를 적용한 만화나 영화도 국내외에서 여러 편이 만들어진 바 있다. 〈백설공주〉에 대해서는 따로 말할 필요도 없다. 그 콘텐츠들을 폭넓게 살펴보지 못한 터라서, 어느 것이 잘 되었고 어느 것이 잘못 되었다고 말하기 어렵다. 하지만 이렇게 말할 수 있다. 원형을 제대로 살렸다면 좋은 작품이 되었을 것이요, 앞뒤 맥락 없이 함부로 변형했다면 좋은 작품이 되지 못했을 것이라고. 구체적인 실상은 독자들께서 스스로 판단해보시면 좋겠다.

사례 탐구: 이것이 이야기다!

7

스토리텔링, 진짜와 가짜 사이

진짜 신데렐라와 가짜 신데렐라

━━━

세상에 이야기는 많고도 많다. 인터넷에 잠깐 접속해봐도 감당 못할 정도로 많은 이야기들이 넘쳐난다. 문제는 거기 엉터리 가짜 이야기가 수두룩하다는 사실이다. 겉보기에 아름답고 화려하며 매혹적이지만 최소한의 진실이나 철학이 없이 속이 빈 이야기, 교묘하게 편견과 차별, 폭력 등을 정당화하면서 사람들을 부조리에 젖어들고 순응하게 만드는 이야기, 터무니없는 엉터리 환상으로 사람들을 망상 속에서 허우적대게 만드는 이야기 등이다. 문제는 이들을 '진짜 이야기'와 구별하기가 점점 어려워진다는 사실이다. 스토리텔링 기술이 점점 발달하면서 진짜 같은 가짜가 속속 생성되고 있는 중이다.

　스토리텔링에서 가짜와 진짜는 어떻게 판별할 수 있을까? 이에 대한 나의 답은 원형적 옛이야기를 서사적 기준으로 삼아 양자를 가를 수 있다는 것이다. 오랜 세월을 거쳐 구전돼온 담화들은 그 자체 진짜 이야기라고 보아 틀림이 없다. 인간의 본래적 인지를 반영하고 집단 무의식을 투영한 설화들이 어떠한 미적·인식적 가치를 지니는지를 지금껏 보아온 터다. 하나의 스토리텔링이 이와 같은 원형적 서사의 길을 따라서 움직이는 가운데 특유의 미적 가치를 잘 발현하고 있다면 그것을 '진짜'로 보아도 좋을 것이다.

영화나 드라마에서 끊임없이 재생산되는 서사에 '신데렐라 스토리'가 있다. 영화나 드라마만이 아니다. 각종 오디션이나 리얼리티 프로그램들에서도 '신데렐라 만들기'는 스토리의 기본 축이 되어 있다. 미디어가 만들어내는 수많은 신데렐라들, 과연 그 가운데 무엇이 진짜고 무엇이 가짜일까?

옛이야기 속의 신데렐라에 대하여 사람들이 가지고 있는 큰 오해가 있다. 많은 사람들이 그녀가 왕자님을 잘 만난 덕에 아무 노력도 없이 기적 같은 인생역전을 이룬 것처럼 말한다. '신데렐라 콤플렉스'란 말을 널리 쓰거니와, 그 사전적 풀이를 보면 '타인에게 의존하여 보살핌을 받고자 하는 여성들의 심리적 의존 상태'라고 한다. 이야기 속의 신데렐라는 정말로 그런 여인이었을까? 사람들이 이야기 속 신데렐라처럼 되고자 하는 것은 정말로 그렇게 허탄한 일일까?

스토리텔링 원론

원작을 제대로 살펴보는 일이 순서일 것이다. 서사적 원형이 잘 살아있는 그림형제 버전이 탐색 대상으로 적합하다. 그 제목은 〈재투성이 아셴푸텔Aschenputtel〉KHM 21. 많은 사람이 화려한 드레스를 입은 소녀로 신데렐라아셴푸텔를 떠올리지만, 그렇지 않다. 이야기 속의 신데렐라는 이름 그대로 재 먼지를 뒤집어쓰고서 부엌데기로 살아가는 존재였다. 제대로 된 보상 대신 차별과 조롱을 당하면서 험한 일을 도맡아 하는 사람이었다.

신데렐라는 자연과 소통하는 생명의 존재였다. 그의 가장 가까운 벗은 개암나무였다. 자신이 눈물로 키운 생명의 나무. 그 나무는 신데렐라의 힘든 일을 도와주며, 금빛 은빛 드레스와 신발을 주어서 무도회에 갈 수 있도록 해준다. 엄마의 무덤에서 자란 그 개암나무는 마음속 어머니의 표상이자 대자연적 모성의 상징이다. 노동하는 존재로서 신데렐라는 대자연이라는 큰 어머니로부터 살아가는 데 필요한 능력과 자산을 찾아낸 터였다. 늘 노동을 하면서 살던 콩쥐가 검은 소로부터 먹을 것을 얻은 일과 거의 정확히 일치하는 면모다. 신데렐라의 곁에 늘 하얀 새가 함께 했다는 사실도 그가 자연적 생명과 소통하고 교감하는 존재였음을 잘 보여준다.

신데렐라는 희망을 잃지 않고 꿈꾸는 존재였다. 더없이 열악한 상황 속에서도 그는 꿈을 찾아 움직인다. 그가 무도회에 간 것을 허튼 일이라고 보는 시각도 있으나, 이는 편파적이다. 그는 꿈을 꿀 권리가 있으며, 무도회에서 스스로를 내보일 자격이 있다. 주변의 방해에도 불구하고 신데렐라는 그 일을 한다. 그는 재투성이 속에서도 스스로 빛나는 존재였거니와, 무도회에 참석해서 춤춘 일은 그러한 자신을 세상에 드러낸 자기발현의 몸짓이었다. 그가 발하는 남다른 빛에, 안으로부터 우러난 진정한 미美에 사람들이 모두 탄복하고 왕자가 이끌려온 것은 자연스러운 전개가 된다.

신데렐라는 왕자와 만나고 난 뒤 궁궐을 나와서 구석으로 숨는다. 그리고 왕자가 자기를 찾아오기까지 기다린다. 소극적으로 보이는 모습이고 퇴행과 의존으로 여겨질 만한 면모지만, 나는 이 대목을 좀 다르게 읽는다. 신데렐라는 지금 왕자를 시험하고 있는 중이다. 그가 진정으로 자신을 알아보고 손 내밀어 줄 사람인지를 말이다. 누추한 차림으로 잿더미 옆에 있는 자신을 그 자체로 사랑해줄 수 있어야 짝이 될 자격이 있는 터다. 그 남자, 구석진 곳에 숨은 신데렐라를 끝까지 찾아와서 손을 내민다. 그가 가짜가 아닌 진짜 왕자가 되는 순간이다. 신데렐라, 그 손을 잡고서 왕궁으로 들어간다. 자기한테 꼭 어울리는 그 자리로. 주인공 자격을 지니는 이가 주인공 자리로 간 것이니 필연적 전개가 된다. 그렇게 세상에 희망은 살아난다.

문제는 저 신데렐라가 아니다. 그 옆에 있는 가짜들이 문제다. 노동 따위는 약자한테 떠맡기고 기생寄生의 삶을 살면서 저만의 욕망과 쾌락을 좇는 존재들. 그들 가짜 신데렐라들은 왕자가 신발을 들고 찾아오자 자기가 그 주인이라며 다투어 발을 내민다. 맞을 턱이 없다. 그러자 그들은 엄지발가락을 자르고서, 또는 뒤꿈치를 자르고서 신발 속에 발을 구겨 넣는다. 왕비가 되고 나면 제 발로 걸을 일이 없을 거라고 자기 최면을 걸면서 말이다. 그 신발, 피로 물든다. 개암나무에 앉은 새가 소리친다. 그는 가짜라고. 신발 속의 피를 보라고. 그렇다. 가짜는 진짜가 될 수 없다. 진실은 벌겋게 노출되기 마련이다.

목하 '가짜 신데렐라'의 세상이다. 수많은 이들이 뒤틀린 욕망과 거짓된 술수로 성공의 대박을 좇는다. 자질도 능력도 안 되면서 꼭대기 자리에 올라 화려한 영광을 누리려 한다. 신데렐라의 언니들이 발가락을 자르고 뒤꿈치를 자른다는 화소는 아이돌이 되고 스타가 되기 위한 성형 열풍과 너무나 꼭 들어맞아서 소름 끼칠 정도다. 그것을 조장하고 강요하는, 자본과 권력이라는 이름의 무서운 계모는 또 어떠한지! 하지만 결국은 허무하게 무너질 핏빛 신데렐라의 꿈이다.

가짜 신데렐라의 세상이라지만, 그 가운데도 진짜는 있다. 참다운 자질과 성실한 노력으로 살아가면서 꿈을 향해 움직이는 사람들. 그들이 이루어내는 인생역전식 비약은 언제라도 감동적이다. 그런 비약이 있음으로 해서 세상은 아름답고 살 만한 곳이 된다. 가짜가 아닌 진짜 이야기들이 있어서 세상이 아름답고 충

만한 것처럼 말이다. 다만, 옛이야기 속에서 진짜 신데렐라는 한 명이고 가짜는 여럿이었던 것처럼 오늘날의 수많은 신데렐라 스토리에서 진짜와 만나기란 쉽지가 않다. 하지만 진짜들은 마침내 스스로 빛을 내게 되어 있다. 시간이 지나도 스러지지 않는 깊은 빛을.

사례 하나. 세계적으로 큰 화제가 됐던 영화 〈귀여운 여인Pretty Woman〉1990. 거리의 매춘부였던 비비안줄리아 로버츠은 어느 날 우연히 백만장자 루이스리처드 기어의 차에 탄 것이 인연이 되어 그와 애정을 키워간다. 비록 매춘부였지만, 참된 미모와 내면의 빛을 지니고 있던 비비안이 스스로 남자 곁을 떠나서 숨어버리려고 할 때, 루이스가 거칠고 가파른 계단을 걸어 올라와 그녀를 안고서 진한 키스를 한다. 판도를 가르는 결정적인 장면이다. 진짜 왕자로 다가온 그 사람 앞에서 그녀 신데렐라가 된다.

사례 둘. 안방극장을 뜨겁게 달구었던 인기 드라마 〈내 이름은 김삼순〉2005. 촌스러운 이름에 통통한 외모를 가진 서민 가정의 딸 김삼순김선아은 재벌 2세격인 레스토랑 사장 현진헌현빈과 인연이 닿는다. 누가 봐도 안 어울리는 한 쌍이었다. 이런저런 승강이와 우여곡절 끝에 제주도 한라산 높은 곳으로 숨어버린 삼순. 그때 한라산 짙은 안개를 헤치고 현진헌이 투덜거리며 올라와서 따뜻한 차를 내민다. 우리의 김삼순, 미워할 수 없는 그 남자 앞에서 신데렐라가 된다. 그렇게 또 하나의 진짜 스토리는 완성되었다. 10년 20년이 지나도 잊히지 않을 여운을 간직한 채로.

동심이라는 감옥과 기류 미사오라는 망령

'좋은 이야기'와 관련한 하나의 관례적 불문율이 있다. 일컬어 동심童心의 미학. 아이들한테 주어지는 이야기는 '순수하고 어여쁜 어린이 마음'을 오롯이 지키고 살려낼 수 있어야 한다는 것이다. 악하고 잔혹하며 공포스런 내용으로 아이들 마음에 그늘을 드리우거나 생채기를 내는 것은 일종의 죄악이 된다. 선량하고 안온한 내용으로 아이들 마음을 아름답고 행복하게 해주는 것이 어른들의 책무다. 어린이용 옛이야기로서 '전래동화'는 이러한 규범의 자장에서 늘 자유롭지 못하다. 글과 그림이 모두 예쁘고 착해야 한다.

　문제는 원형적 설화에 그러한 동심과 어울리지 않는 내용들이 가득하다는 사실이다. 설화 화소가 본래 낯섦과 특별함으로 강한 각인 효과를 추구한다는 것과 관련이 되며, 설화가 세상의 이면적 진실을 숨김없이 드러내는 지향성을 지닌다는 사실과도 관련이 있다. 불편한 진실을 모른 척 덮어두거나 피해가는 것은 설화의 방식이 아니다. 미녀로 변한 호랑이의 유혹에 넘어간 아이는 오독오독 씹어 먹히고, 왕자와 커플을 이루려는 욕망에 사로잡힌 처녀들은 발가락을 자르고 발꿈치를 자른다. 왜냐하면 그것이 존재적 진실이기 때문이다. 심층의 심리적 진실.

아이들을 보호하려는 어른들은, 이런 내용에 대해 질색한다. 어린 시절에 이런 이야기를 예사로 듣거나 보면서 자랐으면서도, 아이들에게 이런 내용을 보이지 않으려고 한다. 그리하여 오래 이어져온 설화의 내용은 뒤바뀌고 순화된다. 어떤 것은 싹둑 잘려나가기도 한다. 〈콩쥐팥쥐〉에서 팥쥐가 콩쥐를 물에 빠뜨려 죽이고서 남편을 가로채려 했다가 죄가 드러나 죽임을 당하는 내용이 좋은 예다. 이 대목은 대부분의 설화 원전에 들어 있으나, 이 내용을 살린 전래동화는 희소하다. 콩쥐가 검은 소의 '밑구멍'에 손을 넣어서 음식을 꺼내는 내용도 '뱃속'으로 바뀌거나 슬쩍 삭제된다. 그와 함께 그 속에 담긴 상징적 의미도 함께 사라진다. 검은 소의 자궁은 대자연적 모성의 근원이라는 심오한 상징을 지니는 것인데, 단칼에 날아가 버린다. 결국 남는 것은 "착한 아이는 복을 받는다"고 하는 식의 교과서적 교훈일 따름이다. 진짜 이야기는 이렇게 가짜로 탈바꿈한다.

오래 이어져온 설화가 전래동화에서 의도적으로 배제되는 경우도 많다. 전에 한 전래동화 전집의 감수와 해설을 맡은 적이 있었다. '원형을 살린 옛이야기'를 표방한 전집으로서, 실제로 원전 설화를 훼손하지 않고 그대로 살리는 방향으로 작업이 진행되었다. 책이 출간되자 아이들이 좋아해서 거듭 읽는 전래동화로 반향을 얻었으나, 어른들의 시각은 달랐다. 아이들 보기에 무섭고 잔인한 내용이 많다며 꺼리는 이들이 많았다. 다른 출판사에서도 이 부분을 집중 공격했던 것 같다. 결국 개정판을 내면서 '문제가 되는' 내용들을 바꾸어 순화하고 몇몇 이야기는 아예 빼기에 이르렀다. 그렇게 빠진 이야기가 〈고생을 맛보러 떠난 사람〉, 〈밥 안 먹는 색시〉, 〈조 이삭 하나로 장가든 총각〉 등이었다. 오래 이어져온 설화이며, 아이들한테 나쁠 리 없는 이야기들이다.

이런 사태에는 '동심 수호 의무'라는 이데올로기 외에 설화에 대한 몰이해가 작용하고 있다는 것이 나의 진단이다. 설화의 화소와 서사를 경험적 현실의 코드로써 재단하는 오류다. 아이들은 이야기를 이야기로 받아들이며 상상적 즐거움을 구가하는 터인데, '현실원리'가 몸에 밴 어른들이 지레 기겁해서 그것을 등뒤로 숨기는 형국이다. 아이들은, 스토리적 맥락이 심히 왜곡된 상태가 아니라면, 또는 누군가가 서사 내용을 소설적 디테일로 덮어씌우는 상황이 아니라면, 그런 설화 앞에서 겁먹으며 떨지 않는다. 이야기로 즐길 뿐이다. 그 안에 담긴 상징적 의미를 무심중에 내면화하여 내적 성장을 이루면서 말이다. 옛이야기를 믿고, 아이들을 믿어야 한다.

'동심 수호'라는 지향과 반대되는, 이른바 '동심 파괴'의 방향으로 설화적 서사문법을 배반하는 사례들도 있다. 설화의 내용을 소설적 디테일로, 그것도 음산하고 엽기적이며 폭력적인 디테일로 덮어씌우는 경우다. 그런 방식으로 그림형제 민담을 '괴물'

로 만든 장본인이 있으니 바로 기류 미사오Kiryu Misao다. 한 사람이 아니고 두 명의 자칭 '동화전문가'를 합한 필명이다. 그들이 펴낸 책의 이름은 『알고 보면 무시무시한 그림동화』다.[1] 그림형제 민담을 성인용 엽기 음란물로 풀어낸, '19세 미만 구독 불가'라는 타이틀이 걸려 있는 책이다. 일본에서 선풍적 인기를 누리고 한국에도 번역되어 위세를 떨쳤다. 그들은 말한다. 그림 동화의 숨은 진실이 드디어 드러났노라고. 하지만 나는 말한다. 그것은 그림 동화를 완전히 왜곡한 최악의 망령亡靈이었노라고.

그림형제 동화가 화제에 오르면 많은 이들이 이렇게 말하곤 한다. "그거 원전은 성인용이라서 굉장히 잔인하다면서요? 야한 내용도 많고요. 아이들한테 보일 만한 게 아니라고 하던데⋯⋯." 그림 민담이 본래 잔혹하고 엽기적이라고 하는 것이 '정설'인 양 받아들여지고 있는 상황이다. 예의 기류 미사오가 한몫을 한 결과다. 책을 읽지 않았더라도 유령처럼 떠도는 소문이 은연중에 스며들어 영향을 미치고 있는 터다. 원래 그런 요상한 소문은 쉽게 들어와 잘 믿거니와, 기류 미사오의 스토리텔링은 그 점을 정확히 겨냥한 것이었다.

그림형제 민담을 엽기 잔혹물로 풀어낸 것을 그 자체 왜곡이라고 단언할 바는 아니다. 그것은 하나의 진실일 수 있다. 신데렐라아센푸텔의 언니들이 크기가 안 맞는 신발을 신으려고 발가락이나 뒤꿈치를 자르는 것은, 또는 주인공을 괴롭힌 계모의 딸이

스토리텔링 원론

못이 잔뜩 박힌 통 속에 넣어져 굴려지는 것은 원전에 실제로 들어 있는 내용이다. 현실적으로 상상하면 충분히 끔찍하게 여겨질 만한 내용이다. 기류 미사오는 그러한 요소에 자기 식의 소설적 상상을 채워서 더욱 리얼하게 증폭한 것이었다.

『알고 보면 무시무시한 그림동화』의 첫 장을 장식하는 이야기는 〈백설공주〉다. 기류 미사오가 붙인 부제는 '사랑을 둘러싼 친어머니와의 싸움'이다. 이야기 속에 계모^{왕비}가 딸^{백설공주}을 질투하여 죽이려는 내용이 있고 그 계모가 실은 친엄마일 수 있다는 점에서, 가능한 화두처럼 보인다. 말하자면 '일렉트라 컴플렉스' 식의 설정이다. 문제는 그들이 이야기의 행간을 채우는 방식이다. 이야기^{실은 '소설'}의 첫 페이지들을 수놓는 것은 백설공주와 그 아버지의 은밀한 성적 결합의 장면이다. 아내 또는 엄마의 눈을 피해 날마다 벌어지는 근친상간의 유희가 리얼하게 묘사된다. 그렇게 아버지를 성적으로 장악한 공주는 그 힘을 이용해 시종들을 엽기적으로 괴롭히는 어린 마녀가 된다. 보다 못한 왕비는 손을 쓰기로 결심하게 되고……. 이런 식이다. 우리가 아는 순수와 선의의 존재 백설공주는, 모진 폭력과 시련 앞에서도 빛을 잃지 않는 소녀는 이렇게 완전한 '괴물'이 되어 있다. 어안이 벙벙하고 유구무언이다. 난쟁이들을 백설공주를 성적으로 공유한 존재로 그리거나 왕자를 '시체 성애자'로 묘사한 것은 또 어떠한지! 이쯤 되면 명예훼손을 넘어서 범죄가 아닐까 여겨질 정도다. 그래놓고서 그 형상이 본래적 진실이었던 것처럼 변설을 늘어놓는 품새라니 기가 막힐 노릇이다.

기류 미사오의 신들린 듯한 마법의 손놀림 속에서 이야기 주인공들은 속속 '화려한 변신'을 이룬다. 헨젤과 그레텔은 아동을 성적으로 착취하는 사이코패스에 걸려든 끔찍한 희생물이 되고, 〈장미공주가시장미〉 속의 잠자는 공주는 엄마의 성적 외도의 결과로 '더러운 피'를 지니고 태어난 존재가 된다. 그가 100년간 잠을 잤기 때문에 일방적 애무 중에 잠을 깬 왕자와 한 세기의 시대 감각 차이로 갈등을 겪는다는 설정은 한 편의 코미디 이상이다. 신데렐라는 어떠한가. 그녀가 이룬 모든 성공은 죽은 어머니가 남 몰래 맡겨둔 거액의 유산 덕분이었다고 한다. 현실적이고 소설적인 상상이다. 그 언니들이 발꿈치와 발가락을 자른 것 또한 리얼한 현실이 된다. 이야기 속에 더 이상 이야기는 없다. 말초적 감각을 자극하는 소설적 디테일이 있을 따름이다.

문제는 이런 작위적이고 엽기적인 왜곡에 대중들이 반응한다는 사실이다. 아마도 그 자신 소설적 상상으로 설화를 보는 데 익숙하기 때문일 것이다. 그리고 소설적 디테일이 제공하는 '은밀하고 엽기적인 상상'에 심리적 만족감을 느끼기 때문일 것이다. 기류 미사오가 만들어낸 저 망령은 어느 이상성격자의 일탈이 아니라 대중 내면의 그림자를 반영하고 있다는 뜻이다. 지금 우리는 또 다른 방식으로 그런 그림자를 풀어내고 있는 것은 아닌지,

스토리텔링 원론

현대의 스토리텔링에 그런 망령이 여전히 강력히 떠돌고 있는 것은 아닌지, 냉철하게 돌아볼 일이다.

다음 웹툰 작품에 〈그림형제 잔혹동화〉가 있다. 말 그대로 잔혹동화적 측면을 강조해서 그림형제 민담을 만화화한 작품이다. 이미지는 미셸 오슬로의 방식을 준용해서 흑백의 표상성이라는 민담적 문법을 따랐는데, 내용상으로는 기류 미사오의 방식을 답습한 면이 없지 않다. 그 묘한 불일치가 그리 내키지 않아서 몇 편만 보다가 만 상태다. 진짜라 하기 어려운 스토리텔링이고, 더 이상 새롭지 않은 스토리텔링이다. 원전의 서사에 제대로 접속해서 그것을 오롯이 살려내는 것이 오히려 더 신선하고 가치 있는 스토리텔링이 되리라는 생각을 해본다.

〈어거스트 러쉬〉와 〈바리데기〉 사이

영화를 보러 극장에 잘 가지 않는 편이다. 한때 좋은 영화로 꽤 회자됐던 〈어거스트 러쉬〉커스틴 쉐리단 연출, 2007 개봉를 본 것도 극장이 아닌 TV에서였을 것이다. 한 영화에서 최고와 최악을 동시에 경험한 경우라서 아직까지 기억에 생생히 남아 있다.

영화의 첫 장면이 아주 인상적이었다. 들판 가득한 초록빛 갈대밭이 바람에 이리저리 흔들리는 속에서 지긋이 눈을 감고 소리를 느끼며 두 손을 펼쳐 흔드는 아이. 아이의 몸짓과 자연의

스토리텔링, 진짜와 가짜 사이

몸짓이 완전한 혼연일체를 이루는 장면이다. 세상의 모든 소리 모든 파동은 저 아이한테 완벽한 음악이었다. 마음을 단번에 깊숙히 파고드는, 상징적 의미로 충만한 화소적 설정이다. 말하자면 그것은 '새와 짐승의 언어를 알아듣는 사람' 화소를 연상시킨다. 그 핵심적 의미는 인간과 자연의 본원적 소통과 교감이다. 인간을 하나의 자연으로 돌려서 그 내면의 크나큰 기운을 신령하게 풀어내는 과정이다. 그 화소적 의미는 아름다운 영상 및 소리와 어우러짐으로써 더 강렬한 호소력으로 마음을 흔들었다.

내가 기억하기로 이어진 장면의 이미지는 꽤나 우중충한 것이었다. 그 아이가 움직여 생활하는 집은 크고 넓고 어두우며 음산했다. 그곳은 고아원이었다. 나중에 '어거스트 러쉬'라는 이름을 갖게 되는 저 아이가 10년 넘게 생활한 곳이다. 집 밖과 안의 이미지가 너무 대조적이어서 좀 뜨악했지만, 그 어두운 실내에도 어김없이 음악은 있었다. 건물 안에서 나는 크고작은 수많은 소리를 마치 오케스트라인 양 음악으로 느끼는 아이, 역시나 놀랍고 감동적이었다. 아마도 그 낯선 대비 때문에 더 그랬을 것이다.

모처럼 볼 만한 영화를 만났다는 느낌과 함께 이야기 속으로 빨려 들어갔으나 감동은 오래 가지 못했다. 부모가 제 음악을 알아보리라는 믿음 하나로 아이가 뉴욕으로 가는 전개나 사기꾼을 만나서 이리저리 이용당하는 상황, 아버지와 아슬아슬하게

스토리텔링 원론

만날 듯 어긋나면서 거듭 위험을 겪는 식의 '만들어진 서스펜스'
는 그럴 수 있다고 치자. 영화의 재미를 위해서 그리할 수도 있을
것이다. 하지만 스토리적 배반만큼은 용인하기 어렵다. 그 배반
을 간단히 요약하면 이렇다. 버려진 아이는 있는데 버린 사람은
없다. 그리고 버림이 있는데 상처는 없다. 음악이 있고 사랑이 있
을 따름이다.

　그는 두 음악인 사이에서 태어난 아이였다. 아빠 루이스는 인
기밴드의 가수이자 기타리스트이고 엄마 라일라는 촉망받는 첼
리스트였다. 첫 만남에 불꽃이 튄 두 사람은 달빛 아래 아름다운
사랑의 밤을 나누지만, 거기까지였다. 라일라 아버지의 반대로
둘은 하룻밤의 추억만을 간직한 채 아득히 헤어지고 만다. 여자
의 뱃속에 새 생명이 생겼음을 루이스는 알 수 없었다. 몇 달 뒤
갑작스런 교통사고를 당한 라일라는 뱃속의 아이가 유산됐다는
말을 아버지한테 전해 듣고 오열한다. 실상 그 아이는 여자의 아
버지에 의해 은밀히 입양기관에 맡겨진 상황이었다. 제 아이가
살아있음을 모르는 엄마였고, 아이가 생겼음을 아예 모르는 아
빠였다. 그렇게 아이는 버려졌으나 버린 부모는 없는 상황이 된
다. 아이를 고아원에 맡긴 외조부가 역적이겠으나, 그 또한 딸의
미래를 생각하는 슬픈 아버지였을 따름이다. 라일라가 제 자식
이 살아있음을 안 것은 아버지가 눈을 감을 때였다. 꽁꽁 숨겼던
사실을 털어놓고서 그 아버지는 세상을 떠난다. 이야기는 이렇게

스토리텔링, 진짜와 가짜 사이

'문제가 되는 사람'을 깨끗이 소거시킨다.

버림 받았으나 버려진 것이 아닌 저 아이 어거스트 러쉬는 음악적 천재가 된다. 그리고 부모를 향한 모험적 탐색자가 된다. 아이의 존재를 알게 된 엄마 라일라와 뒤늦게 자식이 있음을 알게 된 아빠 루이스는 아들을 만나기 위해 열과 성을 다한다(때마침 둘 다 싱글로 살던 상황이다). 자식을 만나려고 애쓰는 두 사람과 그 부모를 만나려고 발버둥치는 아들, 그리고 그들의 재회를 교묘히 막는 악당……. 영화의 후반부는 이들의 쫓고 쫓기면서 아슬아슬하게 엇갈리는 동선을 휘몰아치듯 그려낸다. 계속되는 어긋남 끝에 마침내 세 사람은 서로 다른 방향으로부터 뉴욕의 유명 음악페스티벌 장소를 향해 동시적으로 움직여간다. 10년여 만의 기적적 만남을 향해. 세 인생 세 음악의 아름다운 앙상블을 향해. 그렇게 영화는 끝이 난다.

완전한 해피엔딩이다. 이보다 더 행복할 수 없다. 세 사람은 함께 만나는 순간 모두가 서로를 얼마나 원하고 사랑했는지 말할 것이다. 그리고 서로 뜨겁게 끌어안을 것이다. 영화에 대한 언론 기사는 이를 일컬어 "가슴 뭉클한 감동과 뜨거운 전율을 선사하기에 충분하다"고 표현했거니와, 정말 그럴까?

세상에 수많은 버림받는 아이들이 있다. 그들을 버린 건 대다수가 부모다. 왜 버리는가 하면 제 욕망 때문이다. 자기가 만든 생명을 자기가 부정하는 모순, 그것이 세상의 문제적 진실이다.

그것은 크나큰 상처와 고통을 낳는다. 그 갈등과 모순을 풀어내는 일이란 얼마나 힘든 것인지! 그러한 갈등과 상처의 무게를 정면으로 서사화할 때 비로소 이야기는 진짜가 된다. 그것을 슬쩍 비틀어서 무화시켜 버리면 남는 것은 없다. 잠시 잠깐의 안온한 충족감이 있을 따름이다.

한국의 구전신화에 〈바리데기〉가 있다. 이 이야기 속에도 버림받는 아이가 있다. 그리고 아이를 무참히 버리는 아버지가 있다. 바라던 아들이 아닌 딸로 태어났다는 것이 이유였다. 이야기는 그가 자식을 사랑해서 버렸다고 말하지 않는다. 그는 자식이 '미워서' 버리며, 죽어 없어지라고 버린다. 저 바리데기한테 자신을 사랑하는 아버지는 없다. 거친 세상에 무참히 버려진 누추한 존재가 있을 따름이다. 그 가혹한 운명을 그는 홀로 짊어져야 한다. 스스로 일어나 세상과 맞서는 가운데 존재적 모순을 풀어내야 한다. 그러기 위해 그는 자기를 버린 그 사람과 대면해야 한다. 대체 왜 버렸는지 이야기를 들어야 한다. 사과를 받아야 한다. 그래서 가슴에 맺힌 상처를 풀어내야 한다.

대왕마마 전교하옵신 말씀 권문에 들라 하옵시니 / 바리공주 대명전에 읍하시니 / 대왕마마 용루를 흘리시며 전교하온 말씀 "저 자손아 울음을 그치라" 하옵시고 / "너를 미워 버렸으랴 역정길에 버렸구나. / 춘春 삼삭은 어찌 살고 / 동冬 삼삭은 어찌 살고 / 배고파 어찌 살았

스토리텔링, 진짜와 가짜 사이

느냐?" / 바리공주 하온 말씀 / "추워도 어렵삽고 더워도 어렵삽고 배고파도 어렵삽더니다."[2]

"대왕님요 대왕님요 / 대왕마마 십오년 전에 갖다가 버린 베리데기 칠공주 내 딸이 안 죽고 살아 왔습니다." / 대왕님이 안아 일으켜주고 안아 눕기던 양반이 / 그 말 듣고 깜짝 놀라 벌떡 땅을 치고 일어나 앉는구나. / 앉더니 베리데기를 부여잡고 으히 서로 목을 부녀간에 목을 / 방송통곡 설리 운다. / "내 딸이야 내 딸이야. / 니가 안 죽고 살았다니 이게 웬 말이냐. / 야야 내 딸이야, 나는 나는 니를 갖다 바리라 카는 그 죄를 받아서 / 십오년 동안에 / 병이 들려 나는 인제 이 병 이기지 못하고 야야 영영 죽는다."[3]

십여 년간 가슴에 묻어두었던 극심한 좌절감과 고통 속에서 버려진 저 딸이 듣고 싶었던 한마디가 무엇이었나 하면 '내가 잘못했다'는, '미안하다'는 그 한마디였다. 단, 가식이 아니라 진심에서 우러난 것이어야 한다. 이야기 속에서 저 아버지는 눈물을 저절로 쏟아내면서 아픈 딸한테 그 말을 전한다. 내가 죄인이라고. 네가 살아있어서 정말 다행이라고. 저 딸은 제 따뜻한 손으로 아버지의 차가운 손을 잡는다. 존재적 모순과 근원적 상처가 풀어냄의 길로 접어드는 순간이다.

세상 수많은 자식들이 부모로부터 '버림'을 경험한다. 부모의 기대와 욕망을 충족시키지 못하여 실망스런 눈길을 받는 수많은 딸들과 아들들……. 바리데기는 그런 모든 자식들의 표상이다. 바리데기가 하늘을 보면서 우리 부모는 어디 있느냐고 물을 때 그들은 바리데기가 되어서 함께 항변한다. 바리데기가 자기를 버린 아버지 앞으로 나아갈 때에 그들 마음에도 만감이 한데 얽힌다. 바리데기가 아버지의 눈물 앞에서 하염없이 통곡할 때 그들 또한 마음으로 함께 운다. 그리고 바리데기가 아버지를 구하겠노라고 서천서역 저승으로 길을 떠날 때 그들도 그녀와 더불어 길을 떠난다.

오래 흘러온 이 원형적 신화는 다음의 문제적 화두에 대한 서사적 응답이라고 할 수 있다.

존재적 모순으로서의 버림과 버려짐의 상처와 고통은 어떻게 해야 치유될 수 있는가?

사람들은 모두 제 욕망을 가진 존재다. 그 욕망의 부딪침은 필연적으로 갈등을 낳는다. 인간의 존재적 모순이라고 할 바다. 〈바리데기〉에서 아버지가 제 딸을 버리는 것은 그 모순의 단적 표상이 된다. 이야기는 그 모순을 적나라하게 드러내면서 그 상처의 치유를 향해 나아간다. 그 과정은 다음과 같은 단계로 이어져 간다.

스토리텔링, 진짜와 가짜 사이

1. 바리데기의 성장: 버려진 아이, 고통과 상처 속에서 자기 자신을 세우다.

2. 부모와의 대면: 버린 사람과 버림받은 사람, 진심으로써 서로를 껴안다.

3. 저승에서의 삶: 버림받은 사람, 그 자신 부모가 됨으로써 부모를 이해하다.

4. 부모의 부활: 자식에 의해 살아난 부모, 그 자식과 자식의 자식을 껴안다.

5. 오구신의 직능: 버려짐을 극복한 사람, 세상의 버려진 존재들을 구원하다.

　자세한 분석적 논의는 생략하거니와, 그 일련의 전개 과정이 처음부터 끝까지 서사적 화두를 정면으로 감당하는 방식으로 이루어진다는 사실을 강조하고 싶다. 이야기는 단 한 번도 문제와의 직면을 회피하지 않는다. 그리하면 문제가 무화되고 이야기가 허튼 것이 되기 때문이다.

　다시 〈어거스트 러쉬〉로 돌아가 보자. 위의 서사적 화두는 이 작품에 적용되지 않는다. 부모와 자식이 헤어지는 것은 존재적 모순 때문이 아니라 '선의가 낳은 오해' 때문이었다. 부모한테 그 아이는 세상에 부재한 상태였으니 따로 갈등이 있을 리 없다. 아이로 말하자면, 비록 고아원에 있지만 부모 양쪽의 음악적 재능을 다 지닌 천재였을 따름이다. 그는 부모가 자기를 알아보고 또 사랑할 것이라는 믿음을 가지고 있다. 어떻게? 그냥! 그리고 부모는 실제로 그 자식을 사랑하고 있다. 왜? 부모니까! 그러니까 그들은 서로 만나기만 하면 끝이다. 그 만남이 쉽게 이루어지면 싱거워지므로 '기술'이 들어간다. 갖가지 작위적 엇갈림을 넣어서 자꾸 못 만나게 한다. 그렇게 관객들 마음을 가지고 논다.

보니까 이 영화는 미국을 비롯한 여러 나라에서 별다른 성공을 거두지 못한 것 같다. 유난히 한국에서 200만 넘는 관객을 동원하며 나름 흥행에 성공한 상황이다. 관객들의 평점도 9점에 육박할 정도로 높은 쪽이었다. 이는 어떻게 보아야 할까? 아마도 그건 영화 첫 장면을 수놓는 '우주 자연과 교감하는 음악'이라는 화소의 힘일 것이다. 작품 전체에 걸쳐 이어져가는 아름다운 음악적 선율은 이 영화의 중요한 미덕이다. 한편으로, 사람들이 가짜 스토리텔링이 조작해낸 '만들어진 감동'에 현혹된 것은 아닐까 하는 생각도 해본다. 할리우드식 감동의 서사에 관대하고 안온한 해피엔딩을 유난히 좋아하는 21세기 한국의 대중들이 말이다. 하기야, 세상에 힘들고 복잡한 일이 많으니 존재적 모순에 직면해서 고통을 공유하는 불편함을 감수하기보다 안락하게 한때의 시간을 때우는 쪽이 더 나을지도 모르겠다. 어떻든, 나는 이러한 영화가 싫다. 그리고 세상에는 이런 부류의 영화가 너무나 많다.

미셸 오슬로의 경우

막대한 자본과 고도의 테크닉으로 무장한 할리우드의 일방적 공세 속에서 저만의 길로 특별한 스토리텔링을 펼쳐나가는 예술가들을 주목하게 된다. 이와 관련해서 인상적으로 와 닿은 하나의 사례가 있다. 프랑스의 애니메이션 연출가 미셸 오슬로Michel Ocelot의 경우다. 그의 작품 〈키리쿠와 마녀〉1998와 〈프린스 앤 프린세스〉1999는 거듭 놀라움으로 다가왔다. 각기 신화의 서사와 민담의 서사를 적용한 것인데 서로 다른 양식적 특성을 잘 살려낸 터라서 탄성을 자아냈다. 앞서 〈프린스 앤 프린세스〉의 에피소드 가운데 그림 민담 〈군소〉를 적용한 '잔인한 여왕과 새 조련사'가 전해준 소름에 대해 말했었거니와, 내가 보기에 그는 이야기를 제대로 아는 사람이다.

〈키리쿠와 마녀〉부터 보기로 한다. 아프리카의 붉은 땅을 배경으로 펼쳐지는 이 작품은 인상적인 신화적 화소와 상징으로 가득 차 있다. 허름한 천막 안, 한 여인의 뱃속에서 막 나오기로 결심한 꼬마가 씩씩한 목소리로 엄마에게 자신을 세상으로 보내달라고 한다. 그러자 엄마가 말한다. "엄마 뱃속에서 말할 수 있는 아이는 세상에도 혼자 나올 수 있다." 그러자 아기는 스스로 배에서 훌쩍 튀어 나와서 씩씩하게 걸어다닌다. 그러면서 엄마한테 질문한다. 아빠는 어디에 있느냐고. 마녀 카라바가 세상을 도탄에 빠뜨리고 남자들을 잡아갔다고 하자 키리쿠는 또 묻는다. 왜 카라바는 그렇게 사악한 거냐고. 엄마가 답하지 못하자 키리쿠는 카라바를 만나서 그녀가 사악해진 이유를 알아보고 세상에 내린 저주를 없애겠노라고 말한다. 그리고 마녀 카라바의 소굴을 향해 길을 나선다.

스스로 태어나 움직이는 저 아이는 완연히 '아기장수'의 이미지를 지닌다. 그는 악이 지배하는 세상을 구원할 영웅으로서 세상에 태어나거니와, 그가 현시하는 능력은 남달랐다. 특히 자존적 당당함과 거침없는 도전능력 면에서 그러했다. 〈아기장수〉와 다른 점은 엄마가 그를 해치는 대신 계시자가 되고 수호자가 되어준다는 점이다. 하지만 작은 영웅 키리쿠 또한 사람들의 외면과 밀쳐냄을 피해갈 수 없었다. 키리쿠가 끊긴 물길을 찾아내자 환호하던 사람들은 카라바의 복수가 시작되자 그 탓을 키리쿠에게 돌리며 모자를 공격한다. 피구원자가 눈앞의 안위를 위해 구원자를 공격하는 모순적 상황이다.

만약 전설이었다면 키리쿠는 그렇게 좌절했겠으나, 이야기는 신화다. 그는 고독과 절망감을 딛고 일어나 카라바에게로 나아간다. 그리고 마침내 비밀을 알아낸다. 카라바는 등에 박힌 가시의 고통 때문에 사악해진 것이었다. 그 가시는 그녀가 세상에서 받은 상처를 상징한다. 그 상처가 분노와 공격성을 낳았던 터였다. 키리쿠는 카라바의 등에 달라붙어서 입으로 그 가시를 힘껏 빼낸다. 마녀는 단말마의 고통에 절규하지만, 잠시 후 오랫 동안 자기를 괴롭혔던 아픔이 사라졌다는 사실을 깨닫는다. 그 순간 흑백의 어둡던 세상이 찬란한 오색 빛으로 살아난다. 이때 어린 키리쿠가 카라바를 향해 말한다. "나하고 결혼해 줘!" 그는 한순간에 훌쩍 자라나 당당한 '남자'가 되어 카라바를 껴안는다. '아들'이 '남자'가 되는 그 변혁의 장면은 경이와 감동 그 자체다. 그렇다. 이것이 인생이며, 이것이 이야기다.

실사가 아닌 그림이 화소적 상징의 상상적 표현에 적합하다는 특성을 십분 활용해서 한 편의 완연한 신화적 서사를 펼쳐낸 작품이 〈키리쿠와 마녀〉다. 할리우드는 물론 일본 애니메이션에 비해서도 턱없는 저예산으로 만들어진 작품이지만, 완성도는 그 이상이다. 무엇보다도 스토리적 완성도와 깊이가 탁월하다. 이 작품을 서너 번 봤는데, 보고 또 봐도 경이롭고 감동적이다. 이 작품은 스토리 콘텐츠의 퀄리티와 경쟁력이란 자본이나 기술에 있는 것이 아니라 '이야기'에 있다는 사실을 웅변으로 말해준다.

미셸 오슬로의 작품으로 〈키리쿠와 마녀〉보다 널리 알려진 작품은 〈프린스 앤 프린세스〉일 것이다. '그림자 애니메이션'이라는 새로운 기법을 도입해서 전에 없던 새 영상을 펼쳐내 세상을 놀라게 한 작품이다. 개인적으로 그림자 실루엣으로 애니메이션을 연출한다는 독창적 발상 자체보다 그 기법과 스토리가 맺고 있는 자연스러운 조화를 더 주목하게 된다. 〈프린스 앤 프린세스〉

는 총 여섯 개 에피소드를 담고 있는데 대다수는 민담을 바탕으로 삼고 있다. 예컨대 첫째 에피소드인 '공주와 다이아몬드 목걸이'는 그림형제 민담집의 〈꿀벌여왕Die Bienenkönigen〉KHM 62을 재구성한 것이다. 숲속에 흩어진 보석을 찾는 과제나 그것을 완수하지 못하면 돌로 변한다는 설정 등 핵심 내용이 서로 통한다. 전형적인 민담적 화소들이다.

중요한 사실은 그러한 민담적 요소가 그림자 애니메이션 이미지와 잘 통한다는 사실이다. 민담은 본래 평면적이고 직선적인 서사로서 특징을 지닌다. 흑백의 대비로 민담을 표현하는 것은 가능한 일이고 잘 어울리는 일이다. 다만 내내 흑백이어서는 곤란하다. 빛나야 할 때는 활짝 빛나야 서사가 살아난다. 〈프린스 앤 프린세스〉는 이러한 서사적 원리를 정확하게 포착해서 구현해낸다. 흑백으로 진행되는 중에 색깔이 들어갈 부분은 들어가고, 빛이 나야 할 부분은 반짝반짝 빛난다. 예컨대 '공주와 다이아몬드 목걸이' 에피소드에서 숲에 흩어진 다이아몬드들은, 그리고 그것을 모아서 완성한 목걸이는 어둠 속에서 저 홀로 빛난다. 그것은 맑고 순수한 주인공의 영혼을 표상하며, 그 기운에 의해 밝게 깨어나는 공주의 영혼을 표상한다. 이렇게 기법과 스토리가 하나가 됨으로써 주제적 의미가 생생하게 살아난다.

〈프린스 앤 프린세스〉는 한번 훌쩍 보고서 넘어갈 종류의 애니메이션이 아니다. 보고 또 보면서 거듭 음미할 만한 작품이다.

스토리텔링, 진짜와 가짜 사이

그리하면 가지각색 에피소드들 속에 숨어 있는 다양한 상징적 의미들이 착착 살아와서 마음을 밝혀줄 것이다. 원형적 서사로서의 민담들이 그러한 것과 같다. 잘 모르긴 해도, 그 상징적 의미 가운데는 감독이 미처 인지하지 못한 것들도 포함돼 있을 것이다. 진짜 이야기가 본래 그러한 것처럼 말이다.

두 작품을 보고서 미셸 오슬로라는 사람을 '원형적 스토리의 장인'이라고 해도 좋겠다고 여기고 있던 차에 큰 실망을 한 일이 있었다. 그의 작품 〈키리쿠 키리쿠〉2005를 본 게 잘못이었다. 〈키리쿠와 마녀〉의 속편이 있다고 해서 일부러 찾아서 봤는데, 결과는 완전한 '아니올시다'였다. 신화적 영웅이라기보다 개구쟁이 장난꾼 트릭스터 비슷한 존재로 돌아온 키리쿠가 펼쳐내는 것은 어설픈 희극적 농담일 따름이었다. 어떤 제대로 된 신화적 힘도 찾아보기 어려웠다. 도대체 왜 이런 격차가 나타나는 것일까? 내가 찾은 답은 구전돼온 원형적 서사가 있고 없고의 차이다. 그러니까 〈키리쿠와 마녀〉나 〈프린스 앤 프린세스〉의 서사적 힘은 8할이 원전에 의한 것이었다는 말이다. 원형적 서사를 새롭게 '창작'해내는 일은 언제라도 만만한 과업이 아니다. 자신이 없다면 그냥 '발견'해내는 일에 충실한 편이 낫다고 말하고 싶다.

그리고 보니 다른 작품들도 대개 그러했다. 디즈니 애니메이션을 보면 속편이 본편을 넘어선 경우는 거의 만나기 어렵다. 〈미녀와 야수〉, 〈알라딘〉, 〈뮬란〉, 〈라이온 킹〉…… 원작에 기초

스토리텔링 원론

한 본편은 서사적 힘이 넘쳐나지만 속편을 채우고 있는 것은 대개 전편의 캐릭터적 잔영에 의존한 유치한 유머와 작위적 테크닉일 따름이다. 할리우드의 스토리텔러들이 날고뛴다고 해봤자 본래적 옛이야기에 비하면 '방 안의 벼룩'일 따름이다.

일본식 스토리텔링과 애니미즘

만화와 애니메이션, 게임 등에서 21세기 문화콘텐츠의 총아로 힘을 내고 있는 일본의 스토리텔링에 대해 잠깐 짚어본다. '만화왕국'이라 할 만한 오래고 폭넓은 전통에서 우러난 힘이라 할 수 있거니와, 그 세계관적 바탕으로서 '애니미즘'을 주목하게 된다.

애니미즘animism은 정령신앙이나 물활론物活論으로도 일컬어지는 것으로, 자연현상과 동식물, 심지어 무생물까지 모두 생명이나 영혼을 가지고 있다고 보는 세계관을 뜻한다. 해, 달, 별, 강과 같은 자연계의 모든 사물과 불, 바람, 벼락, 폭풍우, 계절 등과 같은 자연 현상에 생명이 있다고 보고 그 영혼을 인정하여 인간처럼 의식, 욕구, 느낌 등이 존재한다고 믿는다. 세상의 모든 사물에 눈에 보이지 않는 어떤 영적인 힘으로서 정령精靈이 깃들어 있다고 여기는 것이다. 의인법擬人法 수준을 넘어서는 원형적 세계관이다.

일본은 전통적으로 애니미즘의 나라라고 할 수 있다. 애니미즘은 세계 보편의 것이지만, 일본에서 그 전통은 특히 강하며 오늘날까지도 뚜렷이 이어지고 있다. 일본 고유의 신앙인 신도神道는 자연에 대한 숭배심이 종교로 발전한 것으로 애니미즘적 세계관을 기반으로 삼거니와, 일본의 신사神社에는 일반적 신령이나 인간 외에 갖가지 동식물과 사물을 신격화하여 모시곤 한다. 평범해 보이는 돌멩이에도 생명력과 신통력을 인정해서 고이 받들면서 기원을 올리는 식이다.

20세기에서 21세기로 이어지는 일본의 스토리텔링은 이러한 애니미즘을 현대적이고 보편적인 형태로 발현함으로써 차별적 경쟁력을 발현했다고 볼 수 있다. 일본의 만화와 애니메이션, 게임 등에는 동식물과 사물 등을 인간처럼 표현한 수많은 캐릭터들이 가득하다. 단적인 예로 오래도록 세계를 누벼온 〈포켓 몬스터〉 콘텐츠는 서로 형상과 특성을 달리하는 800가지 이상의 포켓몬을 보유하고 있다. 그들은 '작은 괴물' 그 이상이다. 얼핏 트레이너의 부속물처럼 보이지만, 실질적 위상과 구실은 동반자 내지 수호자에 해당한다. 그들은 그 자체로 신령하게 살아있으며, 고민하고 노력하고 성장한다. 그것은 기술적 창조물을 넘어선다. 이 세상에서 스스로 생겨난 바에 가깝다.

일본은 '로봇'에 대한 애착이 강한 나라로 유명하다. 특히 '인간을 닮은 로봇'을 만들어내고자 하는 의지가 강하다. 두 발로 걷고 손을 쓰는 로봇은 효율성이 높다고 보기 어렵다. 하지만 그

애착에는 효율성 이상의 무엇이 있다. 흔히 일본 애니메이션의 원조로 데즈카 오사무의 〈철완 아톰〉을 들거니와, 전형적인 인간형 로봇 이야기다. 그 로봇은 인간을 위한 수단이 아니다. 인간처럼 느끼고 판단하고 행동하는 동반자다.

개인적으로 일본식 로봇 스토리텔링의 한 정점으로 〈짱가원제 '아스트로 강가'〉NTV, 1972~1973를 들고 싶다. 이 작품 속의 '짱가'는 '만들어진 기계'가 아니다. 우주의 '살아있는 금속'으로부터 생겨난 하나의 생명체에 가깝다. 본래 생명력을 지닌 존재였으므로, 인간처럼 느끼고 행동하는 것이 아주 자연스러운 일이 된다. 어렸을 때 이 애니메이션을 보면서 로봇이 인간처럼 희로애락을 느끼고 고뇌하는 모습이 아주 인상적인 기억으로 새겨져 지금껏 남아 있다. 밑바탕의 애니미즘적 세계관이 이면적으로 접속된 결과라고 생각한다. 더 거슬러 올라가서, 어린 시절에 보았던 만화책 중 가장 충격적이었던 〈바벨2세〉요코야마 미쓰테루 원작, 1971~1973의 서사에도 어김없이 애니미즘적 세계관이 깔려 있음을 뒤늦게 깨우친 바다.

일본의 애니메이션 스토리텔링을 말할 때 누구라도 먼저 떠올리는 미야자키 하야오의 작품들에도 애니미즘은 하나의 원형적 세계관으로 움직이고 있다. 수많은 작품을 들 수 있겠으나, 특히 인상적인 사례로 〈원령공주모노노케 히메〉1997를 들고 싶다. 이 작품에는 수많은 자연적 정령이 등장한다. 그것은 세계의 주인이자

스토리텔링, 진짜와 가짜 사이

인간의 동반자인데, 공격과 밀침의 대상이 되어 그 힘이 뒤틀리면 재앙신 '원령怨靈'이 된다. 재앙신의 원한을 풀어내기 위한 일련의 싸움 과정이 곧 이 작품의 기본 서사가 된다. '자연:문명'이라는 전형적인 신화적 대립항을 서사적 축으로 삼은 형태인데, 오랜 전통의 애니미즘적 세계관이 바탕에 깔려 있음으로 해서 강렬한 인지적 감발력을 구현한다. 다분히 기술적인 형태로 의인적 캐릭터를 만들어내는 디즈니 애니메이션과 질적으로 다른 울림이다.

헐리우드 영화 가운데 큰 울림을 받은 작품에 〈아바타〉제임스 카메론 감독, 2009가 있다. 한국에서만 1,300만 이상의 관객을 동원하며 역대 외국영화 중 단연 흥행 1순위를 기록했으니, 수많은 사람들의 마음을 사로잡은 터다. 헐리우드 특유의 첨단 특수기술을 적용한 영상과 서스펜스를 자아내는 스토리텔링도 큰 몫을 했겠지만, 보기 드문 깊이를 발휘한 애니미즘적 세계관이 결정적인 구실을 한 것이라고 보고 있다. 아바타 행성의 수많은 동물들은 싸워서 없애야 할 대상적 괴물이 아니라 진심으로써 교감하여 일체화를 이루어야 하는 신령한 생명체였다. 인간이라는 배타적 경계를 넘어선 우주적 교감이 전해주는 호소력과 감동은 상당한 것이었다.

영화 〈아바타〉에서 개인적으로 가장 인상적인 대목은 주인공이 '영혼의 나무' 밑에서 나무의 영혼과 교감하면서 나비족으로 거듭나는 장면이었다. 영혼의 나무가 신령한 생명력을 펼쳐내는 모습은 가히 압권이었다. 하지만 이 대목을 보면서, 그 장면에 원본이 따로 있다는 생각을 지울 수 없었다. 위에 말한 〈원령공주〉에서 자그마한 나무의 정령들이 나오는 장면이 그것이다. 나무에 수백수천의 정령들이 깃들어서 큰 이슬과도 같고 작은 도깨비와도 같이 움직이는 모습은 원형적인 애니미즘 세계관을 단적으로 반영한 인상적 형상이었다. 비록 구체적 이미지가 다르고 서사맥락도 차이가 있지만, 나의 생각에 〈아바타〉의 영혼의 나무 장면은 거의 정확히 이 장면과 일치한다. 말하자면, 카메론 감독은 헐리우드식 서사에 동양식 애니미즘을 결합시킴으로써 서사적 변환을 꾀한 것이라 할 수 있다. 오래 이어져온 세계관적 화소의 적용으로 스토리텔링의 변혁을 이루어낸 상황이다. 영화사를 잘 모르지만, 하나의 의미 있는 지점으로 기록될 만한 대목이라고 생각한다.

일본의 콘텐츠 스토리텔링은 그렇게 하나의 길을 찾았다. 우주 만물에 편재한 원초적 생명력에 대한 세계관적 관심은 하나의 미미한 실마리로부터 다양하고 생생한 캐릭터와 설득적인 스토리를 이루어내는 동력이 되고 있다. 서구의 오랜 마법담 전통이 판타지 스토리텔링의 원천 구실을 해온 것에 비견할 만한 면모다. 우리는 어떤 전통에서 원형적 스토리텔링의 수원지를 찾을 것인지 고민하게 하는 대목이다. 특유의 신성관神聖觀을 내재한 본풀이 구전신화를 우선적으로 떠올리게 된다. 그에 대한 이야기로 넘어가기로 한다.

이성강의 〈오늘이〉가 놓친 것과 찾은 것

이성강은 한국 애니메이션의 새 길을 개척한 거장으로 손꼽힌다. 그의 대표작으로 〈마리 이야기〉2002를 먼저 떠올리게 되고 〈천년여우 여우비〉2007도 들 만하지만, 내가 생각하는 그의 최고 작품은 〈오늘이〉2003다. 아는 사람은 웬만큼 아는, 국제 영화제에서 꽤 많은 상을 받은 단편 애니메이션이다. 그 대본 동화 〈오늘이〉가 초등학교 교과서에도 실렸으니 작품성에 대한 일종의 공인이 이루어진 터다.

15분짜리 애니메이션 〈오늘이〉는 순수 창작이 아니고 옛이야기를 작품화한 것이다. 본풀이 구전 무속신화 〈원천강본풀이〉가 그것이다. 앞서 4장에서 소개한 바 있는, '큰 뱀이 문 세 개의 야광주'가 화소로 포함돼 있는 그 신화다. 처음 보면 '아름다운 동화'처럼 보이지만, 거듭 음미하다 보면 그 속에 이 세상에 존재한다는 일의 의미에 대한 원형적 인식이 깃들어 있음을 깨닫게 되는 놀라운 이야기다.

애니메이션 〈오늘이〉를 10번 이상 보았다. 강연 등에서 자주 소개하다 보니 자연스럽게 여러 번 보게 되었다. 이 작품을 보여주면 대학생이나 일반인 상관없이 대다수 사람들이 좋아한다. 원작에 꽤 많은 변형을 가했지만, 작품 안에는 신화적 서사가 나름 생생하게 살아있다. 감독의 역량이 한 몫 했겠지만, 상당 부분 원작의 힘이기도 하다. 그 서사에 대해 할 말이 꽤 많지만, 핵심적인 두 가지 사항만 얘기하고자 한다. 하나는 이 작품이 놓친 부분이고, 또 하나는 잘 살려낸 부분이다.

애니메이션 〈오늘이〉는 처음 오늘이가 태어나서 자란 곳을 낙원처럼 묘사한다. 오늘이는 '야아'라는 이름의 학, 그리고 한 개의 여의주와 함께 평화롭고 아름다운 섬에서 행복한 날들을 보낸다. 그러던 중 섬은 여의주를 노리고 찾아온 사람들에 의해 죽은 땅으로 바뀐다. 야아는 화살에 맞아 피를 흘린 상태로 섬을 뒤덮은 얼음 속에 파묻히고 만다. 이후 작품은 넓고 거친 육지에 가닿은 오늘이가 행복했던 그곳 원천강을 되찾으러 나아가는 여정을 축으로 하여 전개된다. 원작에서처럼 오늘이는 꽃을 한 송이밖에 못 피우는 연꽃을 만나고, 내내 책만 읽는 처녀를 만나며, 여의주를 여럿 가지고도 승천하지 못하는 이무기를 만난다. 그들의 도움으로 원천강으로 가는 데 성공한 오늘이는 이무기가 변한 용의 도움으로 섬의 얼음을 걷어내고 죽었던 친구 야아를 살려낸다. 여의주까지 함께 셋은 다시금 행복을 되찾는다.

섬에서 쫓겨나 방황하는 과정에서 오늘이의 변화와 성장이 있었겠으나, 이 작품의 스토리는 거의 정확하게 '낙원 회복의 서사'

295

로 펼쳐지고 있다. 말하자면 이 작품 속의 원천강은 '에덴동산'에
해당한다. 그 서사는 분명 신화적이지만, 원작과 결이 많이 다른
쪽이라 할 수 있다. 부분적 차이가 아닌 질적 차이다. 원작에서
오늘이가 살던 곳은 '적막한 들'이었다. 그는 이름도 나이도 모르
는 아득한 고독과 미망의 존재였다. 그가 원천강으로 길을 떠나
는 것은 자신의 존재적 근본을 찾기 위함이었다. 그 여정에서 오
늘이는 고독과 모순의 존재들을 거듭 만나면서 세상에 대한 이해
와 함께 관계의 확장을 이루어간다. 그렇게 원천강에 도달한 오
늘이는 마침내 존재의 본질을 자각하고, 세상 만유의 문제를 해
결하는 자가 된다. 한 손에 연꽃, 한 손에 여의주를 든 채로 신神
이 된다. 하나의 점과 같은 존재에서 우주적 존재로 나아가는 역
전적 성장의 서사이며 비약적 확장의 서사다. 이성강의 〈오늘이〉
는 이러한 맥락을 놓친 채 질적으로 다른 서사를 펼친 형국이다.

　이와 같은 서사의 변개는 감독이 의도적으로 그리 한 것이라
기보다 무의식중에 그렇게 된 것일 가능성이 크다는 생각이다.
어느새 우리 내면 깊은 곳에 자리 잡아서 신체화된 창세기식 낙
원회복의 서사가 은연중 스토리텔링 과정에 스며들어 영향을 미
쳤으리라는 뜻이다. 그 또한 하나의 원형적 서사의 속성을 지니
고 있고 그리하여 사람들의 마음을 움직이게 하지만, 전통서사
의 원형적 의미를 중시하는 입장에서 아쉬움을 달래기 어려운
대목이다.

하지만 〈오늘이〉에는 이러한 아쉬움을 덮을 정도로 빛나는 장면들이 있다. 이 작품에서 '이무기가 용이 되는 과정'을 펼쳐낸 서사는 가히 백미라 할 만하다. 작품 속의 이무기는 공룡 비슷한 모습으로 등장하는데 둘도 셋도 아닌 열 개가 넘는 여의주를 지닌 것으로 그려진다. 그러면서도 용이 못 되고 있던 이무기는 오늘이를 원천강에 데려다주는 조건으로 그녀의 여의주마저 차지한다. 그렇게 원천강에 도착한 상황에서 하나의 반전이 일어난다. 불시에 땅이 갈라지며 오늘이가 아득한 밑바닥으로 추락하게 될 급박한 위기에서, 이무기는 여의주를 꽁꽁 안고 있던 손을 풀고서 오늘이를 붙잡는다. 그리고 오늘이를 안은 채 밑바닥으로 추락한다. 바로 그 순간 머리에 뿔이 돋아나면서 그는 용으로 탈바꿈한다. 보는 이로 하여금 탄성을 자아내게 하는 극적 변전의 장면이다.

나는 〈오늘이〉의 이 장면이 4장에서 말했던바 여의주_{야광주}의 상징을 더 없이 훌륭히 표현해낸 것이라고 여기고 있다. 이무기를 용이 되게 하는 하나의 여의주에 대해 나는 그것을 '자기 자신'이라고 했었다. 스스로 가볍고 빛나는 존재가 될 때, 곧 얽매임 없는 자유의 존재가 될 때 용이 될 수 있는 것이라 했다. 〈오늘이〉의 저 이무기는 저 순간 스스로를 그렇게 빛나는 여의주로 만들고 있는 중이다. 제 안의 신성을 펼쳐내어 존재의 변혁을 이루고 있는 중이다. 그렇게 그가 신성의 존재가 되자 죽었던 세상이 되살아난다. 얼음이 걷히고 꽃이 피어나고, 피 흘리며 죽었던 자연적 순수가 부활한다. 그렇게 세상은 낙원이 된다. 우리의 본래적 원천이었던 그 모습 그대로.

이 작품이 창세기식 낙원 회복의 서사로 바뀐 데 대한 아쉬움을 말했지만, 나는 이무기가 용이 되는 이 일련의 서사만으로도 〈오늘이〉는 한국 민간신화의 진수를 오롯이 살려낸 뜻깊은 스토리텔링을 성취한 것이라고 믿는다. 한국 신화는 우리 내면에 신성이 있다고 말하거니와, 저 장면을 보면서 사람들 내면 깊은 곳의 신성이 빛을 내게 된다. 이 작품이 하나의 새로운 신화神話가 되는 순간이다.

〈신과 함께〉와 〈묘진전〉, 나의 선택은

웹툰이 스토리문화의 대세로 떠오르고 있는 중이다. 수많은 스토리 능력자들이 웹툰 쪽에 몰려 있으며, 스토리를 찾는 수백만 독자들이 그곳을 상시적 놀이터로 삼고 있다. 시각화된 스토리로서의 웹툰은 이미지 세대이자 스토리 세대인 10대와 20대에 꼭 맞는 장르가 된다.

스토리텔링의 뜨거운 영역이라는 위상에 걸맞게 웹툰 가운데 눈길을 끄는 흥미로운 작품들이 꽤 많다. 특히 신화와 민담 등 옛이야기에서 소재나 모티프, 세계관 등을 가져온 작품들이 많다는 사실이 인상적이다. 옛이야기와 웹툰의 스토리적 친연성을 보여주는 한편으로 젊은 작가들의 뛰어난 스토리 감각을 확인시켜주는 면모라고 볼 만하다.

한국 신화를 웹툰에 적용한 작품 가운데 대표작을 뽑으라면 단연 주호민의 〈신과 함께〉일 것이다. 선풍적인 인기 속에 네이버에 연재되어 본풀이 민간신화의 주인공들을 대중에게 알리는 데 크나큰 구실을 한 작품이다. 신화 연구자들 수십 명이 이루지 못한 '신화의 대중화'를 상당 수준으로 성취한 상황이거니와, 창작 스토리텔링의 힘을 실감하게 된다. 작품성 면에서도 높은 평가를 받고 있는 터이니 두 마리 토끼를 잡았다고 할 만하다.

개인적으로 〈신과 함께〉와 더불어 주목하는 또 하나의 작품은 다음 웹툰으로 연재되어 완결된 젤리빈 작가의 〈묘진전〉이다. 〈신과 함께〉와 마찬가지로 본풀이 구전신화를 기반으로 하면서도 그것을 꽤 다른 방식으로 풀어낸 작품이다. 대중적 인기 면에서 〈신과 함께〉에 비할 바가 아니지만, 작품적 깊이나 완성도로 말하자면 빠질 것이 없는 작품이다. 두 작품 가운데 굳이 하나를 뽑으라면 나의 선택은 아마도 〈묘진전〉 쪽일 것이다.

〈신과 함께〉를 보았다면, 그 서사적 화두 내지 주제적 의미를 어떻게 기억하고 있을지 궁금하다. 아마도 많은 사람들이 "살아생전의 행동들은 사후에 어떤 응보로 이어지는가?"를 서사적 화두로 여기는 가운데 그 주제적 의미를 "착하게 살자"는 한마디

299

말로 함축해서 기억하는 듯하다. 살았을 때 행한 일이 무엇 하나도 흩어지지 않고 정확한 응보를 받는다는 것은 두렵고 겁나는 일인 한편으로 본원적 정의正義를 확인시키는 요소가 된다.

하지만 나는 이 작품에 작동하는 신화적 서사의 핵심 축을 이와 좀 다른 곳에서 찾고 싶다. '한풀이의 서사'가 그것이다. 가슴속 깊은 곳에 응어리로 맺혀서 죽어서도 풀리지 않는 한恨에 얽힌 속 깊은 사연을 이 작품은 특유의 날카롭고도 따뜻한 감각으로 생생하게 펼쳐낸다. 군대에서 총기사고로 쓰러진 뒤 탈영병으로 탈바꿈된 상태에서 산 채로 땅에 묻힌 유성연 병장의 쓰라린 원한은 세상 수많은 약한 자들의 가슴속 응어리를 단적으로 표상하는 것이었다. 사람들은 그 원한에 깊이 공명하면서 그것을 풀어내는 여정에 서사적·정서적으로 동참하는바, 그 과정은 아주 신화적이다. 억울한 넋에 대한 위무와 한풀이는 굿과 신화의 기본 지향이거니와, 그 주제적 의미가 '여기 우리의 서사'로 무겁고도 생생하게 살아나고 있다. 그러한 현재성 또한 신화적 속성이 된다.

유성연 병장만이 아니다. 열 지옥을 거쳐 가는 일련의 과정에서 주인공 역할을 하는 김자홍 씨 또한 보이지 않는 큰 한을 지닌 존재다. 살면서 이룬 것이 무엇인지 알 수 없는, 상황에 이끌리고 의무에 눌리며 영위해온 존재감 없는 일평생은 하나의 큰 '공허'가 되어 사람들을 슬프게 한다. 그것은 21세기 수많은 아버지들

스토리텔링 원론

의, 또는 아버지가 될 사람들의 표상이다. 강한 응어리로 맺힌 한과 성격이 다르지만, 그 또한 위무와 치유가 필요한 아픔이라 할 수 있다. 작품은 김자홍의 행보를 따라가면서, 그리고 그와 크게 다를 바 없는 또 다른 슬픈 사람들의 행보를 보여주면서, 존재한다는 것의 의미에 대한 근원적 반추를 이루어낸다. 그 일련의 서사를 펼쳐낸 〈신과 함께〉 저승편은, 외형적으로 신화적 스토리와 거리감이 있음에도, 내면에서 이러한 신화적 원리가 작동하고 있음으로 해서 큰 흡인력과 감발력을 발휘한 것이라고 볼 수 있다.

〈신과 함께〉에서 흥미로우면서도 아쉬웠던 점 한 가지는 신들 간의 위계에 대한 부분이었다. 한국의 본풀이 신화는 신들 사이의 위계질서를 그리 중시하지 않는 쪽이다. 제 직능에 대해 독자적 권한을 지니는 식이다. 저승 삼차사만 하더라도, 원전 신화에서 셋은 서로 나란한 존재로 표현되는 것이 보통이다. 이에 대하여 〈신과 함께〉가 그려낸 삼차사의 관계는 계급적 질서가 정교하게 작용하는 형국을 하고 있다. 해원맥은 강림도령을 넘어설 수 없는 식이다. 이덕춘은 더 말할 것도 없다. 〈신과 함께〉 속 인간관계는 다분히 '군대식'에 가깝다. 강림도령과 해원맥, 이덕춘은 선임과 후임, 신병의 관계를 반영하며, 강림이 염라를 대하는 모습은 소대장이나 중대장을 대하는 모습을 연상시키고, '대별'이 움직이는 방식은 한 명의 부대장을 떠올리게 한다. 윗사람은 더 큰 권한과 능력을 가지고 있으며, 아랫사람은 그 명령과 조정에 의해 움직이는 모양새다. 굳이 비교하자면, 그러한 위계질서는 한국 신화보다 서양 신화에 더 가깝다고 말할 수 있다. 제우스한테 크고작은 모든 일이 보고되고 중요한 많은 일을 그가 나서서 해결하는 것과 달리, 한국 신화에서 염라왕이나 옥황상제가 직접 나서는 일은 드문 쪽이다. 무의식중에 발생한 현상이겠으나, 이 작품이 한국 신화 특유의 병립신관並立神觀 대신 계급적 위계의 신관을 반영한 것은 못내 아쉬운 부분으로 다가온다. 원형적 서사를 완전하게 꿰뚫는다는 것은 얼마나 어려운 일인지!

그런 점에서 젤리빈의 〈묘진전〉은 아주 놀라운 작품이었다. 본풀이 신화 특유의 원형적 세계관을 깊은 곳까지 꿰뚫은 상태에서 흔들림 없이 끝까지 밀고 나간, 안온한 타협에 눈을 돌리는 대신 언제라도 문제의 본질에 직면하여 그것을 감당하고 풀어나간 하나의 오롯한 신화적 서사. 그것이 나에게 다가온 〈묘진전〉이었다.

〈신과 함께〉에서 저승 삼차사와 시왕 같은 민간신화의 신들이 중요한 서사적 주체 역할을 하는 것과 달리 〈묘진전〉에서 원전 신화에 나오는 신들이 담당하는 역할은 많이 축소돼 있다. 이야기 초입에 마마신 각시손님이 나오고 중간에 그 동반자로 움직이던 다른 손님신들이 나오는 정도다. 이야기는 작가가 창조한 네 인물, 곧 묘진과 달래莫맛, 진홍, 산이 등을 중심으로 하여 전개된다. 그럼에도 이야기는 더없이 신화적이다. 인물들의 갈등과

스토리텔링 원론

좌절은, 그리고 원한은 늘 밑바닥 끝에까지 미친다. 풀어냄보다 막힘과 얽힘이 더 강력해 보여서 감당하기 어려운 면이 있지만, 그것은 사람들 마음 깊은 곳을 강하게 흔드는 힘을 발휘한다. 그 것이 나 자신의, 또는 내가 아는 누군가의 이면적 진실임으로 해서 거기서 도망칠 도리가 없다.

자세한 우여곡절에 대한 설명은 생략하거니와, 그 깊은 갈등과 원한의 질곡은, 결국 풀린다. 신화적 필연이 작동한 결과였다. 그 풀어냄의 논리가 빈약하거나 엉뚱할까봐 마음을 졸였었으나, 작가의 스토리적 역량은 그러한 걱정을 기우로 만들었다. 작품 속에서 갈등과 원한의 풀어냄은 그리되어야 마땅한 방식으로 심중하고도 설득력 있게 수행된다. 스포일러가 될까봐 따로 말하지 않거니와, 이 작품의 엔딩은 크나큰 감동과 여운으로 마음 깊이 들어앉는 것이었다. 그리하여 나는 이 작품에 대해 그 제목이 '묘진전'이 아닌 '묘진본풀이'나 '달래본풀이'가 더 어울린다고 말하곤 한다. 한 명의 신세대 작가가 그 자신의 상상력으로써 하나의 새로운 본풀이 신화를 창조해낸 형국이니 놀라운 일이다.

뒤에 기회가 되어 젤리빈 작가를 만나서 얘기를 들어보니 신화 원전을 정리하고 해설한 책을 거듭해서 읽으면서 마음에 새겼다고 한다. 당연히 그러했을 것이다. 이런 서사가 단지 상상력만으로 이루어질 수는 없는 법이다. 원형적 이야기에 대한 깊은 통찰에 더하여 스스로의 삶의 무게까지 녹여내는 가운데 작가는 신

스토리텔링, 진짜와 가짜 사이

화적 서사 깊은 곳으로까지 나아갈 수 있었던 것이라고 생각한다.

쓰다 보니 일방적 찬사처럼 된 상황이다. 잘 살펴보면 이 작품에도 허점이 있고 무리한 요소들이 있을 것이다. 어떤가 하면, 원형적 서사가 구심으로서 오롯이 힘을 내면 그런 문제점들이 다너그러운 이해와 포용의 대상이 된다. 반면 그 구심이 흔들려서 힘을 내지 못하면 쇄말적인 문제점까지도 지적과 공격을 면할수 없게 된다. 디테일이 중요하지 않은 바는 물론 아니지만, 서사의 중심축을 제대로 잡는 것이 우선이다. 그래야 스토리텔링이 제대로 힘을 낼 수 있다.

삶을 위한 스토리텔링

스토리텔링에서의 진짜와 가짜를 말했지만, 사실 그 차이를 분간하기는 어렵다. 사람에 따라 시각이 달라지는 바이기도 하다. 스토리를 만들어서 풀어내는 사람들치고 누구라도 제 이야기를 진짜라고 여기지 않는 사람은 없을 것이다.

좋은 스토리텔링의 요건과 관련해서 진짜 스토리에는 '역사'가 있다는 말을 하고 싶다. 오랜 시간에 걸쳐 밑바닥을 성실히 움직여온, 그러면서 스스로 빛을 낸 이야기들은 진짜로서의 힘과 가치를 지닌다. 그에 비해 가짜에는 그런 역사가 없다. 기교와 욕망이 있을 따름이다. 역사 없이 급조된 스토리는 어떤 식으로든 구멍이 있기 마련이다. 그리하여 그것은 결국 힘없이 허물어지게 되어 있다. 역사가 없는 스토리가 역사를 이룰 수는 없는 법이다.

멀리 제대로 나아가고자 하면 본원으로 돌아가는 것이 답이다. 우리한테는 오랜 세월을 이어온 수많은 귀한 이야기들이 있다. 긴긴 세월을 헤쳐 나와서 그 자체 역사가 된 이야기들이다. 그 이야기 속에는 헤아리기 어려운 수많은 길들이 깃들어 있다. 과거에서 현재로 이어져왔고 미래로 이어질 길들이다. 우리가 앞길을 내다볼 수 있는 것은 지금까지 걸어온 길이 있기 때문이다.

힘든 일이라고 생각될지 모르지만, 그렇지 않다. 꼭 이야기 조사자가 되고 정리자나 연구자가 될 필요는 없다. 이야기의 본령과 만나는 길은 우리 곁에 활짝 열려 있다. 긴 세월 속을 흘러온 이야기들에 대해 마음을 열고서 손을 내미는 것으로 충분하다. 좋은 이야기들을 찾아서 읽고, 듣고, 말하는 일이 그것이다. 특히, 말하고 듣는 일이 중요하다. 이야기는 입으로 말하고 귀로 듣는 과정에서 자기 것이 된다. 그 기억과 구성의 과정에 자동적으로 스토리적 인지가 작동하거니와, 그 시간은 곧 우리 자신이 스토리적으로 움직이는 시간이 된다.

그렇게 우리 자신의 존재가 스토리적으로 되어갈 때, 스토리텔러는 더 이상 먼 꿈이 아니다. 이미 실현되어가고 있는 현실이다. 그렇게 움직여간 결과를 한마디로 말한다면? ― "그들은 오래오래 행복하게 잘 살았습니다."

스토리텔링, 진짜와 가짜 사이

주석

1장

1 〈순무〉 원문은 알렉산드르 아파나셰프 저, 서미석 역, 『러시아 민화집』, 현대지
성사, 2000 참조.

2 이 두 이야기는 연변 지역에서 발간된 전설집들에 실려 있다. 구체적인 이야기
내용과 해설을 신동흔, 『살아있는 한국신화』(한겨레출판, 2014), 501~520쪽에서
볼 수 있다.

3 서대석, 「백두산과 민족신화」, 정재호 외, 『백두산 설화 연구』(고려대 민족문화연
구소, 1992), 52쪽.

4 이는 인터넷에 올라있는 영등할망 전설 내용을 종합해 정리한 것이다. 전설에
대한 설명은 디지털제주시문화대전의 〈영등할망 전설〉 항목 참조.

5 'KHM'은 그림형제 민담집의 원어인 *Kinder-und Hausmärchen*의 이니셜을
조합한 것으로 그림형제 민담을 일컫는 국제적인 약호다. 그 뒤의 숫자는 민담
일련번호로서 1857년의 최종판 200편을 기준으로 삼는다.

6 브루너의 논의는 J. Bruner, J. *Actual Minds, Possible Worlds*(Harvard
University Press, 1986)와 Jerome Bruner, "The Narrative Construction of
Reality", *Critical Inquiry 18*(The University of Chicago, 1991)에서 볼 수 있다.
터너의 글은 Mark Turner, *The Literary Mind*(Oxford University Press, 1996)
에 실려 있다.

7   이 이야기는 1994년 4월 4일에 필자가 강원도 홍천군 동면 속초리에서 오월선 화자에게 채록한 것이다. 원문은 신동흔 엮음, 『국어시간에 설화 읽기』 1(휴머니스트, 2016), 67~81쪽에 실려 있다.

8   월터 J. 옹, 이기우·임명진 옮김, 『구술문화와 문자문화』(문예출판사, 2000).

2장

1   설화에서 계모라는 언술은 의미맥락상 친모로 해석해야 어울리는 경우가 더 많다는 것이 여러 설화학자들의 공통적 견해다. 대표적인 사례로 베텔하임의 논의를 들 수 있다. 브루노 베텔하임 지음, 김옥순 옮김, 『옛이야기의 매력』 1~2(시공주니어, 1998) 참조.

2   최근에 김효실이 이런 관점에서 이 설화의 서사적 맥락을 구체적으로 분석한 논문을 제출한 바 있다. 김효실, 「〈구렁덩덩신선비〉에 나타난 부부간 계층 갈등과 해결과정 연구」, 《겨레어문학》 제57집(겨레어문학회, 2017). 이 연구의 기본 아이디어는 논문 지도 과정에서 본 저자가 함께 안출한 것이었다.

3   설화 〈종소리〉에 대한 이 책의 논의는 서대석의 연구를 바탕으로 재정리한 것이다. 순차단락도 서대석이 정리한 것을 가지고 왔다. 서대석, 「설화 〈종소리〉의 구조와 의미」, 《한국문화》 8(서울대 한국문화연구소, 1987), 35쪽.

4   이하의 내용은 서대석, 위의 논문의 요지를 요약하고 또 일부 보충하면서 재정리한 것이다.

5   서대석, 위의 논문, 41쪽.

6   전완성과 정향성, 초점 등은 제랄드 프랭스가 서사성의 주요 요건으로 든 것이다. 제랄드 프랭스 지음, 최상규 옮김, 『서사학 ― 서사물의 형식과 기능』(문학과 지성사, 1988), 218~242쪽 참조.

3장

1   조동일, 『한국소설의 이론』(지식산업사, 1977), 104~132쪽.

2   설화와 소설의 차이와 그 문학사적 전개에 관한 자세한 논의는 신동흔, 「설화의 소설의 장르적 본질 및 문학사적 위상」, 《국어국문학》 138(국어국문학회, 2004) 참조.

3   참고로 본문의 두 예문은 기존 설화나 소설 텍스트를 인용한 것이 아니고 설명

스토리텔링 원론

의 편의를 위해 저자가 직접 작성한 것이다.

4   신동흔, 「구전 이야기의 갈래와 상호관계에 대한 연구」, 《비교민속학》 제22집 (비교민속학회, 2002), 396쪽.

5   문경 화장마을 당신화. 천혜숙, 「화장마을 당신화의 요소와 구조 분석」, 《민속 연구》 6(안동대 민속학연구소, 1996)에 소개된 자료를 재구성함.

6   1991.7.16. 공주군 계룡면 경천리 이봉구(남, 당시 65세)의 전언. 신동흔 채록.

7   그림형제 지음, 김경연 옮김, 『그림 형제 민담집』(현암사, 2012), 139~148쪽.

4장

1   Stith Thompson, *Motif-index of folk-literature: a classification of narrative elements in folktales, ballads, myths, fables, mediaeval romances*, Vol 1 to 6 (Bloomington: Indiana University Press, 1955).

2   김균태·강현모, 『부여의 구비설화』 2(보경문화사, 1995)에 실린 자료로 제목은 '지하 도적 퇴치'로 붙어 있다.

3   신동흔, 「설화 속 화수분 화소의 생태론적 고찰 — 한국과 유럽 설화를 대상으로」, 《구비문학연구》 제39집, 한국구비문학회, 2014.

4   이 이야기 원전은 다음 책에서 볼 수 있다. 샤를 페로 지음, 유진원 옮김, 〈고양이 선생 또는 장화 신은 고양이〉, 『샤를 페로 동화집』(꿈꾸는 고치, 2009), 93~109쪽.

5   〈마녀의 녹색 모자〉. 나송주 엮음, 『세계민담전집 05 스페인편』(황금가지, 2003), 128~130쪽.

6   〈원천강본풀이〉 내용은 신동흔, 『살아있는 한국신화』(한겨레출판, 2014)에 '사계 절의 땅 원천강 오늘이'라는 이름으로 실려 있다. 앞서 소개한 〈차사본풀이〉도 이 책에 내용과 해설이 실려 있다.

7   그 이야기는 그림형제 민담집에 실린 〈외눈박이 두눈박이 세눈박이〉다. 〈한눈이 두눈이 세눈이〉로 번역되기도 한다.

5장

1   각 기능에 대한 설명 및 정의는 안상훈의 러시아어 직역을 따른다. 블라디미르 프롭 지음, 안상훈 옮김, 『민담의 형태론』(박문사, 2009), 43~102쪽.

2   Alan Dundes, *The Morphology of North American Indian Folktales*, F F

Communication No. 195(SuoMalainen Tiedeakatemia Academia Scientiarum Fennica, 1980), pp.61~70.

3 　이하 '서사적 화두'의 개념과 그를 축으로 한 서사분석 모형에 대한 내용은 신동흔, 「서사적 화두를 축으로 한 화소-구조 통합형 설화 분석방법 연구」, 《구비문학연구》 제46집(한국구비문학회, 2017)의 논의를 축약적으로 재서술한 것이다.

4 　제랄드 프랑스 지음, 최상규 옮김, 『서사학이란 무엇인가』(예림기획, 1999), 244~246쪽.

5 　여기서 서사적 화두를 하나의 문장 형태로 명시하는 것은 이를 서사적 결절점으로 초점화하는 한편 화제의 방향성을 부각하기 위함이다. 문장을 의문형으로 표현한 것은 불교 용어로서 화두話頭의 어의에 맞게 그 쟁점적 문제성을 뚜렷이 하기 위한 것이다. 쟁점이 명확하고도 문제적으로 함축돼야 서사적 화두가 제 몫을 하게 된다.

6 　조지프 제이콥스 지음, 서미석 옮김, 『영국 옛이야기』(현대지성사, 2005), 219~223쪽.

7 　정재민, 『한국 운명설화 연구』(제이앤씨, 2009), 38~99쪽.

8 　이 설화 속의 부채는 다른 각편에서 '피리'나 '통소'로 돼있는 경우가 많다. 이 경우 본문과 같은 해석이 두루 무화되는가 하면 그렇지 않다. 같은 서사적 맥락에서 피리는 '내면의 피리'로 해석할 수 있다. 피리를 부는 일은 '자기 내면적 가치를 아름답게 풀어내는 일'로서 의의를 지니게 된다. 피리 또한 쉽게 감추어 두었다가 언제든 꺼내서 불 수 있어서 자유자재로 통제 가능한 대상이기도 하다. 이 설화에서 과연 부채와 피리 가운데 어느 것이 더 잘 어울리는가 하는 데 대해서 따로 정해진 답은 없다고 할 수 있다. 화소의 병립적·경쟁적 변주는 서사적 혼란이 아니라 융통적 자유로움이자 다채로움이라고 할 바로서 설화적 미학 내지 서사문법의 한 국면을 이룬다.

9 　일반적으로 설화는 특정한 교훈적 의미 등을 염두에 두고 앞뒤를 꿰어 맞추어 진술하는 것보다 그냥 스토리의 흐름대로 쭉쭉 풀어내는 것이 더 설화다운 담화를 이루는 길이 된다. 무의식중에 작용하는 서사문법이 의식적으로 만든 구성보다 더 원초적이고 정합적이라는 뜻이다. 거기 근원적 인지기제가 반영되기 때문이다. 설화에서 모종의 윤색을 거치지 않은 '구술적 원형성'이 중요한 이유를 이런 맥락에서 설명할 수 있다.

10 　이 설화는 신동흔이 강원도 홍천에서 채록한 것이다. 1996년 4월 4일에 홍천군

스토리텔링 원론

동면 속초리에서 오월선(1934년생, 당시 61세)이 구연했다. 이 자료는 신동흔, 『국어시간에 설화 읽기』 1(휴머니스트, 2016), 67~81쪽에도 수록돼 있는데, 편집을 조정해서 다시 싣는다.

11 김정은, 「설화의 서사문법을 활용한 자기발견과 치유의 이야기 창작방법 연구」 (건국대 박사학위 논문, 2016).

12 위의 논문, 137쪽.

6장

1 기존에 출간된 번역본들을 참조하는 가운데 독일어 원문을 직접 번역 정리했다.

2 이에 대한 자세한 논의는 신동흔, 「아기장수 설화와 진인출현설의 관계」, 《고전문학연구》 제5집(한국고전문학회, 1990) 참조.

3 신동흔, 『삶을 일깨우는 옛이야기의 힘』(우리교육, 2012), 35~36쪽.

4 이 설화에서 연못 맑은 물의 공용성은 건국대 대학원 문학치료 전공 정영지 학생의 발상에서 영감을 얻은 것이다.

5 이야기는 뒤에 롯과 살게 된 두 딸이 집에 아들이 없어 대를 이을 수 없는 상황을 극복하기 위해 롯이 만취하게 한 다음 그와 관계하여 아들을 낳았다고 전하고 있다. '인간'의 법도로 보면 반윤리적이고 엽기적으로 보일 내용이다. 하지만 저들은 '신'의 서사를 따르고 있는 존재들이다. 말하자면 그것은 〈남매혼〉 전설에서 남매가 신의 뜻에 따라 결혼하여 인류의 후손을 낳은 것과 통하는 신화적 서사에 해당한다. 그 '자연-신성'의 상징적 의미를 '인간-세속'의 기준으로 논단하는 것은 이야기의 문법에 반하는 일이 된다.

6 그림형제 지음, 김경연 옮김, 『그림형제 민담집』(현암사, 2012), 299~310쪽.

7 『한국구비문학대계』 7-2, 경북 월성군 외동면 설화, '유그미들과 용의 득천'.

8 이난아 엮음, 『세계민담전집 07 터키편』(황금가지, 2003), 199~211쪽.

7장

1 Kiryu Misao, 이정환 역, 민용태 추천, 『알고 보면 무시무시한 그림동화』 1~2 (서울문화사, 1999).

2 문덕순 구연 〈말미(바리공주)〉. 김태곤 편, 『한국무가집』 1(집문당, 1971), 75쪽.

3 김석출 구연 〈베리데기굿〉. 김태곤 편, 『한국무가집』 4(집문당, 1980), 141~142쪽.

찾아보기

스토리텔링 원론

스토리텔링 원론

찾아보기

대우휴먼사이언스 020

스토리텔링 원론
옛이야기로 보는 진짜 스토리의 코드

1판 1쇄 펴냄 | 2018년 3월 1일
1판 3쇄 펴냄 | 2022년 1월 25일

지은이 | 신동흔
펴낸이 | 김정호
펴낸곳 | 아카넷

출판등록 | 2000년 1월 24일(제406-2000-000012호)
주소 | 10881 경기도 파주시 회동길 445-3
전화 | 031-955-9511(편집) · 031-955-9514(주문)   팩시밀리 | 031-955-9519
www.acanet.co.kr | www.phildam.net

Printed in Seoul, Korea.

ISBN 978-89-5733-584-0 03810

이 도서의 국립중앙도서관 출판예정도서목록(CIP)은 서지정보유통지원시스템 홈페이지(http://seoji.nl.go.kr)와
국가자료공동목록시스템(http://www.nl.go.kr/kolisnet)에서 이용하실 수 있습니다.(CIP제어번호:CIP2018005209)